Herbert Rosendorfer

... ich geh zu Fuß nach Bozen
und andere persönliche Geschichten

Herbert Rosendorfer

... ich geh zu Fuß nach Bozen

und andere persönliche Geschichten

nymphenburger

Für Herrn Prof. Dr. Murad Ferid

in Verehrung und Dankbarkeit gewidmet

Nymphenburger Verlagshandlung GmbH, München 1988

Umschlaggestaltung: Felix Weinold, München
Satz: FotoSatz Pfeifer, Germering
Druck und Binden: Ebner Ulm
ISBN: 3-485-00566-5

Inhalt

Geleitwort

Er wohnt, arbeitet und schreibt dort, wo Menschen seiner Meinung nach aus klimatischen Gründen überhaupt nicht leben können: nördlich des Alpenhauptkammes, genauer: in und bei München, wohin es ihn, den Südtiroler, im Alter von fünf Jahren und damit unfreiwillig, verschlagen hat. Das war 1939, und München hieß noch die »Hauptstadt der Bewegung«, jener Bewegung, die sich nur wenig später als die fatale Ursache der größten Bevölkerungsverschiebungen und -verluste in der Geschichte der Neuzeit erweisen sollte. Alle, die von dieser »Bewegung« ergriffen wurden, tragen die Erinnerung daran wie ein Trauma mit sich umher. So auch Herbert Rosendorfer, der Südländer, dem ein glückliches Geschick die Gabe des lockeren, leichten Parlandos in die Wiege gelegt hat, hinter dessen eleganter und liebenswürdiger Geschliffenheit sich aber viel Betroffenheit verbirgt, – eine Betroffenheit, die in einem Gefühl sowohl der Verantwortlichkeit für andere Menschen als auch der reinen Humanität verwurzelt ist. Sie offenbarte sich zuletzt in Rosendorfers Alpenroman »Vier Jahreszeiten im Yrwental«, in dem die genauere Betrachtung eines scheinbar sorglosen Erzählens von mehr oder minder grotesken Vorgängen sehr viel Ernst zum Vorschein brachte: vor allem die Erkenntnis, daß Deutsche und Österreicher, die behaupten, von den Greueln in den Konzentrationslagern der nationalsozialistischen Zeit und von deren Übeltaten nichts gewußt zu haben, lügen – »Auch ich war zehn, elf Jahre alt, auch ich habe es gewußt«.

Herbert Rosendorfer ist von Geburt wie von seinem Wesen her Südländer, genauer: Südtiroler, im besonderen: Bozener. Man muß ihm dort unten am Walther-Platz begegnet sein, muß erlebt haben, wie es ihm, kaum daß er den Brenner überquert hat, warm ums Herz wird, wie ihn gleich die

Lust am Erzählen überfällt, wie es aus ihm, dem so distinguierten, zurückhaltenden, doch immer modisch-elegant gekleideten Richter in Verkehrssachen am Münchener Amtsgericht, hervorsprudelt: eine Erinnerung hier, eine Anekdote dort, viel Bizarres, die Freude an Erlebnissen mit anderen Menschen, der Rückblick auf den Großvater, die Kinderzeit. Man muß mit ihm am Fuße des Schlern Wein getrunken haben, um zu wissen, wo er zuhause ist und wohin es ihn immer wieder zieht. Daß er seinen literarischen Nachlaß – erster Teil – der Teßmann-Bibliothek in Bozen vermacht hat, nicht der Bayerischen Staatsbibliothek, versteht sich fast von selbst: die blühenden Magnolien in Gries bei Bozen bilden für ihn wie für seine Werke einen besseren Rahmen als das Getriebe der Münchener Innenstadt, über das sich Herbert Rosendorfer mehr als einmal und deutlich genug mokiert hat.

Ja, diese blühenden Magnolien, das süße Singen der Nachtigallen, die Blautöne bei schneebedeckten Bergen: Sie stehen in Herbert Rosendorfers Erzählungen als Metaphern für ein menschenwürdiges, der Natur und den natürlichen Gegebenheiten zugewandtes Dasein, im Gegensatz zu den oft närrischen Gepflogenheiten einer durchtechnisierten Welt. Es gibt ein Buch, in dem Herbert Rosendorfer diese verrückte Welt beschrieben und ihr die Narrenmaske vom Gesicht gezogen hat, und es kann vielleicht als sein bestes Buch gelten, jedenfalls als das am besten gearbeitete: »Briefe in die chinesische Vergangenheit«. Wie hier der chinesische Mandarin Kao-Tai mit Hilfe einer Zeitmaschine nach Min-Chen in Ba-yan gerät und alle möglichen Abenteuer erlebt, Liebesabenteuer inbegriffen, – das ist mit soviel Kunstfertigkeit und Charme, mit Witz und Ironie erzählt, wie man es sich nur wünschen mag. Nicht, daß Herbert Rosendorfer wähnte, seine Zeitkritik würde Früchte hervorbringen, schon gar in absehbarer Zeit. Die Wirkung seiner Romane und Erzählungen, seiner Hörspiele und Theaterstücke schätzt er – wie die konkrete Auswirkung aller Literatur –, gering ein, und damit dürfte er wohl, zumal in einer immer weniger lesewilligen Zeit, recht behalten.

Gute Literatur, meinte er anläßlich seiner Laudatio auf Christa Wolf, müsse ein »Störfall« sein, zum »Störfall« werden, so wie das Buch der Geehrten über Tschernobyl und Whyl. Gibt es unter Rosendorfers Werken solche »Störfälle«? Von der Idee und vom Thema her gewiß: die »Briefe« oder den »Ruinenbaumeister«, »Das Messingherz« oder die »Deutsche Suite«. Sie sollten aufrütteln und zum Nachdenken zwingen, Änderungen herbeiführen und zu Neuem hinleiten. Aber Rosendorfer fehlt, und man mag darüber froh sein, das Demagogische, das entschiedene Sendungsbewußtsein, das leidenschaftliche Pathos des Beserwissens und Umgestaltenmüssens: Richard Wagner haßt er geradezu, und Mozart gilt seine ganze Liebe. Daß ihm sein erfolgreiches Büchlein über »Bayreuth für Anfänger« jemals die Ehrenbürgerschaft dieser (alt)fränkischen Kleinstadt eintragen wird, erscheint eher zweifelhaft, und auch Kitzbühel, sein »Eichkatzelried«, führt den Namen Rosendorfers unter den Anwärtern auf diese Ehrung kaum an erster Stelle. Satiriker machen sich nicht leicht beliebt, schon gar nicht, wenn sie »gegen die Engstirnigkeit des Lebens in einer kleinen Beamtenstadt« zu Felde ziehen. Diese Einsicht bezieht sich übrigens auch auf Juristen: Spätestens mit seinem »Lehrbuch für Konkursrecht« unter dem Titel »Ballmanns Leiden« dürfte Rosendorfer seinen Verzicht auf höhere Gerichtspositionen, wenn nicht aktenkundig, so doch einsichtig gemacht haben. Wer begreift schon, daß Satire eine gewisse, natürlich moderate Zuneigung voraussetzt?
Herbert Rosendorfer gehört zu den herausragenden Erzählern der Gegenwart, und zu den gebildeten Erzählern obendrein. Daß ihm der italienische Barock so gegenwärtig ist wie Beethovens späte Streichquartette, Mozarts »Don Juan« so vertraut wie Oskar Panizzas »Liebeskonzil«, mag die Weite seines Horizontes beleuchten. Ihr entspricht die bewunderungswürdige Vielzahl seiner Talente, auch als Dramatiker und Regisseur. Sein ausgezeichnetes Theaterstück »Oh Tyrol!« etwa – die Geschichte eines Säulenheiligen, der sich mit dem Verfall der Tiroler Kultur auseinandersetzt –, hat noch viel zu wenig Beachtung gefunden.

Die vorliegende Anthologie enthält eine Reihe von Einzelarbeiten, die in ihrer Gesamtheit Züge einer Autobiographie Rosendorfers tragen. Sie zeigen ihn als Literaten, als Zeitkritiker und auch als politischen Analytiker, dessen differenziertes Bild etwa von Franz Josef Strauß zwar von einer überregionalen Tageszeitung bestellt, dann aber wegen ihrer kritischen Züge nicht gedruckt worden war. Herbert Rosendorfer ist kein Opportunist: Die christlichen Ideale erscheinen ihm zu hehr, als daß er sie im Alltag einer politischen Partei verschlissen sehen möchte. So verstellt er sich zwar den Weg zu spektakulären Ehrungen, die gewöhnlich an Entschlüsse der Mehrheitsparteien gebunden sind, doch ficht ihn das wenig an, hat doch das Publikum, seine große Lesergemeinde ebenso wie die Schar seiner Münchener Studenten, ihm längst die wichtigste aller Ehren bewiesen: ihn aufmerksam und mit wachsender Zuneigung zur Kenntnis zu nehmen. Was könnte ein Schriftsteller sich mehr wünschen? Es bliebe zu hoffen, daß der vorliegenden Anthologie bald auch eine Ausgabe seiner wissenschaftlichen Arbeiten folgte, die den belletristischen in manchem ebenbürtig sind und eine weitere Facette in Rosendorfers reichem literarischen Schaffen darstellen.

Dietz-Rüdiger Moser

o. Prof. Dr. phil. habil. Dietz-Rüdiger Moser ist Ordinarius für Bayerische Literaturgeschichte an der Universität München und Herausgeber der Zeitschrift »Literatur in Bayern«.

... ich geh' zu Fuß nach Bozen

Gegenden nördlich des Alpenhauptkammes sind aus klimatischen Gründen für Menschen unbewohnbar. Die Gegenden nördlich des Alpenhauptkammes sind von September an durch Wolken und Nebel von der Sonne abgeschnitten; von etwa Mitte Januar bis zum Mai bedeckt eine meist schmutzig-weiße Schicht verfestigten Wassers (sog. Schnee) den Boden und erstickt alles Leben (außer dem von Eisbären, Polarfüchsen, Wölfen und was es sonst noch so gibt); von Juni bis September regnet es, worauf wieder der Winter einsetzt. Außer kargen Moosen und Flechten kann nördlich des Alpenhauptkammes nichts gedeihen. Menschen können in diesen unwirtlichen Gegenden nicht hausen. Das Aufblühen einer Zivilisation oder gar einer Kultur ist völlig ausgeschlossen. Gegenden nördlich des Alpenhauptkammes sind also aus klimatischen Gründen für Menschen unbewohnbar.

Ich kann nicht leugnen, daß gewisse Indizien gegen meine eben erläuterte, objektiv natürlich richtige Theorie sprechen. So zum Beispiel: Es leben – recht und schlecht – doch Menschen nördlich des Alpenhauptkammes. Ich will hier nicht untersuchen, ob das eine der geheimnisvollen Launen der Natur ist, oder ob schlichte Notwendigkeit die armen Menschen zwingt, in jener Schnee- und Regenhölle zu hausen, weil südlich des Alpenhauptkammes nicht alle Platz hätten. Auch meine herzlosen Eltern sind seinerzeit einer nun gewiß nicht notwendigen Regung, vielmehr einer geheimnisvollen Laune der Natur gefolgt (damals nannte man das: den Ruf des Führers), sind von südlich des Alpenhauptkammes nördlich desselben gezogen und haben meine Geschwister und mich im zarten Alter der Unbill der mörderischen Schneetundren im damaligen »Traditionsgau Oberbayern«, genauer gesagt in der »Hauptstadt der Bewegung« ausgesetzt. Das war 1939. Der Winter 1939/40 war einer der kältesten in Europa, seit Temperaturen notiert werden. Sogar in Bozen fiel an vier verschiedenen Tagen bis zu 2 cm Schnee und blieb einmal sogar über Nacht liegen. Meine Mutter entfernte heimlich die Bilder jenes Führers, dessen Ruf sie an die Packeisgrenze gefolgt war, von den Wänden. Sie, die Bilder, zusammen mit »Mein Kampf« und Görings gesammelten Reden brannten etwa eine halbe Stunde und gaben nur mäßig warm. Danach schwor meine Mutter, daß sie, falls es ihr gelingen sollte, jemals wieder südlich des Alpenhauptkammes zu siedeln, mit ungekochten Erbsen in den Schuhen eine Wallfahrt nach Weißenstein hinauf machen wollte. Nach dem nur wenig milderen Winter 1940/41 schwor sie zusätzlich, den Weg von München nach Bozen zu Fuß zurückzulegen. Sie hätte es getan, aber es war ihr nicht vergönnt. Sie starb nördlich des Alpenhauptkammes und ist hier in der frostigen Erde begraben. Ein treuer Freund hat uns ein paar Steinbrocken vom Rosengarten mitgebracht, die jetzt auf dem Grab liegen. Es war nicht sehr einfach, den Zöllnern zu erklären, warum man ein Auto voll Steine ins unfreundliche Nordland mitschleppt. Die Zöllner vermuteten Uran, Diaman-

ten oder sonst etwas Verbotenes. Aber das ist eine Geschichte für sich.
Den Schwur meiner Mutter aber habe ich übernommen: Ich gehe zu Fuß hinüber. Und wenn es sein muß, wallfahre ich zur heiligen Mutter Gottes nach Weißenstein hinauf. (Möglichst im Herbst, wenn es unterwegs irgendwo Köschten gibt und einen neuen Wein.) Aber ich fürchte, wie die Dinge so stehen, wird es auch mir nicht vergönnt sein, aber vielleicht hinterlasse ich grad so viel, daß man mich wenigstens nicht in den sturmumtosten Tundren begräbt, sondern in einem Eck im alten Grieser Friedhof, wenn das nicht zu unbescheiden ist. Von der Mauer aus kann man eine kleine Allee von Platanen sehen, die mein Großvater gepflanzt hat, als meine Mutter geboren wurde.

Bozen ist die erste größere Stadt südlich des Alpenhauptkammes. Das hat zu Mißverständnissen geführt. Goethe auf seiner »Italienischen Reise« hatte das Gefühl, auf dem Brenner Italien zu betreten. Strenge Südtiroler verzeihen ihm das nicht; sie hätten lieber, Goethe hätte das Gefühl erst an der Salurner Klause gehabt. Aber Goethes »Italien« war kein politischer Begriff. Es war für ihn Arkadien. 1786 konnte das wohl auch nicht anders sein, denn ein faßbares Italien gab es damals nicht.
Über Südtirol haben sich in den mehr oder weniger dunklen 2000 Jahren seit Augustus politische Systeme hin- und hergeschoben und überlagert. Wer hat nun wen verdrängt? Die Römer sind anno 15 vor Christus zweifellos als Eroberer ins Land gekommen

– und haben die Bevölkerung unterdrückt. Tiroler allerdings konnten die Römer selig nicht unterdrükken, denn die Tiroler waren damals noch nicht in Tirol. Dort saßen Kelten, danach Goten, danach Langobarden, dann die Bajuwaren; alle hatten den Eindruck, daß Gegenden nördlich des Alpenhauptkammes für menschliches Leben unbewohnbar sind, und strömten über den Brenner nach Arkadien, wobei dahingestellt bleiben mag, was sie darunter verstanden. Mit ihren vorgängigen, ortsansässigen Arkadiern gingen sie dabei nicht zimperlich um, genausowenig wie die Tiroler, wie sie endlich Fuß gefaßt hatten, mit den Sendboten des christlichen Glaubens, die aus dem Welschland kamen. Drei kappadokische Missionare wurden in Nonsberg dadurch gemartert, daß ihnen die heidnischen Hirten so lange ihre Lieder vorsangen (»ululato carmine diaboli« heißt es in den Märtyrergeschichten), bis die Missionare tot umfielen. Sie wurden sozusagen zu Tode gejodelt. Ich habe einmal im Gasthof »Rose« in Völs einen Hirten vom Schlern jodeln hören. Seitdem habe ich einen Begriff von den Nonsberger Martyrien. Aber erstens waren und sind die Nonsberger womöglich gar keine Tiroler – oder aber, wenn die Nonsberger Tiroler sind, sind die Tiroler keine Tiroler – und zweitens hindert das Verhalten ihrer Vorfahren die heutigen Tiroler nicht daran, so katholisch zu sein, daß selbst der Papst zu Rom sich eine Scheibe davon abschneiden kann. 1918 sind dann die Römer, die sich jetzt Italiener nannten, wiedergekommen. Sie nahmen das Land bis zum Brenner und sagten, sie hätten ein Recht darauf, weil sie früher dagewesen seien. Die Tiroler sagen, sie sind länger dagewesen. Aber in Bozen hat es seit eh und je Italiener gegeben. Vor dem Ersten Weltkrieg lebten in Bozen 10 % Bozner, die als Muttersprache italienisch sprachen. Kaiser Franz Joseph antwortete 1909 bei der Centenarfeier des Aufstandes von 1809 der Huldigung des Landeshauptmanns Dr. Kathrein mit einem Dankwort von 21 Zeilen. 17 Zeilen davon sprach der Kaiser deutsch, 4 Zeilen italienisch. Das entsprach dem Bevölkerungsproporz von Deutsch-Tirol. Niemand war den neuen Italienern in Tirol nach 1918 mehr gram als die alten Tiroler Italiener, an die sich die 4 Zeilen des kaiserlich-königlichen Dankwortes gerichtet hatten.

So türmen sich Quadern von Geschichte über dieses Land. Die Mussolini-Faschisten überzogen es mit einem Netz aus erzwungener Einwanderung von Italienern, Auswanderung von deutschen Tirolern, mit teils segensreichen, teils unsinnigen technischen und wirtschaftlichen Neuerungen. Dem Tiroler Speckknödel fügte sich die pasta asciuta harmonisch hinzu, und mancher meint, daß die Tiroler in Bozen dank des italienischen Einflusses (oder weil sie vor den Unterdrückern auf der Hut sein mußten) um einiges weniger langsam und eigensinnig sind als die Tiroler nördlich des Brenners.

Auch die eigene Erinnerung ist uneinheitlich und vielschichtig: Eigene Erinnerung an die erste Kinderzeit überlagert von den Erzählungen der Mutter, die in den rauhen Steppen nördlich des Alpenhauptkammes nicht müde wurde, von den blühenden Magnolien im Park der Villa Wendland in Gries zu erzählen, dies wieder überlagert vom Erleben des Erwachsenen

– ich habe noch die Nachtigallen singen gehört in den Granatbäumen auf der Guntschna-Promenade; ich war auf Besuch in Bozen, nur auf Besuch, und war in meinem Zimmer in der Pension »Sonnenheim« hinter dem Weingarten des Klosters Gries gerade am Einschlafen, als mich dieser Gesang weckte; ich weiß seitdem, was es heißt, wenn gesagt wird, daß Nachtigallen *süß* singen. Ich habe nie mehr so schöne Musik gehört. Die Chemie hat die Schädlinge vernichtet, von denen die Nachtigallen lebten. Die Nachtigallen haben sich eines Tages überflüssig gefunden. Wenn sie noch da sind, so singen sie nicht mehr, zumal eine Autostraße jetzt bis Jenesien hinaufgeht und die Granatbäume von Benzinqualm umweht werden.
Es ist etwas wie eine Polyphonie der Sphären. Die Stadt ist dunkel, von der Hitze des Tages noch warm. Nur an der Talfer weht die kühle Luft aus dem Sarntal heraus. Sanft überzieht der Duft von jenesinger Speck, von Olivenöl und Parmesan die Wassermauerpromenade. Der Rosengarten färbt sich in das hinlänglich bekannte Glühen. Die Silhouette der Mendel zeichnet sich gegen den Himmel in einem unnennbaren Violett ab. Es ist ein arkadisches Licht. Nördlich des Alpenhauptkammes fegt der Eissturm über die Iglus der gepeinigten Menschen, die dort wohnen. Ich schwöre, ich gehe zu Fuß ... aber das habe ich, glaube ich, schon oben erwähnt.

(1973)

Woran ich glaube

Ich glaube, daß die Menschen schlecht sind. Dennoch soll man sich gegenseitig nicht schlecht behandeln, weil alle ungefähr gleich schlecht sind. Das ist das Fundament meiner humanitären Anschauung.

Die Menschen sind schlecht, weil sie – oder besser gesagt: einzelne von ihnen – erheblich intelligenter sind als die übrigen Bewohner der Erde, insgesamt aber nicht intelligent genug, um die Vernunft zur Richtschnur ihres Handelns zu machen. Vor allem aber sind die Menschen schlecht (im Sinn von schädlich), weil es von ihnen zu viele gibt.

Die Menschen, und unter ihnen namentlich das, was man die weiße Rasse nennt, haben in dem uns überschaubaren geschichtlichen Zeitraum die Welt mit einer Blutspur geschundener Individuen überzogen. Die Geschichte der Menschheit ist eine nahezu lückenlose Folge von Kriegen, Verwüstungen, Peinigungen, Grausamkeiten. Die Geschichte der Menschheit ist eine ziemlich übelriechende Abfolge von praktizierten Hackordnungen: Der jeweils im Augenblick Stärkere hat den Schwächsten, der ihm greifbar war, abgeschlachtet. Auf nichts hat der Mensch mehr Erfindungsgabe verwendet als auf die Methoden des Tötens. Das Kamasutra zählt etwa siebzig oder achtzig Grundarten des Vollzugs der körperlichen Liebe auf, der Schematismus der Inquisition kannte an die tausend Arten, wie man einen Menschen zu Tode foltern kann. Vergleichbare Anstrengungen seiner Erfindungsgabe hat der Mensch nur an den Tag gelegt, wenn es darum ging, das Töten und Quälen anderer religiös, moralisch oder ethisch zu rechtfertigen.

Man kann allerdings heute nicht mehr sagen, daß die Menschen aus ihrer schandhaften Geschichte nicht gelernt hätten. Die Minimalgrundlagen des welthistorischen Schreckens haben die Menschen, oder zumindest ein Teil von ihnen, nach dem Ende des Zweiten Weltkrieges begriffen. Seitdem, und das ist immerhin über vierzig Jahre her, hat es zumindest keine *erklärten* Kriege mehr gegeben. (Ein Aphorismus Albin Kessels: »Kriege brauchen nicht mehr erklärt zu werden; man kennt sie inzwischen.«) Seit dem Ende des Zweiten Weltkrieges hat niemand mehr gewagt, einen wirklich bedingungslosen Krieg zu entfesseln. Er ist nur noch als latente Drohung da, was immerhin ein Fortschritt ist. Es spricht nicht für die Lernfähigkeit des Menschen, daß es des Infernos des Zweiten Weltkrieges bedurft hat, um ihm wenigstens *ein* welthistorisches Auge zu öffnen.

Weiter glaube ich daran, daß der Mensch, der nach dem Keulenschlag des Zweiten Weltkrieges wenigstens dieses eine Auge geöffnet hat, sich nun der Tatsache gegenübersieht, daß er dabei ist, seinen Planeten unbewohnbar zu machen. Wahrscheinlich ist es – auch daran glaube ich – zu spät, um unserem selbstverschuldeten Untergang der Welt noch entgegenzuwirken. Aber anstatt das wenigstens zu versuchen, glaube ich, daß der Mensch eher das eine Auge wieder verschließen und wie bisher weiterwursteln wird. Ich glaube daran, daß die Menschheit am Ende ist. Ich glaube daran, daß es nicht schade darum ist.

(Antwort auf eine Zeitungsumfrage)

Über den Eigensinn

Für Peter Fellin

Die Welt will keine Kunst. Die Welt will Geld, Essen und Trinken, trockene Füße, Unterhaltung, Geschlechtsvergnügen; Kunst will sie nicht. Der Künstler ist daher überflüssig. Durch Kunst die Welt – die Gesellschaft – ändern zu wollen, ist ein kindischer Gedanke. Wenn die Welt schon die Kunst überhaupt so gut wie nicht wahrnimmt, wie soll dann so etwas eine Änderung bewirken? Die Welt betrachtet die Kunst – alle Künste: Musik, Literatur, bildende Kunst – allenfalls als Zuwaage. Die eigentlich wichtigen Dinge sind: Börsenkurse, ob das Gold steigt oder sinkt, ob es im Kaufhaus Regenmäntel im Sonderangebot gibt, wer Fußballweltmeister wird. Zu behaupten, die Welt als Ganzes sei ein Kunstwerk, die Sozialplastik, jeder ist Künstler, so ist das originell, aber Schwachsinn. Die Welt ist das Gegenteil der Kunst. Kunst ist, was *nicht* Welt und Gesellschaft ist. Die Welt ist ständig damit beschäftigt, die Kunst hinauszudrücken, wie der Eiter einen eingezogenen Schiefer. Die Welt will keine Kunst. Die Künstler müssen die Kunst der Welt aufzwingen, weshalb die notwendige Haupteigenschaft der Künstler sein muß: der Eigensinn.

Animus difficilis, obstinatus, Eigen Sinn, eigensinnig, --orosus, nicht nur: seinen eigenen Sinn haben, das auch, sondern *mit dem Kopf durch die Wand wollen*. Ein Künstler, der nicht mit dem Kopf durch die Wand will, der hat schon ausgespielt. Wenn er *einen* Fußbreit nachgibt, dann wirft ihn die Welt schon hinaus. Wände, durch die er mit seinem Kopf durch will, gibt es genug. Alle sind dauernd bemüht, den Künstler von seiner Arbeit abzuhalten: das Finanzamt, Journalisten, überhaupt Leute, die es besser wissen (das können durchaus andere Künstler sein, manchmal wollen sie an der gleichen Stelle mit dem Kopf durch die Wand, nur gegenläufig), die Familie. Wenn Michelangelo eine Ehefrau gehabt hätte, wäre es ihr, wenigstens im jeweiligen Augenblick, wichtiger gewesen, daß er frischen Salat holen geht, als daß die Sixtinische Kapelle fertig wird.

Eigensinn kann immer nur ein Einzelner entfalten, das ergibt sich nun ausnahmsweise wirklich schon aus dem Wort. Zwei können keinen gemeinsamen Eigensinn haben, oder jedenfalls ist das ganz selten; bei drei und mehr: ausgeschlossen. Schon deshalb kann es kein kollektives Kunstwerk geben. Es ist auch immer nur der Einzelne, der dem Künstler hilft. Daß diese einzelnen Helfer die Ausnahme sind, ist klar, deshalb sind sie nicht hoch genug zu loben. Wenn Bernini nicht seinen Urban VIII. gehabt hätte – so abscheulich der Barberini-Papst auch sonst gewesen sein mag –, wäre er im Hemd dagestanden. Aber, wie gesagt, es sind immer *Einzelne*, und zwar, damit das recht verstanden wird: Einzelne *allein*. Ein kollektives Mäzenatentum gibt es nicht. Wenn die Gesellschaft Mäzen spielen will, wird es fürchterlich. Die Kunst des Faschismus und Nationalsozialismus und des sozialistischen Realismus sagen wohl genug in diesem Zusammenhang. Der Mäzen, also der Einzelne, ist

nur dann ein wirklicher Mäzen, wenn er dem Künstler seinen Eigensinn läßt. Das ist schwer, weil sich der künstlerische Eigensinn selbstverständlich manchmal auch und gerade gegen den Mäzen richtet. Mäzen sein ist eine Gnade.
Was ist künstlerischer *Eigen Sinn*? Das ist: in sich hineinhorchen, und nochmals in sich hineinhorchen, und ganz genau feststellen, was die Kunst, die da ganz tief in einem sitzt (und sich ängstigt, natürlich, denn die Welt will sie ja nicht), was diese Kunst will, und dann ohne Rücksicht auf Lehrmeinung und Gesellschaft und Theorie *das* tun, was die Kunst will.
Besonders die Theorie und die Lehrmeinungen hindern den Künstler, fast mehr noch als das Finanzamt. Die Theorie hinkt immer nach, notwendigerweise, denn die Kunsttheoretiker, die die Theorie aufstellen, können das ja nur anhand dessen, was es schon gibt. Kunsttheorie ist deshalb immer falsch, was die Zukunft betrifft. Das ist aber wiederum eine große Hilfe für den Künstler: denn er braucht nur *das* zu tun, was der Kunsttheorie widerspricht, und so kann er schon ziemlich sicher sein, daß er auf dem richtigen Weg ist. Seit Adorno gesagt hat: Den Wert des Kunstwerkes bestimmt der jeweils erreichte Stand des Materials, weiß der Künstler, daß es mit dem Fortschritt vorbei ist; um nur *ein* Beispiel zu nennen.
Die Mitglieder der weltweiten, unsichtbaren Geheimloge der Künstler erkennen sich gegenseitig am Kainszeichen des Eigensinns. Ein Künstler sein heißt: einen zerbrechlichen Gegenstand in erhobenen Hän-

den durch ein Gestrüpp übermannshoher Dornen zu tragen. Wo das Dornenfeld endet, sieht man nicht, und dort, wo der Künstler den Gegenstand hintragen will, will man ihn nicht haben.

(1986)

Fragen des Schwimmkurses

Die ökologische Debatte scheint an einem Punkt angelangt zu sein, an dem sie aus unerwarteten Gründen zu stocken droht. Wenn die Debatte stockt, geschieht für die Bewältigung der Probleme, die anstehen – und die wahrscheinlich ohnedies kaum noch zu bewältigen sind –, noch weniger als bisher, das heißt: gar nichts. Ich vermute, daß die Menschheit sehr gern nach Gründen sucht, die ökologische Debatte ins Stocken geraten zu lassen. Es sind keine Gründe, es sind Ausreden. Wenn einem ein Zahn gezogen werden muß, und er müßte früh aufstehen, um zum Zahnarzt zu gehen, und er steht ohnedies nicht gern früh auf, dem wird nicht unwillkommen sein, wenn er – bei genauem Hineinhorchen in sich – eine Andeutung von Bauchweh verspürt. Er entschließt sich, erst das Bauchweh auszukurieren. Für den Zahnarzt ist morgen noch Zeit.

Nun weiß jeder, der sich mit den ökologischen Problemen auch nur am Rande befaßt hat, daß für den Zahnarzt morgen keine Zeit mehr sein wird. Dennoch leistet man sich, die Ökologiedebatte ins Stokken geraten zu lassen. Das Bauchweh ist, wie nicht anders zu erwarten: die Frage der Ideologie. Die einen sagen – das gilt natürlich als besonders schick –, nur der Sozialismus kann die Welt vor der ökologischen Katastrophe retten. Die anderen sagen – das ist auch schon bald wieder schick, weil es einen leicht nostalgischen Anstrich hat –, nur der Kapitalismus kann die Welt retten. Weder die eine noch die andere Seite hat bisher einen sachlichen Beweis geführt. Es werden nur ideologische Beweise angeboten. Das wirkt ungefähr so, als ob man gegen einen heranfahrenden D-Zug spuckt, hoffend, ihn damit aufzuhalten.

Das Grundprinzip des sozialistischen Staates ist die gleichmäßige Sorge für alle. Das ist natürlich ein gerechter, humaner Grundsatz und hochachtbar. In der Praxis hat sich gezeigt (nicht nur in sozialistischen Diktaturen, auch in Demokratien mit sozialistischer Mehrheit), daß die Ausführung dieses Prinzips auf enorme Schwierigkeiten stößt. Die Mittel zur Ausführung des Prinzips – Verstaatlichung, Planwirtschaft, Wohlfahrtsstaat – verwässern das Ideal, je weiter sie sich von der Basis der ideologischen Vorstellung entfernen. Die Interessen der Bürger, die in einem durchsozialisierten Wohlfahrtsstaat leben, die sich nicht auf Gewinnstreben, also auf Anhäufung von Einzelvermögen richten können, splittern sich auf. Es entstehen eigensüchtige, kleine Interessengruppen, die nichts anderes im Sinn haben, als einen möglichst großen Teil vom großen Wohlfahrtskuchen für sich abzuschneiden. Von solchen Gruppen ein Interesse für die ökologischen Probleme zu erwarten, wäre abwegig. Das beste Beispiel für das Verhalten der Wohlfahrts-Interessenten-Gruppen zur Frage der Ökologie ist die Haltung der klassischen sozialistischen Einrichtungen: der Gewerkschaften. Bisher hat noch keine Gewerkschaft ein Konzept für die Bewältigung der anstehenden (das heißt überfälligen) ökologischen

Probleme vorgelegt. Gibt das den Verfechtern sozialistischer Theorien nicht zu denken? Für ein halbes Prozent mehr Lohn, für die Erhaltung eines einzigen Arbeitsplatzes scheinen die Gewerkschaften, nach ihrer bisherigen Haltung zu schließen, jede ökologische Sünde in Kauf zu nehmen. Im Grunde genommen ist diese Haltung natürlich verständlich. Wollte man die ökologischen Probleme wirklich bewältigen, würde das schon in kurzer Zeit, wohl in der ersten Phase der Bewältigung, eine große Einschränkung der Arbeitsplätze und eine große Einbuße der gewohnten, »wohlerworbenen« Bequemlichkeiten (nicht nur, aber eben auch) der Arbeiter bedeuten.

Da der Sozialismus vielleicht seine längst unhaltbar gewordene Heilslehre vom unbegrenzten technischen Fortschritt aufgeben kann, nicht aber die Idee des Wohlfahrtsstaates, wird der Sozialismus nicht in der Lage sein, die ökologischen Probleme zu meistern.

Aber auch das kapitalistische System ist dazu nicht in der Lage. Zwar behaupten dessen Verfechter, es bestehe die Hoffnung, daß durch das heilige Prinzip von Angebot und Nachfrage die Spannung etwa zwischen schwindendem Rohstoffvorrat und zunehmender Bevölkerung ausgeglichen wird. Es werden – das wäre etwa die Konsequenz – diejenigen übrigbleiben, die tüchtig genug sind, so viel Geld zu verdienen, um sich das Schnitzel noch leisten zu können. Das wäre grausam, aber nicht unlogisch: ein »Gesundschrumpfen« der Menschheit auf die Tüchtigsten. Vielleicht ist das, so unangenehm es zu denken ist, sogar der einzige Weg. In der Tier- und Pflanzenwelt wird er ununterbrochen praktiziert, dort, wo der Mensch nicht züchtend und korrigierend eingreift. Der Mensch dürfte also beim Tier Mensch nicht eingreifen. Das wäre nicht schön, aber gut, wenn nicht im System des Kapitalismus die Heilslehre des unbegrenzten Gewinnstrebens enthalten wäre, die untrennbar mit dem Prinzip von Angebot und Nachfrage verknüpft ist. Um ein halbes Prozent Gewinn mehr wird der kapitalistische Unternehmer jede ökologische Sünde begehen, wird über die letzte reine Quelle ein Walzwerk bauen, selbst heute noch, wo jede nicht gebaute Fabrik ein Fortschritt geworden ist.

Wenn nicht Sozialismus und auch nicht Kapitalismus geeignet (und im übrigen, wie man sieht, auch nicht bereit) sind, die ökologischen Probleme wenigstens zu bewältigen zu versuchen, wer dann? Ein Ausweg wäre, wenn die Menschheit ein für sie insgesamt atypisches Verhalten zeigte: Vernunft. Daß einzelne Menschen gelegentlich vernunftgeleitetes Verhalten an den Tag legen, ist eine erfreuliche Tatsache. Daß einzelne Politiker, einzelne herausragende Figuren der Geschichte ihr Handeln zumindest partiell von Vernunft haben leiten lassen, ist schon vorgekommen. Selbst einzelnen unserer regierenden Politiker sind geistige Einsprengsel von Vernunft nicht fremd. Der Leitsatz ihres Denkens und Handelns ist aber bewußt oder unbewußt: Wie muß ich mich verhalten, daß ich nächstens gewählt oder wiedergewählt werde? Daß dieser Leitsatz bei der fast durchwegs emotionellen Haltung der Wähler wenig Spielraum für Vernunft läßt, ist klar. Die Politiker der links- und rechtsfaschistischen Länder haben es nur scheinbar besser. Sie sind zwar keinem Wähler verantwortlich, aber sie müssen ständig ihren Stuhl festhalten, in manchen Ländern außerdem das Maschinengewehr. Es mag vorgekommen sein, daß ein begrenztes Staatswesen in einer speziellen Frage einen historischen Augenblick lang vernunftgemäß reagiert hat. Daß ein Gemeinwesen auf die Dauer oder gar die ganze Menschheit nicht nach Instinkt, sondern nach Vernunft handelte, ist undenkbar und beispiellos. Der Mensch scheint das einzige nicht mit Vernunft begabte Wesen zu sein, das die Natur hervorgebracht hat. Der Ausweg des vernunftgemäßen Handelns scheint für die Menschheit nicht gangbar. Der Ausweg wäre: dem Club of Rome (oder einem erweiterten Gremium dieser Art) zumindest auf Zeit umfassende und weltweite politische Vollmachten zu geben. Daß das eine Utopie ist, leuchtet ohne weiteres ein; außerdem ist es schon eine verspielte Utopie: man hätte die Vollmachten spätestens 1970 erteilen müssen.

Was wird geschehen? Nie war es so leicht zu prophezeien, und daß das meines Wissens mit Konsequenz nie geschehen ist, liegt daran, daß die Prophezeiungen grauenhaft sein müssen. In allen Studien zur ökologischen Situation wird darauf hingewiesen, daß die Probleme nur weltweit angegangen werden können und daß der Dritten Welt Gelegenheit gegeben werden muß, sich auf den Standard der Industrieländer zu entwickeln: das ist entweder dumm oder scheinheilig. Ein Anheben des Standards der Dritten Welt, derjenigen Regionen also, die den größten Bevölkerungszuwachs aufweisen, würde die ökologische Katastrophe erheblich beschleunigen. Den Teufel werden die Industrieländer tun und den Entwicklungsländern helfen. Im Gegenteil: Je mehr Neger und Inder und Lateinamerikaner verhungern, desto mehr Platz ist für die anderen. Die Rohstoffquellen, über die die Dritte Welt verfügt und mit denen sie ohne die industrialisierten Länder nichts anfangen kann, fallen dann den Überlebenden (= Weißen) von allein zu. Die paar Planierraupen, mit denen man die Knochen vor den Kupferbergwerken wegräumen muß, sind ja wohl keine nennenswert teure Investition. Die Entwicklung des nächsten Denkmodells ist dann nur ein kleiner Schritt. Man wird sich sagen: Soll man die armen Neger qualvoll verhungern lassen, ist es nicht besser, wenn man...also eine saubere Bombe oder so? Dann haben sie doch schneller ausgelitten, und man ist mit einem Schlag den Kropf los, das heißt, alle, bei denen die Frauen nicht die Pille nehmen. »Der Schritt, den wir tun«, werden die Verantwortlichen sagen, auch das weiß ich heute schon, »ist grausam. Eine schmerzhafte Amputation, aber wenigstens ein glatter Schnitt, letzten Endes recht bedacht sogar im wohlverstandenen Interesse der Betroffenen selber.«

Ich lege begreiflichen Wert auf die Feststellung, daß ich diese geschilderte Entwicklung nicht wünsche. Ich befürchte sie, dabei ist sie noch das kleinere Übel und zeugt von einem staunenswerten Maß an Vernunft, wenn es auch zynische Vernunft ist. Wahrscheinlich sind unsere Politiker nicht einmal dazu fähig. Vermutlich wird es dazu kommen, daß die längst vergessen geglaubten Partikularinteressen aufleben, und zwar brutaler als je zuvor. Je kleiner der Kuchen wird, desto mehr wird der einzelne, jedes einzelne

Land, jeder einzelne Interessenträger (der Flick-Konzern nicht anders als die IG-Metall) versuchen, für sich so viel wie möglich herunterzuschneiden. Dadurch wird der Kuchen natürlich noch schneller kleiner. Daß das Selbstmord der Menschheit sein wird, ist klar. Bestenfalls wird es ein fideler Selbstmord.
Einige der ökologischen Schriften erhoffen sich von weltweiter Aufklärung, etwa Aufklärung über die Notwendigkeit von Maßnahmen zum Umweltschutz, eine Möglichkeit zur Rettung vor der Katastrophe. John McHale, dessen Buch »Der ökologische Kontext« in bemerkenswert schizophrener Weise vernichtendes Zahlenmaterial mit einem angesichts dieses Zahlenmaterials nachgerade albernen Optimismus verbindet, fordert »intensive Kampagnen zur Geburtenkontrolle«, wobei man aus schlichten Tabellen ablesen kann, daß, wenn die Katastrophe wenigstens erst im Jahr 2100 eintreten soll, eine perfekte Geburtenkontrolle schon eingesetzt haben müßte. Die Zukunft hat nicht nur schon begonnen, die Zukunft liegt hinter uns. Wenn das brennende Schiff in zehn Minuten sinkt, ist es sinnlos, wenn man für die Nichtschwimmer unter den Passagieren einen vierzehntägigen Schwimmkurs einrichtet, wobei, und damit komme ich zum Ausgangspunkt dieser ohne Zweifel nur kursorischen Betrachtung, wobei erschwerend hinzukommt, daß zwei Schwimmlehrer verschiedener Lehrmeinung sich über die Methode des Kurses streiten. Vielleicht ist es achtbar, vielleicht ist es rührend und ein wenig skurril, vielleicht hat es etwas von Seelengröße, wenn wir uns ungerührt von der unausweichlichen Katastrophe, die vermutlich näher ist, als

wir glauben wollen, die Zeit mit ideologischen Debatten vertreiben. Vielleicht ist es sogar witzig, wenn der eine Schwimmlehrer auf dem in zehn Minuten sinkenden Schiff das Argument in die Debatte wirft: Wenn *meine* Methode angewendet wird, erlernen sie nicht erst in vierzehn Tagen schwimmen, sondern schon in dreizehn.

Der Mensch in der Spannung von Werk und Muße

Frank Wedekind, der große Zyniker unter den deutschen Dichtern der Jahrhundertwende, hat einmal einen der Fragebögen ausgefüllt, wie sie auch heute noch als mehr oder minder geistvolle Spielerei für Sonntagsbeilagen beliebt sind, und hat die darin enthaltene Frage »Was verstehen Sie unter Glück?« mit dem Satz beantwortet: »Seinen Anlagen nach verbraucht zu werden.«

Das Leben ist Verbrauch, der Mensch verbraucht materielle und in höherrangigen Fällen geistige Güter –, das Leben verbraucht den Menschen. Die Anlagen der Menschen – statistisch gesehen – entsprechen nicht den Anforderungen des Lebens, wobei ich unter Leben hier jenes verzweifelte Jonglieren verstehe, das die menschliche Art zwischen Geburt und Tod über die Generationen bringt, die Arterhaltung also. Die Mehrzahl der Menschen hat Anlagen, die nur zum Teil, im schlimmsten Fall überhaupt nicht den Anforderungen der Arterhaltung – feiner gesagt: der Aufrechterhaltung unseres contrat social entsprechen. Man kann die Geschichte der Menschheit seit der sogenannten Aufklärung im 18. Jahrhundert auch als (vergeblichen) Kampf um die Anpassung des Lebens an die eigenen Anlagen verstehen, der das gescheiterte Experiment des Marxismus hervorgebracht hat und bisher in den modernen Spielarten der Ver-

weigerungen gipfelt. Die Geschichte unserer letzten 250 Jahre unter diesem Aspekt ist meines Wissens noch nicht geschrieben worden.
Es ist natürlich die Frage, ob Arbeit überhaupt den Anlagen der Menschen entspricht. Die ewige Frage, ob der Mensch arbeite, um zu leben, oder lebe, um zu arbeiten, eine Frage, die gleichermaßen ethische Bereiche wie den schlichten Blödsinn berührt, kann ich so wenig wie schärfere Denker vor mir beantworten. Sollte Arbeit aber menschlichen Anlagen entsprechen – gehen wir davon aus –, so ist das Weitere eine Frage der Quoten: wie weit gelingt es dem einzelnen, seinen Anlagen gemäß verbraucht zu werden? Die Antwort des zynischen Frank Wedekind auf die Frage nach dem Wesen des Glücks. Zyniker haben den Vorteil, für sich meistens recht zu haben, während die Idealisten eher nur siegreiche Rückzüge in den Feldzügen der Geistesgeschichte verzeichnen.
Wer seinen Anlagen gemäß verbraucht wird, unterliegt keiner Spannung zwischen Werk und Muße. Werk ist ihm Muße, da gibt es keine Spannung mehr. Dieses Glück ist nur zwei Kategorien von Menschen gegeben: denen, die mit höchsten Gaben ausgestattet höchsten Anforderungen ausgesetzt sind (also in der Regel Künstler und Wissenschaftler von hohem Rang, wobei ich den Begriff ›Künstler‹ weit gefaßt verstanden wissen will), und denen, die keine Ansprüche haben, und an die keine Ansprüche gestellt werden. Der Anteil der ersten Kategorie ist wohl verschwindend klein, der Anteil der zweiten wahrscheinlich recht groß, bedauernswürdig, aber für diese Untersuchung als sozusagen neutral zu ver-

nachlässigen. Das eigentliche Feld meiner Untersuchung liegt dazwischen.

Es wird Zeit für eine Begriffsbestimmung: *Werk* und *Muße*. Ich erlaube mir unter *Werk* das zu verstehen, was der Mensch tun muß, und unter *Muße* das, was er tun will. Man kann die Begriffe etwas ausweiten, jeweils überschneidende hinzufügen: Arbeit und Freizeit, Beruf und Berufung, saure Wochen – frohe Feste. Die hier möglicherweise auftauchende Frage, ob ohne saure Wochen Feste froh sein können, führt vom Thema weg, aber ich will doch meine Theorie – da sie das Thema doch am Rand berührt – darlegen:

Ich habe einen Mann gekannt (und habe ihn in meinem Roman »Das Messingherz« ein wenig geschildert), der hatte die Fähigkeit, sich von Anstrengungen zu erholen, die er gar nicht unternommen hatte. Er war ein Extremfall, freilich, aber er veranlaßt mich, die Theorie aufzustellen, daß die sauren Wochen nicht die Voraussetzung für die Fröhlichkeit der Feste sind. Das ändert aber natürlich nichts daran, daß es das Phänomen der Fallhöhe, des Absteckens gibt: je saurer die Woche, desto freundlicher sticht das Fest ab. Womit ich wieder beim Thema bin: Das Spannungsfeld zwischen Werk und Muße – bezogen auf jene menschliche Mittelschicht (weder qualitativ noch soziologisch gemeint), der diese Untersuchung gilt – ist auch eine Frage der Fallhöhe, des Absteckens, Abhebens.

Von der Theorie in die Praxis hinabzusteigen, bedeutet immer noch, banal zu werden, und das widerfährt nun auch dieser Untersuchung, wenn ich das thematisch vorgegebene Spannungsfeld in dem Bereich zu betrachten beginne, der mir am besten geläufig ist: in meinem Beruf. Ich bin Jurist. Der juristische Beruf ist deswegen sehr eigenartig, weil er ein Beruf ist, der keine Neigung erfordert. Diese Neigungslosigkeit fiel mir schon auf der Universität ins Auge, als ich so mit meinen Kommilitonen sprach und herumfragte, sie fällt mir jeden Tag auf, wenn ich mit Kollegen umgehe, und sie drängt sich auf, wenn ich die Referendare frage, die ich auszubilden habe, warum sie den Beruf des Juristen ergriffen haben. Neigungslosigkeit – also Fehlen emotionaler Bindungen an den Beruf, Fehlen von Sendungsbewußtsein, von Berufung und zwangsläufigem Lebensweg – wirkt negativ, soll es aber nicht sein. Viele »gehobene Berufe« haben einen hohen Neigungsfaktor: vom Künstler (im weitesten Sinn) und vom Forscher (auch im weitesten Sinn) nicht zu reden, Arzt, zumindest guter Arzt, kann nur werden, wer eine zwangsläufige Berufung verspürt, Priester, vielleicht sogar Bankier ... der Jurist kommt weitgehend ohne Neigung aus. Das hängt damit zusammen, daß das Feld dieser Wissenschaft nichts geringeres ist als die menschliche Gesellschaft, vielleicht sogar das menschliche Leben. Der als Philosoph (wie auch als Stilist) weit unterschätzte Roda Roda hat gesagt: Es sei in Ordnung, daß man den Juristen Funktionen in der Verwaltung anvertraue, daß Juristen Eisenbahnen leiten und Schlachthöfe, auch im Kirchenvorstand und in kommunalen Körperschaften seien Juristen angebracht, und selbst das Eindringen juristischer Fachleute in die Lotterieaufsicht und in das Baugewerbe sei nicht zu beanstanden, nur von der Gerechtigkeit sollten die Juristen die

Finger lassen. Das nur zur Auflockerung, damit es nicht zu langweilig wird.
Bekanntlich sind Vorträge langweilig. Vortrag und Langeweile sind deckungsgleiche Begriffe. Ab und zu ist also ein derartiger Witz zu machen, damit das Lachen der Wachgebliebenen die Eingeschlafenen weckt. Natürlich lassen sich die Juristen das Betätigungsfeld Gerechtigkeit – grob gesprochen: Justiz – am allerwenigsten nehmen. Meine Erfahrungen als Schöffenrichter zeigten mir übrigens, daß es ganz gut ist – Roda Roda hat hier nicht recht. Aber Roda Rodas Witz zeigt recht anschaulich, wieweit sich das soziale Leben mit dem deckt, worüber der Jurist nachdenken lernen soll und gelernt hat. Das ganze menschliche Leben ist durchwoben von juristischen Schüssen und Ketten, und der Jurist sieht die Welt als ein Gerüst von rechtlichen Bindungen, in denen das Leben hineingeflochten ist. Und das ist nicht erst heute so. Eines der großartigsten Zeugnisse der mittelhochdeutschen Literatur, schon fast eine Summe, auch eine Kritik des mittelalterlichen Geistes und dazu noch eine der romantischsten Geschichten, die je geschrieben worden sind: Gottfrieds von Straßburg »Tristan« ist, mit den Augen eines Juristen betrachtet, nicht nur eine traurige Liebesgeschichte, sondern ein menschliches Drama auswegloser rechtlicher Verstrickungen. Es würde natürlich zu weit führen, läge auch neben der Sache, dies hier in Einzelheiten auszubreiten. Nur soviel – ein Vorgriff auf später zu Sagendes –, ich leite aus der verzwickten Gerechtigkeitstragödie, die der »Tristan« bei Gottfried ist, ab, daß Gottfried von Straßburg einer der ersten in der

langen Reihe der praktizierenden Juristen in der deutschen Literatur war. Ich bin sicher, daß er sein gigantisches Epos, das trotz der gut 19 000 Verse ein Torso ist, im Spannungsfeld zwischen Werk und Muße geschrieben hat.

Das Feld des Juristen ist also die Welt, grob gesagt. Das verbietet dem Juristen Neigung zu seinem Beruf zu haben, denn Neigung heißt zwangsläufige Kanalisierung der Interessen (was nicht unbedingt Spezialisierung bedeutet, das ist wieder etwas anderes), heißt Verengung durch Vertiefung.

Ohne Zweifel ist daher auch die juristische Wissenschaft – der ja deswegen hie und da überhaupt der Charakter einer wahren Wissenschaft abgesprochen wird – die oberflächlichste der Wissenschaften, daher kommt ihr eigenartiges Schillern zwischen Natur- und Geisteswissenschaft. Die Juristerei als *Muße* ist fast undenkbar, außer wenn pensionierte Gewerbeoberlehrer anfangen, Prozesse zu führen – aber das ist ein Kapitel für sich.

So gibt es also dreierlei Arten von Juristen, soweit ich das in meiner nunmehr fast dreißigjährigen Praxis (das Studium als vorbereitende Praxis mitgerechnet) beobachtet zu haben glaube:

– Der Jurist aus Verlegenheit: Er hat Jura studiert, entweder weil die Schlange beim Inskribieren am Schalter »Jura« im Moment am kürzesten war, oder weil der Vater schon Jurist war, oder aus ähnlichen äußeren Gründen;

– der Jurist aus Trotz: Er hat Jura studiert, weil er in sich keine Begabung für irgendein anderes Fach fühlt, oder aus Liebeskummer, oder zur Selbstbestrafung,

oder weil eine stärkere, andere Begabung (meist eine künstlerische) unterdrückt werden muß;
– der Jurist aus Berufung, eine der schlimmsten Erscheinungen im Rechtsleben.
Der Jurist aus Berufung ist deshalb so schlimm, weil er ein Mensch ist, den es eigentlich nicht geben dürfte. Warum, ergibt sich aus dem, was ich oben über die Verengung durch Vertiefung gesagt habe. Ich vermeide es, mich hier über die Juristen aus Berufung auszubreiten, obwohl es Gelegenheit zu kabarettistischen Ausflügen gäbe, denn dieses Thema gehört nicht hierher. Der Jurist aus Verlegenheit, der mit Sicherheit verbreitetste, ist nicht nur für mein Thema unergiebig. Ich wende mich, als zum Kern meiner Überlegungen, den Juristen aus Trotz zu.
Ich darf der Klarheit wegen noch einmal herausstellen: Selbstverständlich betrifft und bewegt alle Menschen, insbesondere alle Menschen, in denen ein schöpferischer, philosophischer, künstlerischer Kern steckt – und das sind doch sehr viele –, die Frage, wie sie sich im Spannungsfeld zwischen Werk und Muße verhalten sollen; etwas schlichter gesagt: Es bewegt sie die Frage, wieweit sie das tun dürfen, was sie gern tun möchten zu Lasten dessen, was sie tun müssen.
Den Aspekt der »Dichter-Juristen«, den ich herausgreife, möchte ich als Beispiel verstanden wissen. Ich greife diesen Aspekt aus naheliegenden Gründen heraus und auch, weil er mir aus eigener (schmerzlicher) Erfahrung und Beschäftigung mit diesem Gegenstand geläufig ist.
Ich habe über 100 Schriftsteller und Dichter gefunden, die entweder einen juristischen Beruf ausgeübt

oder zumindest zeitweilig ausgeübt haben oder ein juristisches Studium absolviert haben. Die antiken Schriftsteller habe ich in dieser Liste nicht berücksichtigt, einmal, weil die Vita dieser alten Meister oft dunkel ist, außerdem, weil der Beruf der Juristen und Beruf überhaupt aus so großer Ferne oft nicht klar abzugrenzen ist. Meine Liste beginnt daher mit Sebastian Brant (1457–1521), der Dr. jur., Prof. der Rechte und Stadtsyndikus von Straßburg war, umfaßt fast alle Dichter der beiden Schlesischen Dichterschulen von Martin Opitz, der fürstlich liegnitz-briegscher Rat, bis Hofmann von Hofmannswaldau, der Senator und Ratspräses von Breslau war. Meine Liste umfaßt den Advocaten Carlo Goldoni, den Kanzleidirektor Wieland, selbstverständlich den Minister, Geheimen Rat und Licentiaten Goethe, den Barrister und Gerichtssekretär Sir Walter Scott, den Kammergerichtsrat Hoffmann, den Landgerichtsrat Immermann, den Geheimen Rat Baron Eichendorff, den Oberamtsrichter Storm, die Advokaten Stevenson und Thoma, den Dr. juris utr. Kafka, und den Rechtsanwalt, Professor und Ministerialrat Dr. Diess.

Ich habe gesagt, daß ich dieses Phänomenfeld der »Dichterjuristen« als Beispiel anführe; daneben aber macht schon die numerische Betrachtung stutzig. Die Kombination Dichter-(Schriftsteller-)Jurist ist statistisch überaus häufig, dieses Phänomenfeld geht daher sowohl über beispielhafte Bedeutung hinaus, untergräbt es aber auch. Es liegt wohl an der Kombination. Keine andere Kunstart kann dermaßen »nebenbei« betrieben werden wie die Literatur. Es gibt kaum Musiker – schöpferische Musiker, also Kompo-

nisten –, die neben einem außermusikalischen Brotberuf als Komponisten zu Bedeutung gelangt sind. Die Ausnahmen, die die Regel bestätigen, muß man suchen: E. T. A. Hoffmann, der Komponist, ist eine solche Ausnahme, in unserem Jahrhundert der Amtsrichterkollege Armin Knab. Musiker, die als Juristen angefangen haben, aber entweder schon während des Studiums oder jedenfalls gleich danach von der Juristerei keinen Gebrauch gemacht haben, gibt es einige (Robert Schumann, Peter Tschaikowsky), aber die haben natürlich nie einen juristischen Brotberuf ausgeübt. In den bildenden Künsten sind die Ausnahmen eher noch seltener: Der Bühnenbildner und Illustrator Dr. jur. Emil Preetorius ist eine solche Ausnahme; aber auch er hat nach seiner Berufung als Professor an die Kunstgewerbeschule keinen Gebrauch mehr von »Schönfelder« und »Palandt« gemacht.
Die musikalischen und bildenden Künste sind – und das macht sie sowohl für dilettantische wie nebenberufliche Ausübung weniger geeignet – stärker handwerklich gebunden als die Literatur. Das sind oft äußerliche Gründe: Wer hat schon ein Bildhaueratelier und kann sich aus Hobby einen Marmorblock leisten. Die Musik, die schöpferische Beschäftigung mit der Musik setzt – immer noch – ein Studium von Harmonielehre, Kontrapunkt, Partiturspielen usw. voraus, das die ganze Kraft eines Menschen und seine ganze Zeit aufzehrt. Die inneren Gründe sind: Ein schöpferischer Musiker, Maler, Bildhauer, Architekt muß seine schöpferischen Gedanken stets mit sich tragen. Mehr noch, er muß die ganzen schöpferischen Gedanken der Vergangenheit mit sich tragen, er muß

weit mehr als der Literat ständig bewußter Teil der Musik- oder Kunstgeschichte sein. Die Kenntnis seines Platzes im Lauf der Musik- oder Kunstgeschichte ist für den Musiker und bildenden Künstler unendlich wichtiger als für den Literaten. Das hat Licht- sowohl als auch Schattenseiten: es bringt eine gewisse Modernitätssucht mit sich, entlarvt aber auch Anachronismen in scharfer Weise. Für den schöpferischen »Nebenerwerb« ist die Literatur, die als äußere Voraussetzung nichts erfordert als (minimal) einen stumpfen Bleistift und die Rückseite eines gebrauchten Kuverts, und als handwerkliche Vorbildung nichts als die Kenntnis des Alphabets, die außerdem frei ist von einem kanonischen Ablauf ihrer Geschichte, ist also die Literatur besser geeignet als die anderen Künste.

Nun haben neben den Juristen auch andere Berufssparten Heroen der Literatur gestellt. Eine Reihe der vorzüglichsten Meister waren Ärzte: Schiller, Büchner, Schnitzler, Tschechow, Benn. Robert Musil war Ingenieur, der Stand der Apotheker hat zwei äußerst respektable Literaten hervorgebracht: Fontane und Trakl. Aber kein Berufszweig ist in der Literatur so häufig vertreten wie die Jurisprudenz. Es liegt wohl, um es nochmals zu sagen, an der Kombination, am Spannungsfeld zwischen Tun-Müssen / und Tun-Wollen, das in dem Rahmen, den die Juristerei mit der Literatur absteckt, offenbar einen rätselhaft fruchtbaren Boden findet. Rätselhaft: Obwohl ich selber betroffen bin, konnte ich nicht mehr als einzelne Begründungen finden, ein Gesamtgrund ist mir nicht erkennbar, obwohl es ihn, glaube ich, geben muß.

Die Statistik spricht dafür. Das »Erholungsmoment« – daß man sich vom Werk in der Muße und umgekehrt erholt und aus wechselseitigem Ausspielen von, für sich genommen, Belastungen dort Kraft schöpft, wo andere verschlissen würden –, das »Erholungsmoment« ist sicher ein wichtiger Punkt, aber sicher kein Gesamtgrund.
Goethe hat Jura studiert, weil sein Vater Jurist war, weil sich der junge Goethe dem klaren Willen des Vaters beugte. Neigung zur Juristerei hat Goethe sicher nicht zu diesem Studium getrieben. Sein Studiengang war auch alles andere als erfreulich. Des jungen Goethe Aufführungen in Leipzig sind bekannt und haben dem Vater nicht nur materielle Sorgen bereitet. In Straßburg hat Goethe alles mögliche gehört und studiert, am wenigsten Jura. Der Abschluß war auch nicht der vom Vater erhoffte Dr. jur., sondern nur der mindere Lizenziat. Der junge Advocat Goethe, dann Praktikant am Reichsgericht in Wetzlar, war bald ein berühmter Dichter – dennoch wäre es falsch, der Juristerei in Goethes Leben nur die Bedeutung eines Brotberufes, einer Lebensverlegenheit zuzuordnen. Da ist zunächst die erstaunliche Äußerung Goethes, die er 1770 aus Straßburg an Susanne von Klettenburg richtete: »Die Jurisprudenz fängt an, mir sehr zu gefallen. So ist es doch mit allem, wie mit dem Merseburger Biere. Das erstemal schaudert man und, hat man's eine Woche getrunken, so kann man es nicht mehr lassen.« Und dann die merkwürdige Stelle aus einem Brief des sechzigjährigen Goethe an den Minister Voigt (1809): »Im Grunde bin ich von Jugend her der Rechtsgelehrigkeit näher verwandt als der Farbenlehre.«

Was dieses Wort, diese Ehrenrettung der Jurisprudenz in Goethes Leben durch ihn selber bedeutet, braucht man bei der fast monomanischen Inklination des Olympiers zur Farbenlehre – die er selber ja als das Bleibende von seinen Werken betrachtet hat – nicht zu betonen. Goethes Tätigkeit als Advocat in seiner Heimatstadt Frankfurt war nicht sehr ausgreifend, dafür waren die ersten zehn Jahre in Weimar (bis zum Antritt der großen Reise nach Italien 1786) die Zeit intensiver juristischer Beschäftigung, allerdings rein administrativer Art. Für die Rechtspflege hat sich Goethe nicht interessiert. Umfang und Zeitaufwand dieser Amtsgeschäfte Goethes als Geheimrat, Mitglied des Conseilles, diverser Kommissionen, bis hin zur Wege- und Kriegskommission, der herzoglichen Finanzkammer, können kaum unterschätzt werden. Es ist kein Zweifel, daß Goethes juristische Tätigkeit in den ersten zehn Jahren in Weimar ein Full-time-Job, und daß die Reise nach Italien nicht zuletzt eine Flucht davor war. Nach der Rückkehr aus Italien hat Goethe seine juristische Wirksamkeit erheblich eingeschränkt (nicht zugunsten der Literatur, zugunsten vielmehr seiner naturwissenschaftlichen Studien), eingestellt hat er sie nie, war bis ins hohe Alter, weit über unsere heutige Pensionsgrenze hinaus, Mitglied des Rates und hat zu juristisch-administrativen Fragen (etwa zur Kodifizierung des Konkursrechts) Stellung genommen. Das von Goethe geprägte Wort von den sauren Wochen und den frohen Festen oder der ganz unolympische Ausspruch, daß »tätig zu sein« des Menschen Bestimmung sei, hat er sehr ernst genommen. Goethes Leben war Fleiß, auch

Fleiß auf dem Gebiet seines erlernten Berufes. Wir wissen aus zeitgenössischen Zeugnissen, daß der erhabene Olympier als Geheimrat und Aktenbearbeiter nüchtern und sachlich, sogar peinlich genau und ordentlich war: ein Bild, das in nicht alle germanistischen Entwürfe von Goethes Biographie paßt.

Ernst Theodor Wilhelm Hoffmann, der sich Mozart zu Ehren »Amadeus« nannte, eines der buntesten, vielfältigsten Talente der Geistesgeschichte, wurde Jurist auf Anregung eines juristischen Onkels. Eine durchschnittliche, wenig aufregende Karriere und befriedigende Examina führten Hoffmann in die preußisch-polnischen Ostprovinzen. Die Freizeit benutzte er zum Malen und Komponieren. Die Bedeutung des Komponisten Hoffmann ist erst in den letzten Jahrzehnten wieder etwas zurechtgerückt worden, seine Bedeutung als Maler harrt noch einer Darstellung. Die Legende übrigens, daß der junge Assessor Hoffmann wegen aufmüpfiger Karikaturen, die er in Beratungspausen von seinen Vorgesetzten angefertigt habe, strafversetzt worden sei, hält der Nachprüfung (leider) nicht stand. Hoffmann war ein braver Richter und Beamter. Dennoch verlor er seine Stelle in den Wirren der napoleonischen Veränderungen, ging als Theatermaler, Kapellmeister und freier Schriftsteller nach Bamberg, wurde knapp zehn Jahre später wieder in Dienst gestellt, allerdings in hoher Position: als Kammergerichtsrat. Das verdankte Hoffmann zwar der Protektion seines Jugendfreundes Hippel, der – würde man heute sagen – »persönlicher Referent« des damals wichtigsten Mannes im preußischen Staat war, des Fürsten Hardenberg. Aber Hoff-

mann rechtfertigte die Protektion. Er war ein korrekter, fleißiger Richter. Der Großteil der dienstlichen Schriften Hoffmanns ist erhalten und publiziert, auch die dienstlichen Beurteilungen. Sie sind wichtig im Zusammenhang mit der Affaire, die die letzten Monate in Hoffmanns Leben vergällte und die Mimikry offenbart, die Hoffmann betrieb. Es würde hier zu weit führen, die Einzelheiten dieser »staatsgefährdenden« Episode darzulegen, die sich um die Knarrpanti-Episode aus Hoffmanns Erzählung »Meister Floh« rankt. Erwähnt sei nur eine erstaunte schriftliche Stellungnahme von Hoffmanns Vorgesetztem, dem Kammergerichtspräsidenten an den Minister, in der es heißt, daß sich Hoffmann immer untadelig geführt habe, und daß von seinem »comischen Talent« bisher nichts in die Akten gedrungen sei.
Es ist in der Tat so: Aus den Gutachten und Voten Hoffmanns, die erhalten sind, schimmert auch nicht die Spur des schriftstellerischen Genies dieses erstaunlichen Mannes. Er spielte ein – nahezu, bis auf die Knarrpanti-Sache – perfektes Doppelleben als einerseits braver Beamter, der anderseits, wenn die Nachtseiten des Lebens sich auf ihn legten, den Dämonen, die seine Brust zerrissen, freien Lauf gewährte. Daß biedere Vorgesetzte – der Kammergerichtspräsident und selbst Minister Hardenberg – diesen Dämonen nur kopfschüttelnd gegenüberstanden, daß *das* das eigentliche Leben eines Juristen sein sollte, ist verständlich. Wäre es heute anders?
Daß Goethe und Hoffmann »praktizierende« Juristen waren, ist hinlänglich bekannt. Daß es auch der romantischste, der idyllischste deutsche Dichter war,

der Dichter, dessen Namen schlichtweg identisch ist mit der deutschen Romantik, nämlich Joseph von Eichendorff, erregt oft Erstaunen. (Übrigens: auch der andere lyrische Erzromantiker, Nikolaus Lenau, eigentlich Nikolaus Niembsch, Edler von Strehlenau, war Jurist.) Eichendorffs Leben, weniger sensationell, als das Goethes, weniger dämonisch als das Hoffmanns, ist erstaunlich in seiner alltäglichen Stetigkeit. Eichendorff, als Sproß eines katholischen, schlesischen Adelsgeschlechtes geboren, studierte Jura, weil für einen jungen Mann seines Standes – der nicht bloß Gutsbesitzer sein wollte – nur drei Karrieren in Frage kamen: Offizier, Geistlicher, Jurist. Eichendorff, der offenbar keine Bestimmung zum Geistlichen und zum Offizier in sich fühlte, studierte in Halle und Heidelberg, wurde 1816 Referendar bei der Regierung (=Landgericht) in Breslau, relativ spät, im Alter von 28 Jahren, was durch die Kriegswirren bedingt war. 1821 wurde Eichendorff Regierungsrat in Danzig, 1824 in Königsberg, 1831 in Berlin und zwar im Kultusministerium, als Referent für katholische Kirchen- und Schulangelegenheiten. Das Pflichtbewußtsein und die Akribie, mit der dieser sensible literarische Romantiker sein Amt ausfüllte, ist doppelt erstaunlich, weil das Amt kein gewöhnliches Amt war. Dem preußischen Staat, traditionell erz-protestantisch, war durch die friederizianischen Kriege und dann durch die Neuordnung Europas im Wiener Kongreß mit Schlesien und den Rheinprovinzen eine alles andere als bequeme katholische Minorität zugewachsen. Das Referat, das Eichendorff verwaltete, war mehr als heikel: katholische Kirchen- und Schulangelegenheiten. Der preußische Aristokrat Eichendorff, der gleichzeitig praktizierender, gläubiger Katholik war, versah dieses Amt mit achtunggebietender Loyalität seinem protestantischen König gegenüber, ohne seinem eigenen katholischen Glauben das geringste zu vergeben. 1841 wurde Eichendorff Geheimer Regierungsrat. 1844 allerdings, als das preußische Ministerium den Kölner Erzbischof Droste-Vischering absetzen und verhaften ließ – das erste Grollen des Kulturkampfes zwischen katholischer Kirche und preußischem Staat: die sogenannten Kölner Wirren –, konnte Eichendorff Loyalität und Gewissen nicht mehr vereinbaren: Er nahm seinen Abschied.

Es gibt Briefe Eichendorffs, in denen er seine Belastung durch sein Amt beklagt. 1844, als er – 56 Jahre alt – »frei« wird, und keine materiellen Sorgen hat, bleibt er zunächst in Berlin, nach dem Tod seiner Frau 1855 zieht er zu seinem Schwiegersohn nach Neiße, stirbt hier zwei Jahre später. Keines seiner Werke, nicht »Ahnung und Gegenwart«, nicht der »Taugenichts«, nicht »Die Freier« oder »Dichter und ihre Gesellen« und nicht die Gedichte, von denen einige dem unvergänglichen Schatz deutschen Beitrages zur Weltliteratur zuzurechnen sind, hat Eichendorff in der Zeit seiner »Muße« nach seiner Pensionierung geschrieben, alle Werke, alle unter oder besser neben der Fron seines Amtes. Als »freier« Schriftsteller ist Eichendorff nicht untätig gewesen, aber was er nach 1844 geschrieben hat, waren literaturhistorische und philosophische Schriften: »Der deutsche Roman des 18. Jahrhunderts in seinem Verhältnis zum Christentum«, »Zur Geschichte des Dramas«, »Geschichte der poetischen Literatur Deutschlands«, alles Schriften, die heute nur noch von sekundärer Bedeutung sind und Eichendorffs Namen nicht überliefert hätten, nicht das Gewicht seines kleinsten Liedes haben. Es scheint fast so, als sei mit dem Druck des Amtes auch die poetische Kraft von Eichendorff gewichen, ein merkwürdiger, letzten Endes rätselhafter Vorgang. Es hellt das Rätsel nicht auf, wenn man feststellen muß, daß Eichendorff selber das alles auch nicht klar war.

In diesem Zusammenhang möchte ich ein geistesgeschichtliches Dokument zitieren, das mir ein ganz bemerkenswertes Licht auf die Wechselbeziehung zwischen »Werk und Muße«, Beruf und Berufung wirft, zumindest auf diese Wechselbeziehung bei den Dichter-Juristen. Wegen dieses Dokumentes – es sind eigentlich nur vier knappe Sätze, aus einem Brief, aber von scharfer Klarheit – habe ich die biographischen Zusammenhänge bei Eichendorff etwas ausführlicher dargestellt.

Es hat im 19. Jahrhundert einen heute vergessenen Dichter gegeben, den Eichendorff als etwas wie einen Schüler betrachtet hat: Lebrecht Dreves. Dreves, 1816 in Hamburg geboren, also knapp eine Generation jünger als Eichendorff, studierte in Jena und Heidelberg Jura, ließ sich 1839 als Advocat in seiner Heimatstadt Hamburg nieder und veröffentlichte nebenbei verschiedene Bände mit Gedichten, in denen er sich zum »Naturton« und zur Volksliednähe der romantischen Poesie bekannte – zu seiner Zeit fast schon anachronistisch, wenn man bedenkt, daß Hebbel (übrigens auch ein Jurist!) da schon schrieb. 1846

konvertierte Dreves zum Katholizismus, ein bemerkenswerter Schritt für einen Hanseaten, zweifellos aber unter dem Einfluß Eichendorffs, mit dem Dreves im Briefwechsel stand. 1847 wechselte Dreves von der Advokatur zum Notariat über, 1849 gab Eichendorff eine Sammlung der besten Gedichte Dreves' heraus. 1861 – vier Jahre nach Eichendorffs Tod – liquidierte Dreves seine Notarskanzlei und übersiedelte eigenartigerweise nach Feldkirch in Vorarlberg, wo er nur noch theologischen Studien oblag und mittelalterliche lateinische Kirchengesänge in – seiner Meinung nach – volkstümlichem und faßlichem modernen Deutsch nachdichtete (»Lieder der Kirche« 1868). 1870 starb Dreves in Feldkirch.
Abgesehen von seinem seltsamen Lebensweg darf diese mild-zeitferne Gestalt eines Dichter-Juristen wohl nur noch als für Eichendorffs Biographie von Bedeutung betrachtet werden, ohne daß man Dreves dabei Unrecht tut. Eichendorff vertraute den Briefen an Dreves manchen wichtigen und vertraulichen Gedanken an. 1848 – der bereits konvertierte Dreves war Notar in Hamburg, der Geheime Regierungsrat Baron von Eichendorff seit vier Jahren pensioniert – klagte Dreves über die Kluft in seinem Leben, über die Unvereinbarkeit zwischen juristischen Dienstgeschäften und poetischem Drang. Eichendorff antwortete: »Eine Stelle in Ihrem Brief hat mich fast wehmütig berührt, wo Sie nämlich von der Notwendigkeit sprechen, sich gegen einen ungelegenen poetischen Rausch zu waffnen. Auch ich habe während meines langen Amtslebens beständig gegen diese Anfechtungen zu kämpfen gehabt. Aber es schadet eben

nichts. Die prosaischen Gegensätze befestigen und konzentrieren nur die Poesie und verwahren am besten vor poetischer Zerfahrenheit, der gewöhnlichen Krankheit der Dichter von Profession.«

Abgesehen von dem Dichter- und Schriftstellerjuristen, die – wie Heinrich Heine oder Honoré de Balzac – nie oder fast nie eine juristische Tätigkeit nach ihrem Studium ausübten, gibt es noch eine Vielzahl von Literaten, die unter der Spannung zwischen Wollen und Müssen lebten oder – wenn man Eichendorff glauben will – ihre Kraft daraus schöpfen. So wäre der Dr. jur. Ludwig Uhland zu erwähnen, der als Rechtsanwalt in Tübingen und Stuttgart praktizierte, bis er 1830 – 43 Jahre alt – Professor für Germanistik in Tübingen wurde. Franz Grillparzer ist eine Ausnahme der von Ludwig Thoma sachkundig festgestellten Regel, daß Einserjuristen schwach von Verstand sind: Grillparzers Fakultätszeugnis von 1813 weist in allen Fächern (bis auf eins) »Erste Klasse mit Vorzug« auf. Grillparzer wurde dann nacheinander »Unbesoldeter Manipulationspraktikant« bei der »Bankalgefällten-Administration von Österreich unter der Enns« – Sie erlauben schon, daß ich zur Auflockerung diese bestechend schönen, herzmanowskyschen Amtsbezeichnungen anführe; wie kläglich sind da unsere dagegen – nach zwei Jahren wurde er »Konzeptspraktikant« bei der Hofkammer, nach weiteren acht Jahren »Hofkonzipist« im Präsidialbüro des k. k.Finanzministeriums, weitere neun Jahre danach Direktor des Hofkammerarchivs. Das k. k. Hofkammerarchiv verwahrte alle erhaltenen Urkunden und Protokolle, die mit Steuern zu tun hatten, zurück bis ins 13. Jahrhun-

dert. Das Archiv war völlig ungeordnet. Es blieb dem Zufall und dem Gedächtnis altgedienter Beamter überlassen, ob eine Urkunde gefunden wurde oder nicht. Grillparzer ließ die Dokumente, die oft bedeutenden historischen Wert hatten, systematisch erfassen und katalogisieren. Ein Untergebener Grillparzers im Archiv war übrigens ein gewisser Theodor von Karajan, der Großvater des Dirigenten. 1856 – 64 Jahre alt – wurde Grillparzer unter Verleihung des Hofratstitels pensioniert. Der gleiche Effekt wie bei Eichendorff trat ein: Nach seiner Pensionierung, in den zwölf endlich ruhigen, freien, von Amtspflichten ledigen Jahren, die dem Dichter noch verbleiben sollten, schreibt Grillparzer nichts mehr, obwohl gerade in dieser Zeit das Burgtheater unter der neuen Direktion Heinrich Laubes endlich von dem großen Dramatiker eigentlich Notiz zu nehmen begann und öffentliche Ehrungen und Anerkennungen vieles von dem Unrecht gutmachten, das Grillparzer in seinen früheren Jahren zugefügt worden war, etwa die kränkende Ablehnung von »Weh dem, der lügt« 1838, die Grillparzer veranlaßte, sich für Jahre ganz von der Öffentlichkeit zurückzuziehen. Die ganzen großen Dramen, selbst die sogenannten späten Werke, wie das gewaltige Zeitenwendedrama »Ein Bruderzwist in Habsburg« hat Grillparzer *vor* seiner Pensionierung im Joch des Amtes geschrieben, danach nichts mehr.
Zu erwähnen wäre der Jurist und Rechtsanwalt Theodor Woldsen Storm, Landvogt von Husum (diese Bezeichnung für einen Distriktsverwaltungsbeamten, also etwa: juristischer Beamter im Landkreis, hat es damals schon nur noch im preußischen Herzogtum

Lauenburg gegeben), später Amts- und dann Oberamtsrichter, 1880 mit 63 Jahren quiesziert, der neben seinen vollen Amtsgeschäften jene staunenswert einheitlichen, immer geschmackvollen Novellen schrieb, unverwechselbar in ihrer stillen Melancholie, von denen einige zum schönsten gehören, was die deutsche Literatur in der zweiten Hälfte des 19. Jahrhunderts hervorgebracht hat. Wie es oft so geht: Zeitweilige Überschätzung hat dazu geführt, daß heute das eher stille Talent des Theodor Storm unterschätzt wird. Vielleicht ändert sich das wieder.

Oder Dr. jur. Franz Kafka: Auch er wurde Jurist auf Wunsch seiner Familie, war eine Zeitlang Rechtsanwalt in Prag, dann Versicherungsjurist. Als solcher trat er 1908 in die »Arbeiter-Unfall-Versicherungs-Anstalt für das Königreich Böhmen« (nach heutiger Terminologie etwa: Sozialversicherungsanstalt öffentlichen Rechts) ein, wurde »Concipist«, »Vicesekretär«, von der CSR in gleicher Eigenschaft mit der ganzen Anstalt übernommen, zuletzt »Obersekretär«, am 1. Juli 1922 – neununddreißig Jahre alt – krankheitshalber vorzeitig pensioniert. Eine ganze Reihe versicherungsrechtlicher Schriften (dienstlicher und auch in Fachzeitschriften veröffentlichter) sind von Dr. Kafka erhalten – wie bei seinem in vielen Zügen geistesverwandten Kollegen Hoffmann findet sich darin auch nicht der Schimmer der dämonischen Welt der literarischen Werke Kafkas, jener Welt, für die seitdem der Name des Dichters förmlich als Synonym gilt. Als Wagenbach bei der Arbeit an seiner Biographie Kafkas in den sechziger Jahren nach Prag fuhr und in den Archiven der Versicherungsanstalt forschte, lebten noch Mitarbeiter Kafkas. Wagenbach macht die erstaunliche Feststellung, daß einige von ihnen sich zwar noch gut an den freundlichen und tüchtigen Dr. Kafka erinnerten, aber nichts von dessen »comischen« Talent wußten, das inzwischen ja immerhin weltliteratur-notorisch geworden ist.

Ich habe gesagt, daß diese Wechselbeziehung zwischen Amt und Berufung, zwischen Müssen und Wollen, zwischen Werk und Muße, rätselhaft ist. Es ist rätselhaft, weil wir nicht in die Geheimnisse des schöpferischen Vorgangs eindringen können, auch nicht eindringen sollen. Die wahrhaft schöpferische Kraft der großen Meister der Literatur war immer verschämt, hat sich immer vor die – wohl oft nur zu verwundbare – Seele des Schreibenden gestellt. Wirklich schöpferische Kraft ist un-autobiographisch, stellt sich nicht selber dar, im Gegenteil; die Werke sind eine schützende Mauer um die schutzbedürftige Seele des Dichters. Das wirklich große Talent drängt die Person seines Trägers in den Hintergrund.

Dennoch will ich versuchen, ein paar Punkte zu beleuchten, die uns die von mir erwähnten biographischen Beispiele an die Hand geben. Den »Erholungseffekt« habe ich schon erwähnt: es ist offenbar so, daß dieser Erholungseffekt je größer und wirksamer ist, desto ferner die beiden Belastungen voneinander angesiedelt sind. Schreiben, muß man hier dazu sagen, ist durchaus kein Honiglecken. Sie kennen vielleicht den Witz: Auf einer Gesellschaft wird einer Dame ein Schriftsteller vorgestellt. »Es muß herrlich sein«, sagt sie, »davon leben zu können, daß man schreibt anstatt zu arbeiten.« Dieses und ähnliche Mißverständnisse, die dadurch – oft selbst liebenden Ehefrauen gegenüber – genährt werden, daß sich ein Talent selten die Mühe anmerken läßt, ein gelungenes Werk sich (wie Carl Amery sagt) unter anderem dadurch auszeichnet, daß es *nicht* den Geruch des Achselschweißes mit sich führt, verleiten zu der Meinung, das Schreiben sei keine Anstrengung. Ich kann Ihnen versichern, daß weit eher das Bild Lichtenbergs von dem mit unendlicher Mühe aus dem Röhrenwerk des Geistes heraufgepreßten Ergebnis angemessen ist. Schreiben ist keine Erholung, Schreiben ist eine Belastung, aber – und das ist offenbar ein psychischer Mechanismus, der dem Schriftsteller zugute kommt, der auch einen Brotberuf hat: Die eine Belastung paralysiert die andere.

Aber das hat Eichendorff in der von mir zitierten Briefstelle gar nicht oder nicht in erster Linie gemeint. Ich erlaube mir, diese vier wichtigen Sätze nochmals in Erinnerung zu rufen: »Eine Stelle in Ihrem Brief hat mich fast wehmütig berührt, wo Sie nämlich von der Notwendigkeit sprechen, sich gegen einen ungelegenen poetischen Rausch zu waffnen. Auch ich habe während meines langen Amtslebens beständig gegen diese Anfechtung zu kämpfen gehabt. Aber es schadet eben nichts. Die prosaischen Gegensätze befestigen und konzentrieren nur die Poesie und verwahren am besten vor der poetischen Zerfahrenheit, der gewöhnlichen Krankheit der Dichter von Profession.«

Eichendorff grenzt hier ab, und das ist ein sehr ernster Gedanke: den aktiv schöpferischen Künstler vom Inspirationsempfänger. Das hatte damals, zu Eichendorffs romantischen Zeiten, die die Inspiration förm-

lich anbeteten, fast häretische Züge. Aber es gilt auch heute, wo anstelle der Inspiration die Assoziation, das Gefühl, die Versenkung angebetet wird, wo der Schaffensdrang durch Meditation und Drogen angeregt wird, wo man die Bedeutungsgehalte vom Schöpfer des Kunstwerks auf den Interpreten oder Rezensenten verlagert. Der bloße Inspirationsempfänger (heutiges Schlagwort: neue Sensibilität) unterscheidet sich vom aktiv schöpferischen Künstler durch den Mangel an geistiger Organisation ... »die poetische Zerfahrenheit«, wie ihn Eichendorff nennt, der Geist des Neu-Sensiblen zerfährt die Landschaft, wird selber zerfahren von den (absichtlich) unkontrollierten Assoziationsströmen. Wer – wie Eichendorff – eingespannt ist zwischen Amt und Berufung, hat gar keine Zeit, so eine Zerfahrenheit – »die gewöhnliche Krankheit der Dichter von Profession« zuzulassen, der muß seine Berufung (die Berufung zum Dichter) organisieren. Da die juristische Tätigkeit ihrerseits in den seltensten Fällen eine Berufung ist – wie ich oben darzulegen versucht habe –, stört sie die wahre Berufung wenig, der gesamte Paralyseeffekt der weit voneinander entfernten Belastungen kann sich frei entfalten.
Ich fürchte, ich habe meine eigene Feststellung, daß der schöpferische Vorgang rätselhaft ist, durch diesen subjektiven Vortrag unfreiwillig erhärtet. Ich habe Ihnen keine Lösung geboten. Ich biete sie Ihnen nicht einmal, wenn ich jetzt von mir selber rede – mit einigem Unbehagen, nachdem ich Ihnen von Goethe, Eichendorff und Kafka erzählt habe. Aber es hatte ja seinen Grund, warum gerade ich – der ich auch

Schriftsteller und daneben oder davor praktizierender Jurist, nämlich Richter am Amtsgericht in München bin – gebeten wurde, diesen Vortrag zu halten. Ich werde oft – eigentlich bei jedem Interview – gefragt, ob ich es denn mir nicht leisten könne (finanziell ist gemeint), als freier Schriftsteller zu leben. Freilich könnte ich mir das längst leisten, ohne weiteres. Warum ich es dann nicht tue, das heißt warum ich nicht die Last der Amtspflichten von mir würfe, was schon allein den Vorteil mit sich brächte, daß ich in der Früh länger schlafen könnte? Ja – oft würde auch ich gern länger schlafen in der Früh ... und »habe während meines langen Amtslebens beständig gegen diese Anfechtungen zu kämpfen gehabt«. Die Antwort, warum ich nicht, wo ich es mir doch leisten könnte, den ganzen undankbaren Amtskrempel hinschmisse und, um ein Fernsehspiel oder auch nur ein Gedicht zu schreiben, in die Toscana fahre, wenn mir danach ist ... die Antwort fällt mir schwer, genauer gesagt, ich weiß keine. Ich weiß nur verschiedene Antworten, die das Problem umkreisen. Ich brauche, sage ich, den täglichen Ärger, um nicht in eine unfruchtbare Idylle zu versinken, ich brauche den Zusammenhang mit dem prosaischen Alltag; ich brauche die Systematik der Menschenkenntnis, die mir mein Beruf vermittelt (wobei ich hinzufügen muß: entgegen der Annahme vieler meiner Leser sind die direkten Anregungen, die ich aus meinem Beruf ziehe, sehr spärlich); ich brauche das Alibi des bürgerlichen Berufs, das mir mein Schreiben vom bloßen Nutzen abhebt! Ich brauche das Spannungsfeld zwischen Müssen und Wollen, zwischen Werk und Muße ...

zwischen Urteilsverkündung und Muse, so daß Apollon Musagète und die für die Prosaarbeit zuständige namenlose Muse nicht meine Arbeitgeber, sondern meine Freunde sind, mit denen ich mich arrangieren muß, und sie mit mir. Es ist für mich auch eine Art Re-Privatisierung der Schriftstellerei. Ich weiß, daß das ein nahezu schon altertümlicher Standpunkt in einer Zeit ist, die für Schriftsteller Sozial- und Krankenversicherung, Renten- und Tarifverträge fordert. Goethe wäre es nicht im Traum eingefallen, sich als Dichter oder Schriftsteller zu bezeichnen. In seinem Paß, den er auf seiner italienischen Reise mitführte, stand unter Profession: Kaufmann – allerdings auch nicht der Name Goethe. Eine kleine Eitelkeit des Olympiers: Er reiste incognito unter dem Namen »Möller« und freute sich, wenn man den Autor des »Werther« trotzdem erkannte. Das Schreiben war für Goethe das *Private*, und das Private rangierte weit höher als der Beruf. Heute ist es umgekehrt: Das Private ist in Mißkredit geraten, weil der private Bereich fast nur noch ausschließlich für Sport und Hobby benutzt wird. Sport und Hobby sind nur Zeitvertreib ... einer der makabren Begriffe unserer Zeit: die gewaltsame, törichte Vertreibung der Zeit, des Kostbarsten, Unersetzlichsten, das dem Menschen im Leben gegeben ist.

Ein Punkt noch: Ich kenne viele Schriftsteller-Kollegen, die »freie« Schriftsteller sind, über ihre Zeit verfügen, wie sie wollen, nicht der Notwendigkeit gegenüberstehen, sich gegen einen ungelegenen poetische Rausch zu waffnen. Sie schreiben auch nicht mehr als ich, seltsamerweise. Der größte Philosoph, den das zwanzigste Jahrhundert hervorgebracht hat, ist, meine ich, nicht Heidegger und nicht Lukács, nicht Husserl und auch nicht Habermas oder Levy-Strauss, das philosophische Talent des 20. Jahrhunderts, das wirklich neue Bezüge hergestellt hat, ist C. Northcote Parkinson. Ihm wird – dessen bin ich sicher – dereinst, philosophisch gesehen, das 20. Jahrhundert gehören wie das 19. Schopenhauer. Bei Parkinson ist nachzulesen, daß derjenige am meisten Zeit hat, der keine Zeit hat. Das gilt auch für Schriftsteller. Die »Freien« schreiben nicht mehr und nicht besser, sie schreiben nur langsamer.

So eine Betrachtung, wie ich sie Ihnen jetzt hier vorgetragen habe – wenn sie einer verfaßt, der selber betroffen ist von dem Problem – hat fast notgedrungen etwas Bekenntnishaftes. Ich glaube an das vorhin schon einmal zitierte Wort Goethes, daß tätig zu sein des Menschen Bestimmung ist. Wer das Glück hat, und ich bekenne, daß es ein Glück ist, in einem Spannungsfeld zwischen Müssen und Wollen leben zu dürfen, und wem gegeben ist, wenigstens zu leisten zu versuchen, was ihm als schöpferisches Ziel vorschwebt, dem kann es gelingen, seinen Anlagen gemäß verbraucht zu werden.

(Ein Vortrag)

Raucher

Die Zeiten sind ernst. Der Wind bläst dem Raucher ins Gesicht, was deswegen besonders unangenehm ist, weil dadurch die Pfeife und die Zigarre unerwünscht schnell brennen und zu heiß werden. Es hilft nichts: die Gunst der Stunde gehört den Nichtrauchern, und wenn ich die Zeichen der Zeit richtig erkenne, wird es vorerst so bleiben. Wie bei allen ideologischen Argumentationen fallen dabei feinere Differenzierungen unter den Tisch: Der Zigarettenraucher wird mit dem weit edleren Zigarren- und dem Pfeifenraucher in einem – nikotinfreien – Atem genannt, obwohl sich Zigarren- und Pfeifenraucher mit einigem guten Grund als Nichtraucher bezeichnen können, denn sie inhalieren bekanntlich nicht. Aber das hilft nichts. Die öffentliche Meinung hat eine Polarisierung erzwungen, die Gruppendynamik hat eingesetzt: Hier gibt es die Raucher, dort die Nichtraucher. Die Zeiten sind also ernst, und es verbietet sich daher, an dieser Stelle einen lustigen und launigen Vortrag zu halten, den vielleicht der eine oder andere, der mir die Ehre macht einige Arbeiten von mir zu kennen, erwartet. Meine Laudatio für den Pfeifenraucher des Jahres 1986, meinen Freund und Schriftstellerkollegen Michael Ende, wird ernsten Charakter haben.

Tabak, namentlich Pfeifentabak und Literatur haben eine lange gemeinsame Geschichte, die nicht frei von

Kontroversen ist. Goethes Abneigung gegen den Tabak ist bekannt. Dafür hat Schiller Pfeife geraucht. Aus E. T. A. Hoffmanns äußerem Erscheinungsbild ist die langstielige, bis zum Boden reichende Porzellanpfeife nicht wegzudenken, in der ein Pfund Tabak Platz hatte, und die vier oder fünf Stunden lang brannte. Einer der letzten Schriftsteller, der eine solche Pfeife rauchte, war der wohl umfassend gebildetste Mensch des 20. Jahrhunderts, der geniale Zusammenfasser der Kulturgeschichte unserer Welt, der Polyhistor Egon Friedell, den die Schergen des dezidierten Nichtrauchers Schicklgruber zum Selbstmord zwangen. Ich erlaube mir hier eine Paranthese: Politik und Tabak. Erst unlängst, als in Italien – ausgerechnet in Italien, in dem Land, das ohne die im Mundwinkel seiner Bewohner hängende Zigarette (die bezeichnenderweise meist »Nazionali« heißt) undenkbar scheint –, als in Italien der Vorschlag auftauchte, das Rauchen in der Öffentlichkeit überhaupt zu verbieten, hat sich das bunte und für uns unüberschaubare politische Kaleidoskop der Koalitionsparteien plötzlich gedreht, und es kamen ganz ungewohnte Querlinien in das Blickfeld. In den Klammern hinter den Politikernamen in den Zeitungen standen nicht mehr die Abkürzungen für die Partei, der sie angehörten: MSI, CD, PLI usw., sondern: Bettino Craxi (Pfeife), Spadolini (Zigarre), Fanfani (Zigarette) oder Andreotti (N. F. . Nonfumatore). Inzwischen hat sich die Diskussion wieder gelegt, und man streitet sich dort um die Frage, ob an den Lire-Beträgen drei Nullen weggestrichen werden sollen, und wie immer in Italien blieb alles beim alten. Ich wollte damit nur sagen:

Wenn man Konstellationen der Gesellschaft unter dem Blickwinkel scheinbar inkongruenter Dinge betrachtet – zum Beispiel: Politik und Tabak –, ergeben sich verblüffende Perspektiven. Adolf Schicklgruber war, wie man weiß, Nichtraucher. (Er war auch Vegetarier. Wer Vegetarier ist, sinkt bald auch zum Antialkoholiker herab, heißt ein altes Sprichwort.) Churchill war ohne seine ›Romeo y Julieta‹ nie zu sehen. Und wer hat den Krieg gewonnen? Eben. Das sollte doch zu denken geben. Stalin ließ sich gern mit einer krummen, altväterlichen Pfeife fotografieren: das georgische Väterchen, das eins schmaucht. Es enthüllt die ganze Verlogenheit dieses Linksfaschisten, daß er in Wahrheit nie eine Pfeife wirklich geraucht hat. Er war nur Kettenraucher von Zigaretten, aber das durfte nie fotografiert werden.

Aber zurück zum Rauch in der Literatur. Es ist natürlich nicht wichtig und nur eine statistische Spielerei, die Dichter und Schriftsteller in Raucher und Nichtraucher einzuteilen, die Raucher in Pfeifen-, Zigarren- und Zigarettenraucher, und es dürften kaum Erkenntnisquellen literaturhistorischer Art aus dieser Statistik gezogen werden können (vielleicht ist es aber nur nie versucht worden), richtig ist: *Warum* raucht er, der Schriftsteller, namentlich: warum raucht er, wenn er schreibt oder gar denkt? Sigmund Freud, der sonst alles bis auf den Seelengrund durchleuchtet hat, hat sich selber – wohl aus gutem Grund – bei der Durchleuchtung ausgespart, und so hat er, meines Wissens, nie ein Wort darüber verloren, warum er ununterbrochen schwere Havannas geraucht hat, bis zu einem Dutzend am Tag, auch (und erst recht) dann, als er schon am schweren Zungenkrebs litt. Der Rauch – die Zigarette für Thomas Mann oder Friedrich Torberg – war mehr als nur Gewohnheit und Stimulans. Torberg ging einmal unvorsichtigerweise zum Arzt, und der verbot ihm schwarzen Kaffee und Zigaretten. »Was soll das?« fragte ihn Torberg, »da ich von schwarzem Kaffee und Zigaretten *lebe*? Will mich der Doktor umbringen?«

Der Rauch, mit dem sich der Schriftsteller umgibt, wenn er schreibt, führt uns in die Tiefen des schöpferischen Geheimnisses hinunter. Das ist ein wirkliches Geheimnis, und den letzten Schleier kann keiner lüften, auch nicht, und vielleicht am wenigsten der, der selber an dieser Geisteskrankheit: schreiben zu müssen, leidet. Der letzte Urgrund ist mythisch.

»Es hat der Autor, wenn er schreibt,
So was Gewisses, das ihn treibt.«

Das ist nicht von Wilhelm Busch (Pfeifenraucher), obwohl es so klingt, sondern der Anfang eines Gedichtes von Goethe, das er ins Stammbuch Friedrich Maximilian Moors' geschrieben hat. Letztlich ist es dieses *Gewisse*, dieses ganz ungewisse Gewisse, was wir vom schöpferischen Drang kennen und mehr nicht. Goethe versuchte wenigstens eine Annäherung, und er fährt in dem Gedicht fort:

»*Der* Trieb zog auch den Alexander
Und alle Helden miteinander.
Drum schreib ich auch allhier mich ein:
Ich möcht nicht gern vergessen sein.«

Nicht gern vergessen sein: Ob es eine Seele gibt, ob sie, wenn es sie gibt, unsterblich ist, ob wir wiedergeboren werden oder nicht, das ist alles religiös und unklar und ungewiß. Der Künstler setzt auf die einzige, einigermaßen hoffnungsträchtige Möglichkeit: Er schafft seine Werke, und er hofft, mit ihnen nach seinem Tod nicht vergessen zu sein. William Faulkner (Zigaretten) hat es anders, nüchterner formuliert: So wie die amerikanischen Soldaten des Ersten Weltkrieges »Killroy was here« an die Wände der französischen Häuser schrieben, so schreibt er, sagte Faulkner, sein »Killroy« an die Wand der Geistesgeschichte und hofft, daß sie, die Wand, nicht allzubald weggebaggert werde.

Warum aber der Rauch? Fast erscheint der künstlerische Schöpfungsgrund noch vergleichsweise klar gegenüber den Rätseln des Schöpfungsvorganges. Ludwig Thoma – dessen Thöny-Karikatur bekannt ist, die ihn mit der langen Oberländer Bauernpfeife im Mund zeigt – hat einmal von der »unvorstellbaren, eisigen Einsamkeit« gesprochen, die den Künstler umgibt, wenn er seine Werke erfindet und ausarbeitet. Goethe hat es – in den »Wanderjahren« – poetischer ausgedrückt:

»Zu erfinden, zu beschließen
Bleibe, Künstler, oft allein, –«

In den inzwischen vergangenen Jahren des Fortschritts hat es natürlich auch zahlreiche Theorien gegeben, die sich mit den Möglichkeiten einer wirklich neuen Literatur befaßten. Sehr häufig trat dabei der Gedanke der Team-Arbeit auf. Demokratisierung der künstlerischen Arbeit. Kombinat Roman-Drama-Lyrik. Eine U-Bahn-Station, einen Computer, einen Tanker baut auch nicht einer allein, also muß auch ein Roman im Autoren-Kollektiv geschaffen werden.

Aber es stellte sich heraus, daß die Kunst das einzige Feld des menschlichen Zusammenlebens ist, wo die Diktatur der Demokratie vorzuziehen ist. Als Marginalie sei mir erlaubt daran zu erinnern, wie das mit der Demokratisierung des Spielplans in Köln ging. Ein betont progressiver Intendant ließ über die Projekte der nächsten Spielzeit abstimmen. Alle hatten gleiche Stimme: von Intendanten bis zur Garderobenfrau. Es gab 400 Proletarier (eben die Garderobieren, dazu die Bühnenarbeiter, Malersaalgehilfen, Putzkolonnen, Bilettenabreißer) und nur 25 Dramaturgen und Oberspielleiter usw. Die Proletarier überstimmten. Sie wollten »Maske in Blau«. Der Intendant hatte sich »Der Ja-Sager und der Nein-Sager« oder etwas in der Art erhofft. Klammheimlich wurde der Demokratisierungsbeschluß rückwirkend kassiert und dann doch Brecht gespielt, der übrigens ganz unproletarischer Zigarrenraucher war.

In der Kunst ist Demokratie nicht am Platz, jedenfalls nicht im schöpferischen Bereich. Kollektiv, Teamarbeit sind für die schöpferische Arbeit unbrauchbar. Der Künstler ist, wenn er schafft und erfindet, *allein*, ganz allein, einsam, nur auf sich selber gestellt. Er begibt sich in eine rücksichtslose Isolation, und der Eigensinn ist der Grundzug aller schöpferischen Kraft, weshalb alle Hervorbringungen der Staats- und weltanschaulichen Kunst, der Kunst also, die – und sei es: positive – Rücksichten nimmt, fad und meist gar nicht unsterblich sind. Das gilt vom sozialistischen Realismus bis zur kirchlichen Kunst. Und deswegen ist große Kunst, auch wenn sie scheinbar einem System dient (wie etwa Michelangelos Sixtinische Kapelle) immer a priori anarchistisch und areligiös, chaotisch im Sinn der bestehenden Normen. Davon ist selbst politisch anarchische Literatur, sobald sie sozusagen offiziell anerkannt ist, nicht ausgenommen; eine seltsame, aber nicht unlogische Kontradiktion.

Der Künstler ist im Schaffen mit sich allein. Für manche ist der Rauch, der sie dabei umnebelt, eines der Mittel, um die schöpferische Einsamkeit um sich her aufrechtzuerhalten. Diese zwar schmerzliche, aber notwendige Isolation herzustellen, ist oft schwierig. Aus Strawinskys Memoiren (Strawinsky war Zigarettenraucher) kennen wir die nachgerade manische Angst des Meisters, daß irgend jemand auch nur *einen* Ton hören könnte, den er am Klavier ausprobiert, weswegen er, zum Beispiel, in seinem ersten Exil in Morges in der Schweiz eine weit von aller Behausung entfernte Scheune mietete, in die er ein Klavier stellen ließ: daß ihn ja niemand hörte. Im Sommer ging es gut, aber im Winter – die Scheune war nicht heizbar. Dennoch komponierte Strawinsky lieber dort, schrieb »Die Geschichte vom Soldaten« und »Pulcinella« im Mantel, Pelzmütze und Handschuhen. Nur um allein zu sein. Gustav Mahlers einsames Komponierhäuschen in den Bergen am Schluderbach kennen wir aus Abbildungen. Brahms (Zigarren) komponierte in seinen letzten Lebensjahren vorwiegend sozusagen unmerklich und unauffällig am liebsten auf Reisen. Als Richard Seewald seine großartigen Glasfenster für Herz-Jesu in Neuhausen schuf, mußte die Kirche abgeschlossen werden. Durch die Sakristei schlich sich einmal Seewalds Auftraggeber, sein Freund, der Pfarrer Betzwieser hinein, und auch nur um zu fragen, ob der Maler irgend etwas brauche: einen, der die Leiter hielt oder ein Bier. Der Pfarrer kam gar nicht dazu, den Mund aufzumachen, da fuhr ihn sein Maler-Freund an: »Schauen Sie, daß Sie hinauskommen!« Aus der eigenen Kirche? Später bat Seewald um Entschuldigung: Es sei eben unabdingbar, daß er allein sei, wenn er male. Übrigens mußte Seewald dabei gestattet werden, daß er in der Kirche Pfeife rauchen durfte. Es wurde eigens der Dispens der Ritenkongregation aus Rom eingeholt.

Die vom Rauch umhüllte, einsame, langsame Geburt und Entstehung eines Kunstwerkes, ob Bild, Musikstück, Literatur, ist immer schwierig. Sie muß geschützt werden. Das ist der Grund der Isolation des Künstlers. Solang das Kunstwerk nicht fertig ist, kann es niemand verstehen. Es hat, solang es der Künstler für nicht vollendet erklärt hat (fast immer wird er es nur für vorläufig vollendet erklären, aber das ist wieder ein anderes Problem), eine ganz dünne, verletzliche Haut. Selbst ein flüchtiger fremder Blick kann es infizieren, und dann stirbt es, bevor es zur Welt kommt.

Dem Raucher bläst heute der Wind ins Gesicht. Dem Nichtraucher gehört die Gunst der Meinung. Ob das Bedürfnis oder nur Mode ist, soll hier nicht untersucht werden, man kann es wohl auch gar nicht entscheiden. Vielleicht ist es gut so, vielleicht ist zuviel geraucht worden. In wievielen Theaterstücken und Filmen läßt (auch heute noch) der mittelmäßig begabte Regisseur, wenn er nicht weiter weiß, den Akteur zur Zigarette greifen. (Es gibt auch da eine Typologie, wenn Sie einmal in einem Film nur *darauf* achten, werden Sie es sehen: Es gibt in der Hinsicht Zigaretten- und es gibt Telefonregisseure; die schlimmsten sind natürlich die Kombination aus beiden.) Es ist vielleicht zuviel geraucht worden. Der edle Tabak verfiel in der Kommerzialisierung und Proletarisierung. Besonders die Filterzigarette erscheint mir als Talsohle des Rauchens. Wenn ich an die Kleinbürger auf dem Sofa in Hausschuhen, die Bierflasche in der Hand, die Filterzigarette im Mund denke, die die Sportschau betrachten, so werde ich fast zum Verfechter des Nichtrauchens. Aber Pfeife und Zigarre haben selbst in den heutigen allgemeinen Niederungen des gesellschaftlichen Lebens etwas von einer Besonderheit bewahrt, womit ich endlich zum Pfeifenraucher Michael Ende komme.

Es ist nicht so, daß ich den Sinn dieser Rede als Laudatio für Michael Ende vergessen hätte. Aber ich bin nicht in der Lage ihn zu loben, und ich glaube, er will das auch gar nicht. Ich liebe seine Werke, ich verehre ihn, wie man so sagt, als Mensch, achte ihn als Kollegen hoch, aber eine germanistische Lobrede vermag ich nicht zu liefern, denn ich meine, daß einen Schriftsteller nichts anderes loben soll als seine Werke. »Ich bekenne offen«, ich zitiere wieder Strawinsky, »daß ich kein Vertrauen zu Menschen habe, die sich als feinste Kenner gebärden...« Da das auch Michael Endes Meinung ist, hüte ich mich so etwas zu wollen. Ich möchte nicht sein Vertrauen verlieren. Und seine Lebensdaten zu referieren, seine Arbeiten aufzuzählen, ist hier nicht der Ort und außerdem überflüssig. Das kann man im Lexikon nachlesen. Es ist vielmehr die Frage, was der Rauch bedeutet, der aus Michael Endes Pfeife aufsteigt. Feuer und Rauch haben immer eine sakrale, mythische und mystische Bedeutung gehabt, und schon der leidenschaftliche Raucher Ernst Penzoldt hat das Rauchen während des schöpferischen Vorganges als Brandopfer bezeichnet. Der Rauch verhüllt die Realitäten, die sich um den Schriftsteller störend auftürmen, und indem er sich verhüllt, unscharf und – wenn man lang genug raucht – unsichtbar macht, macht er den Weg frei zur inneren Klarheit der Phantasie. Die Phantasie, die Erfindung fremder, vorher nie geschauter Welten, ist die Essenz des Werkes von Michael Ende, und es ist schon fast ein Gemeinplatz, wenn ich daran erinnere, daß das kristallinische Weltreich der Gedankenspielerei seiner »Unendlichen Geschichte« Fantásia heißt. Phantasie und Feuer, Rauch, Extase, heiliger Rausch und ebenso heilige Nüchternheit durch das reinigende Brandopfer gehören zusammen, und ich stehe nicht an, Michael Ende als letzte Pythia (oder muß man da sagen: letzten Pythios) zu bezeichnen, der auf dem geheimnisvollen Dreifuß seiner Gedankenmacht sitzt und umwölkt vom Rauch seiner Pfeife die Eingebungen erfährt, die er uns dann mitzuteilen die Gnade hat.

Aber es kommt noch etwas anderes dazu, das ich mich fast scheue zu sagen, denn es kommt dabei zwangsläufig ein Wort vor, das heute als verpönt, als Schimpfwort, als unanständig gilt. Man darf heute selbst in einer Festrede Vulgärbegriffe aus dem medizinischen Darmbereich oder aus der Gynäkologie verwenden ohne Anstoß zu erregen, aber man muß ein

Wort vermeiden, und das Wort heißt: Elite. Wenn heute dem Raucher der Wind der öffentlichen Meinung ins Gesicht bläst, so halte ich das für gut, auch wenn die Tabakindustrie anderer Meinung sein dürfte und auch die Gewerkschaften wegen der entsprechenden Arbeitsplätze. Der Pythios mit seinem Brandopfer kümmert sich nicht darum, denn er ist ein Elitär, ein Ausgewählter. Auch die großen Opfer waren immer Ausgewählte, denken Sie an des hier schon mehrfach erwähnten Strawinsky »Sacre du Printemps«. Es ist zu viel, zu oft, zu ordinär geraucht worden. Sollen sich die Raucher gesund schrumpfen. Wenn zu viele das Rauchopfer dem Geist der Literatur darbringen, wird es wertlos und wirkungslos. Die Berufenen, die Auserwählten rauchen Pfeife, und die Welt der Phantasie, von der einzig Geschriebenes lebt und weiterlebt, kristallisiert sich in Werken, die – man weiß es nie im voraus, kann nur vermuten – die Prädisposition für die Unsterblichkeit in sich tragen.

(Laudatio auf den 1986 zum Pfeifenraucher des Jahres ernannten Michael Ende)

Vetter Thomas besucht den Zirkus

Ich war am letzten Sonntag mit meinem Vetter Thomas im Zirkus. Es gibt merkwürdige Dinge zu sehen in einem Zirkus, aber die Darbietungen, viel mehr: *eine* Darbietung des Zirkus »Locatelli« übertraf meine Erwartungen und auch die meines Vetters Thomas.

Um es vorweg zu sagen: Keine der Nummern vor der Pause war jene Darbietung, die den Besuch des Zirkus »Locatelli« uns, meinem Vetter und mir, zum Ereignis werden ließ. Ja – es war diese bedeutende, unglaubliche, nie und im entferntesten nicht im Zirkus »Locatelli« geahnte Attraktion nicht einmal eine Nummer im Sinn der Programmfolge, sie war darin nicht einmal erwähnt, sondern stand im Rahmen des allgemeinen Finales.

Begonnen hat die Vorstellung – nach einer allgemeinen Einleitung, wozu der »Einzug der Gladiatoren« gespielt worden war und der Direktor, wohl Herr Locatelli, sich vorgestellt hatte – mit dem Ballett der Tapire, welche Tiere äußerst selten und schwierig zu dressieren sind. Dennoch haben wir diese Nummer, wie alle übrigen, im Glanze des Auftritts im Finale fast vergessen.

Auch an die nächste Nummer – die dritte, wenn man die Einleitung mitzählt – konnte ich mich, konnte sich nicht einmal mein Vetter unter dem Eindruck der Schlußattraktion genauer erinnern. Es waren drei

Kinder, die Vulvis, die sich als Bodenakrobaten produzierten.
Die vierte Nummer war die Hohe Schule. Auch sie … aber ich brauche mich nicht zu wiederholen. Eingeleitet von feurigen Klängen des Orchesters – unter der Leitung des Meisters Carlo Martone, der bereits an der »Scala« von Mailand gewirkt; allerdings war die Art dieser Wirkung an der »Scala« im Programm nicht genannt –, eingeleitet von der feurigen Carmen-Fantasie aus der Feder des Dirigenten, die geschickt und geschmackvoll – sagte mein Vetter – die Habanera, den Torero-Marsch und das Eifersuchtsmotiv zusammengefaßt und nach C-dur transponiert hatte, eingeleitet von dieser Musik trabten vier Pferde in die Arena. Hinterher trabte der Herr, den wir seit der Einleitung als den Direktor kannten. Normalerweise, so erinnere ich mich gedacht zu haben, wäre Herr Locatelli als Zirkusdirektor gar nicht in Auffälligkeit getreten, hätte – von ruhigem Aussehen – etwa Arzt sein können, oder Schriftsetzer oder -steller. So aber, mit den Husarenstiefeln und dem weißen Frack, war er von mächtiger Stattlichkeit.
Die Musik spielte Stücke aus »Dichter und Bauer«, der Direktor schwenkte seinen Hut, die Pferde bekamen zunächst Zucker. Dann setzten sie sich auf die Hinterhand, sprangen durch einen Reifen, den der Direktor hielt, und hielten dann selber Reifen, durch die der Direktor sprang. Dann bekam der Direktor Zucker, und die Musik spielte »Puszta-Zigeuner.«
Danach war im Programm eine Pause. Mein Vetter Thomas und ich blieben aber auf unseren Plätzen sitzen, und ich bat meinen Vetter, mir einiges zu erklä-

ren, da er trotz seiner Jugend in Sachen des Zirkus erfahren war. Wir waren uns am Ende der Pause einig, daß noch nie dem Reifenspringen des Direktors Gleichwertiges in einem Zirkus gesehen und gezeigt worden war. Aber es sollte noch besser kommen, wir wußten es aber noch nicht.

Auf die Pause folgt die große Clown-Szene. Es traten drei sogenannte Musicalclowns auf. Einer davon war gefesselt. Er war der berühmte »Gefesselte Clown«. Bravourstücke von hinreißendem Lachreiz wußte er zu bieten, so spielte er die »Träumerei« auf der Ziehharmonika solo, dann die «Toselli-Serenade« und den Walzer »Erinnerungen an Hercules-Bad« auf der Geige unter Begleitung sanfter Akkorde vom Orchester, alles im gefesselten Zustand. Er sprang dann auf ein Tuch, das die beiden anderen Clowns straff gespannt hielten, ließ sich von ihnen in die Höhe schleudern, drehte sich dabei und vollführte Salti mortali. Immer höher wurde er endlich geschleudert, unter ständigem Drehen und unter dem Lachen der Zuschauer, und zuletzt flog er durch ein Loch in der Kuppel des Zeltes und verschwand. Mit gut gespielter Verblüffung standen die beiden verbliebenen Clowns. Das Publikum brach aus in Tosen des Gelächters und des Beifalls. Auch wir, mein Vetter Thomas und ich, lachten über diese Szene. Zwar sagte Thomas, daß er ähnliches schon besser gesehen hätte, aber der Schlußeffekt, so meinte er, sei Beifalls wert.

Anschließend an diese Nummer kamen wieder die drei Vulvis und zeigten Akrobatik am Boden und am Reck. Dann kam das Rhinozeros-Ballett, die Hohe

Schule der Nashörner, angeführt wieder vom Direktor, der diesmal Generalsuniform und einen schweren Säbel trug. Die Rhinozerosse legten sich auf Befehl des Direktors auf den Boden, standen auf Befehl auch wieder auf, marschierten am Direktor vorbei und standen auf einen plötzlichen Befehl des Direktors wie Rhinozeros-Standbilder still wie die Muckmäuse.

Mein Vetter Thomas erklärte zu dieser Nummer, daß sie zwar eine gewisse Einmischung von Kabarett in den reinen Zirkus zeigte, aber immerhin bemerkenswert gewesen wäre, da man nicht wüßte, wie lange man so etwas noch sehen könne.

Zum Hinausmarsch der Nashörner bliesen die Trompeten des Orchesters »Heinzelmännchens Wachtparade« und »Das Flötenkonzert von Sanssouci«.

Dann endlich war es soweit, aber ohne daß wir es wußten. Das Finale begann. Alle Mitwirkenden wurden noch einmal vorgeführt, mit kurzen Proben ihres Könnens, gewissermaßen als Erinnerung daran: die Vulvis, die Tapire, die Clowns mit dem »Gefesselten«, die vier Pferde. Mitten in diesem Reigen, unangekündigt, als wäre es gar nicht programmgemäß, kam das große Ereignis: Das Zelt wurde verfinstert bis auf das Licht im Orchester, denn dieses spielte eine merkwürdig chromatische Weise, erinnerlich aus dem Tristan-Vorspiel, brach sie aber ab, um einem dumpfen Wirbel der kleinen Trommel (offenbar mit Schwammschlegeln gerührt) Platz zu lassen. Der Trommelwirbel wuchs an im leichten Crescendo, und – ein Schlag der Tschinellen – zwei Scheinwerfer flammten auf, einer grün, der andere gelb, kreuzten sich hoch in der Kuppel des Zeltes, und genau im Kreuzungspunkt saß auf einer Schaukel ein Mann. Sein Aussehen zu beschreiben, bedürfte es einer eigenen umfangreichen Geschichte, und die ist schon geschrieben: »Klein-Zaches«. Der Mann auf der Schaukel glich einer Rübe, die Haare hingen ihm, wenn auch exakt geschnitten, bis über die Augen; das kreuzweis grün-gelbe Licht gab seiner Haut oder seinem Trikot ein Schimmern, daß man an einen Schlangenbalg erinnert war. Eine andere Trommel hatte den Wirbel aufgenommen, eine größere, die zwar weniger makaber, dafür aber aufreizend wirbelte, aufbrausend bis zum unerträglich scheinenden Fortissimo possibile, bis zum Höhepunkt…

Der Höhepunkt dauerte nur weniger als eine Sekunde, aber doch überlegte ich im Flug meiner Gedanken, aufgereizt, wie es die Trommel wollte: Was würde der kleine Mann tun? Würde er kopfüber in die Manege springen? Eine Fackel schlucken, die ihm der Direktor zuwerfen würde? Sich als Schnellzeichner betätigen?

… die Musik spielte einen Tusch, die Scheinwerfer erloschen, es geschah nichts.

Der Direktor bedankte sich, als die normale Beleuchtung wieder eingeschaltet war, für Besuch und Aufmerksamkeit und erklärte dann die Vorstellung für beendet.

Mein Vetter Thomas warf, ehe wir hinausgingen noch einen Blick in die Kuppel, aber selbstverständlich war nichts mehr von dem kleinen Mann im Schlangenbalg zu sehen.

Und wieder waren wir uns einig, mein Vetter und ich,

obwohl mein Vetter sein Urteil aus voller Erfahrung schöpfen konnte, ich aber vom Zirkus nichts verstand, daß dies nicht nur die bedeutendste Darbietung im Zirkus »Locatelli« gewesen war, sondern der Gipfel aller Zirkuskunst und Zirkusvorstellung schlechthin.

(1954)

Mein Arbeitszimmer

In Wiesbaden wurde mir ein kurioses Haus gezeigt. Gustav Freytag hat darin gewohnt, nicht nur das: es hat ihm gehört. Das Haus ist deshalb so kurios, weil der Dichter nach jedem Roman einen neuen Flügel oder einen neuen Turm hat anbauen, aufstocken oder umgestalten lassen. Es gibt einen »Soll und Haben«-Flügel, einen »Ahnen«-Turm, eine »Karl Marthy«-Etage. Nach den »Erinnerungen an den Kronprinzen und die deutsche Kaiserkrone« ließ Freytag immerhin eine mit Balustrade umgebene Terrasse anlegen. Das müssen Zeiten für Schriftsteller gewesen sein.
Ich kaufe mir nach jedem Buch, das veröffentlicht wird, ein Möbelstück für mein Arbeitszimmer, wobei ich gleich vorausschicken muß, ehe ich sage, aus welchem Holz die Möbel sind, daß ich mit Mahagoni-Möbeln aufgewachsen bin. Das gute Wohnzimmer meiner Eltern war Mahagoni, und so habe ich schon länger, als die derzeitige Mahagoni-Welle wogt, die Überzeugung, daß eigentlich die richtige Einrichtung eines Zimmers aus solchem Holz sein muß. Der englische Schreibtisch wurde nach der »Deutschen Suite« angeschafft, der Kapitänstisch nach »Großes Solo für Anton«, der Stuhl – eine Art grünseiden bezogener Mahagonitraum mit gebogenen Schwanenhälsen – nach dem »Homburg« und die Bücherregale jetzt nach »Eichkatzelried«. Im Herbst, wenn das »Messingherz« erscheint, lasse ich mir vielleicht ein Stehpult

machen. Aber gegen den Anbau eines Flügels am Haus ist das natürlich nichts. Ich tröste mich damit, daß ich tue, was ich kann. Es gibt Schriftsteller, denen es schlechter geht. Die kaufen sich allenfalls nach jedem lyrischen Gedichtband ein Paar neue Socken. Ich kenne auch einen – man wird verstehen, daß ich seinen Namen nicht nenne –, der zeugt nach jedem Buch ein uneheliches Kind.

Ich gehöre zu den Schriftstellern, die ihre Manuskripte mit der Hand schreiben. Eine Perle, der ich nicht genug danken kann, schreibt die Manuskripte dann auf der Schreibmaschine ins reine. Die betreffende Dame kann nicht nur meine Handschrift lesen, sie denkt sogar mit. Jeder Autor wird wissen, daß das unbezahlbar ist. Sie ruft zum Beispiel an, während sie am Abschreiben sitzt, liest mir einen Satz vor und sagt: »... muß das nicht ›habe‹ statt ›hätte‹ heißen?« Meistens hat sie recht. Warum ich nicht mit der Maschine schreibe, weiß ich nicht. Ich könnte es schon, so mit zwei oder drei Fingern. Ich habe mir mit solchem Schreibmaschineschreiben eine Zeitlang sogar mein Studium verdient. Vielleicht habe ich gerade deswegen eine Abneigung gegen Schreibmaschinen. Früher habe ich immerhin selber eine Schreibmaschine gehabt, eine kleine, schwarze italienische, die ich einmal von meiner Großmutter geschenkt bekommen habe. Diese Schreibmaschine ist mir durch Ehescheidung verloren gegangen. Ich habe dann eine Zeitlang ohne Schreibmaschine gelebt und danach eine andere Frau geheiratet, die eine grün/graue Schreibmaschine mit in die Ehe gebracht hat. Auf dieser Schreibmaschine schreibt jetzt eine andere Dame – mit einigem

Recht und Stolz könnte ich sie als »Privatsekretärin« bezeichnen –, die ein- oder zweimal in der Woche kommt und die Korrespondenz erledigt, die Steuer überweist und die Bankbelege abheftet. Sie trägt zu dem Zweck die grün/graue Schreibmaschine aus dem Arbeitszimmer meiner Frau herunter, werkt hier herum, verschließt die Maschine dann und stellt sie neben den Schreibtisch. Vor drei, vier Jahren noch hat mich das nicht gestört. Dann aber ist von der Schreibmaschine ein hemmendes Fluidum ausgegangen, und ich mußte die Schreibmaschine in den anderen Winkel des Zimmers tragen. Bald aber erreichte mich die Ausstrahlung der Schreibmaschine auch von dort, sie mußte vor die Tür. Jetzt, seit einigen Monaten, ist die Anwesenheit der Schreibmaschine selbst vor der Tür des Arbeitszimmers im Vorraum hinderlich, und ich kann erst zu schreiben anfangen, wenn die Schreibmaschine weit fort, wieder oben im Zimmer meiner Frau ist.

Mit Beschämung gestehe ich die Antwort, die mir ein ungarischer Schriftstellerkollege gab, dem ich diese Geschichte erzählte. Er fand sie gar nicht komisch. Er sagte nur: »Ihre Sorgen möchte ich haben.« Der ungarische Kollege schreibt in einer klassenlosen Etagenwohnung, während seine Frau im selben Zimmer Klavierlektionen gibt. Aber das, sagte der Kollege, sei nicht das Bedrückende, sei nicht die eigentliche Sorge. Der Sozialismus, sagte der Kollege, habe auch die Empfindungen der Bevölkerung gerecht vereinheitlicht. Alle, und zwar wirklich alle, selbst die, die oben sitzen, haben *eine* Empfindung gemeinsam, weil es eigentlich nur diese eine Empfindung gibt: Angst.

Ich kann nur auf dünnes Papier schreiben. Das kommt auch aus der Zeit, in der ich als Werkstudent mit Schreibmaschineschreiben mein Studium verdient habe. Es war damals noch gar nicht so leicht, Arbeit zu kriegen. Irgendwelche Förderungen vom Staat gab es nicht. Viele Studenten mußten arbeiten, und so war namentlich zu Anfang der Semesterferien der Andrang zu den offenen Stellen stark. Man mußte oft lang anstehen bei der studentischen Arbeitsvermittlung. Ich habe damals alles mögliche gemacht: elektrische Leitungen verlegt, obwohl ich zehn Daumen habe und zwar linke, ich habe Badewannen für Angola in Seekisten verpackt, ich habe in einer Miederfabrik gearbeitet, allerdings nicht – wie die Kommilitonen meinten – die Fabrikate den Damen angemessen, sondern im Garten Humus abgetragen. So habe ich natürlich sofort »Ja« gesagt, als ich gefragt wurde, ob ich Schreibmaschine schreiben könnte, obwohl es eine Lüge war. Aber man paßt sich an. Binnen weniger Stunden konnte ich mit zwei Fingern so schnell Lärm machen wie die Mädchen, die rundum saßen, mit zehn. Abends nahm ich immer das weggeworfene Papier mit. Die Mädchen waren nicht sparsam: wenn sie sich nur einmal vertippten, rissen sie – lieber als radieren – den ganzen Packen mit Durchschlägen aus der Maschine und warfen ihn in den Papierkorb, nahmen sich nicht einmal die Mühe, das Papier zu zerwuzeln.

Am Ende der Semesterferien hatte ich daheim einen Schrank voll von so gut wie ungebrauchtem Papier, zu einem Zehntel etwa normale Bogen, zu neun Zehntel dünnes Durchschlagpapier. Auf die dickeren

Bogen zeichnete ich. Auf die dünnen schrieb ich durch Jahre hindurch meine Werke, und zwar alles bis einschließlich des »Ruinenbaumeister«. Als das dünne Papier verbraucht war, hatte ich mich so daran gewöhnt, daß ich auf normales nicht mehr schreiben konnte, und das ist geblieben. Heute könnte ich mir vom Finanziellen her gesehen Büttenpapier gönnen, aber nein: es muß ganz dünnes, billiges Durchschlagpapier sein. Damit es mir nicht geht, wie dem reichen Mann, der das Rauchen aufgeben muß, weil es so teure Zigaretten, wie er sich leisten könnte, nicht gibt, lasse ich mir die dünnen Bögen hundertseitenweise in grüne, zum Mahagoni-Schreibtisch passende Umschläge binden.

Auf so dünnes Papier kann man mit Bleistift oder Kugelschreiber nicht schreiben, nur mit Tinte. Aber auch abgesehen davon schriebe ich wahrscheinlich mit Tinte. Das scheint so altmodisch zu sein, daß ein Journalist, dem ich das erzählte – aber nicht den Füllhalter zeigte –, dann in seinem Interview schrieb, ich schriebe meine Arbeiten mit dem Federkiel. Früher einmal habe ich aus Vorliebe für diese Farbe mit grüner Tinte geschrieben, dann habe ich mich dem mehr asketischen, schmuckloseren Schwarz zugewandt. Voriges Jahr aber, als ich auf Corsica im Hotel am »Messingherz« arbeitete, ist mir die schwarze Tinte ausgegangen, und in der nächsten Stadt, in Propriano, gab es nur blaue Tinte, und die mußten sie erst suchen. Die hundert Kilometer nach Ajaccio wollte ich wegen schwarzer Tinte nicht fahren, was der verstehen wird, der den Zustand korsischer Straßen kennt. Aus Geiz brauche ich jetzt natürlich die proprianische

Blautinte auf, und es kann sein, daß ich nun bei Blau bleibe. Aber man wird sehen.
Da ich zwei Berufe habe, habe ich auch zwei Arbeitszimmer. Sie liegen – das weiß ich von der Steuererklärung – vierzehn Kilometer auseinander. Ein Grund für unsere Energieverschwendung ist die unsinnige Zentralisierung. Die Gebietsreform war energiewirtschaftlich gesehen ein Unfug. Wenn es hier in Taufkirchen ein Amtsgericht gäbe, wäre ich Richter in Taufkirchen und ich könnte zu Fuß gehen. Aber nein, so bin ich eben Richter in München und fahre jeden Tag 14 km zur Maxburg und 14 km wieder zurück. Mein Arbeitszimmer in der Maxburg ist nicht mit Mahagoni-Möbeln ausgestattet. Ein Journalist, der mich einmal dort besucht hat, war sehr betroffen von der Ausstattung und hat fast vorwurfsvoll gesagt: »Aber im Fernsehen, wenn man einen Richter am Schreibtisch sieht, ist das *ganz anders*.« Mein Arbeitszimmer dort ist ein leuchtendes Beispiel für den Sparwillen der Finanzverwaltung. Als Luxus hatte ich eine Zeitlang allerdings *zwei* Kleiderständer aus Aluminium mit je sechs Haken. Ich hätte also zwölf Mäntel aufhängen können. Eine Zeitlang standen die beiden unschönen Kleiderständer in meinem Zimmer herum, und ich kümmerte mich nicht darum, aber dann begannen sie mich zu stören. Ich machte bei der Hausverwaltung Eingaben zur Entfernung des einen Kleiderständers. Ich führte aus, daß ich selber immer nur höchstens einen Mantel anhabe. Für den Fall, daß mehr als elf Besucher gleichzeitig kämen – was nur theoretisch denkbar sei –, wäre das Zimmer ohnedies so überfüllt, daß ich die Herrschaften nicht zum Able-

gen einladen könnte, weil sie sich dann mit den Ellenbogen gegenseitig die Rippen eindrückten. Was beim Wiederanziehen in so einer Situation geschehe, wagte ich mir nicht auszumalen. – Die Eingabe hatte Erfolg. Jetzt habe ich nur noch einen Kleiderständer.

Was ich – ich schreibe das, weil ich oft danach gefragt werde – in den jeweiligen Arbeitszimmern arbeite, halte ich streng getrennt. Noch nie, pflege ich immer zu sagen, hat eine Gerichtsakte die Schwelle meiner Mahagoniwelt daheim entweiht. Und im Gericht sorgt schon allein das Telefon am Schreibtisch dafür, daß für literarische Gedanken nicht Raum und Zeit bleibt.

Abstrakte Kunst

Es ist schwer, die abstrakte Kunst zu lieben. Zum Teil ist sie selber daran schuld, weil sie einerseits oft ins bloß Dekorative verflacht und sich anderseits allzu häufig ins Weltanschauliche verstrickt. Die Mitte, wie so oft, wäre das richtige. Es ist die Grenze – zwischen dem Abstrakten, den Dingen hinter den Dingen und der Abstraktion, das Loslösen, das Schweben über den Dingen, ohne sie zu verraten. Nicht die Ideologie, sondern das Spiel ist die Basis der Kunst. Darum schätze ich Paul Klee höher als Kandinsky, aber dennoch betrachte ich ihn, Paul Klee, den großen Spieler, als den Meister, von dem die abstrakte Malerei. Aber nun endlich die Legende, eine Rechtfertigung der abstrakten Kunst:

In einem – von manchen Gelehrten als Fälschung angesehenen – Anhang seines »Buches des Lebens der zukünftigen Welt« stellt Abraham ben Samuel, genannt Abulafia, einer der wichtigsten Vertreter der sogenannten »prophetischen Kabbala«, die These auf, Gott habe die Welt in erster Linie als Vorlage für die Maler geschaffen. Die Welt, sagt Abulafia, bestehe mit Sicherheit solange, bis alles gemalt ist. Nur Gott, fährt Abulafia fort, als quasi Urmaler, als Maler der Maler, der die Welt nach seinem Vorbild (das heißt nach der ihm innewohnenden Vorstellung) geschaffen hat, könne nicht dargestellt werden, was nur logisch sei, denn die Laterne – zum Beispiel – könne auch nicht sich selber beleuchten. Solange die Maler malen, sagte Abulafia, sei keine Gefahr für den Bestand der Welt; erst wenn sie aufhören, sei es an der Zeit, das große Wehgeschrei anzustimmen. Was dann passiert, wenn die Maler aufhören zu malen, hat dieser große Prophet der Kabbala entweder nicht gewußt oder für sich behalten.

So haben sich die Maler durch die Jahrhunderte gemalt: Sie haben die Kaiser gemalt, die Könige, Bischöfe und Äbte, die verschiedenen Heiligen, männliche und weibliche, die Propheten, Kirchenväter, Apostel, sehr häufig Adam und Eva und die Susanna im Bade; sie haben die Sonne gemalt – das ist schwer –, den Mond – das ist etwas leichter –, das Meer, die Gebirge, die Bäume, die Blumen; sie haben Löwen gemalt und Tiger, Pferde, Kamele, Kühe, Katzen, und sogar Läuse; sie haben die großen Helden gemalt, Tamerlan und Nebukadnezar, den großen Alexander, Caesar, manchmal lebend, manchmal als einen Toten, mit oder ohne Kleopatra, auch Kleopatra ohne Caesar, Kleopatra mit oder – noch lieber – ohne Kleider, überhaupt unzählige Damen oder auch Damen, die diesen Titel nicht verdienen, ohne Kleider; sie haben Steine gemalt, Erdbeeren, Äpfel, Grashalme, Fahrräder, Kanonen, Beißzangen, Früchtekörbe, Brücken, Bahndurchstiche, Kathedralen im Morgen-, Mittags- oder Abendlicht, Kakteen, biertrinkende Mönche oder Kochlöffel. Sie haben alles gemalt.

Es ist nicht sehr lang her, da war der Zeitpunkt erreicht, daß alles gemalt war, alles. Es bestand zu diesem Zeitpunkt – wenn man dem weisen Abulafia glaubt – ernsthafte Gefahr für die Welt. Aber die Ma-

ler, ein paar jedenfalls, waren schlauer. Sie haben angefangen, Dinge zu malen, die es eigentlich gar nicht gibt, oder vielmehr, die es zwar gibt, aber die man normalerweise nicht sieht: die Struktur der Dinge hinter den Dingen. Solche Bilder bestehen aus Linien, aus Tupfen, aus Mustern, aus genau ausgeklügelten Netzen von Formen und Farben, mit denen man auf den ersten Blick vielleicht nichts anfangen kann. Der Begriff: abstrakte Malerei ist nur eine Hilfskonstruktion. In Wirklichkeit haben diese Maler den Fortbestand der Welt gerettet – immer vorausgesetzt, daß das keine Fälschung ist.
Inzwischen gibt es Maler, die malen bereits Dinge, die hinter den Dingen sind, die unter den Dingen sind. Es ist klar, daß es schwer ist, diesen Malern zu folgen. Aber das macht nichts, wenn nur dafür gesorgt ist, daß die Welt noch eine Weile bestehen bleibt.

Die Zukunft der Freizeit

Über die »Zukunft der Freizeit« nachzudenken, bedeutet über die Zukunft der Menschheit nachzudenken, und da ist das Ergebnis zwangsläufig düster. Zunächst aber muß der Begriff der »Freizeit« geklärt werden. Damit, daß man sagt, Freizeit sei die Zeit des Menschen, in der er nicht arbeite, ist gar nichts gewonnen. Die freizeitliche Entwicklung, auf die noch zurückzukommen sein wird, hat es mit sich gebracht, daß manche Menschen in ihrer Freizeit mehr arbeiten als in ihrer Arbeitszeit. Freizeit ist vielmehr die *Unterbrechung* der Arbeitszeit, oder, je nachdem, Arbeit kann definiert werden als Unterbrechung der Freizeit. Es ist die Frage, was zuerst da war: die Arbeit oder die Freizeit. Das Leben des Tieres, selbst des Faultieres, besteht aus Arbeit. Das Tier arbeitet ununterbrochen, sofern es nicht schläft. Ist Schlaf Freizeit? Auch da kann man geteilter Meinung sein. Ich habe einen Mann gekannt, dessen erklärte Lieblingsbeschäftigung das Schlafen war. Um Mißverständnissen vorzubeugen: der betreffende Herr hat das nicht etwa im erotischen Sinn gemeint, nein, ganz direkt und ursprünglich. Seine Lieblingsbeschäftigung war Schlafen. Er war ein Schlafkünstler. Er hat behauptet, er könne spüren, wie er schlafe, er könne sich die Qualität seines Schlafes bewußt machen. Sicher ist das ein Sonderfall. In der Regel wird man Schlaf nicht zur Freizeit rechnen, fast eher zur Arbeit, weil es zur

Rekreation für sie dient. Tiere arbeiten ununterbrochen. Ein Tier ist immer im Dienst. Ein Tier wird auch nicht pensioniert. (Gemeint damit sind natürlich Tiere in ihrer natürlichen Umgebung, nicht unnütze Hunde und Kanarienvögel.) Nicht nur der aufrechte Gang, auch die Freizeit – längst noch nicht als solche empfunden und benannt – ist eine Errungenschaft, die den Menschen vom Tier unterscheidet. Während der benachbarte Bär noch den ganzen Tag für sein Überleben und das seiner Brut schuftete, lag der Germane bereits auf der Haut desselben und jagte sich den Met durch die Kehle. Das setzte natürlich eine gewisse Umschichtung der Arbeit voraus. Der Germane arbeitete nicht mehr selber, er *ließ* arbeiten, hauptsächlich seine Frau. Das gelang ihm durch einen Trick, nämlich durch die Wertefestsetzung. Die wahre Arbeit, das setzten die Germanen in Umlauf, sei Jagen und Raufen. Nur diese Arbeit sei männerwürdig. Alles andere sei entehrend. So entstand der Zusammenhang zwischen Arbeit und Ehre. Arbeit, so definierte der Germane und auch noch der Ritter im Mittelalter und überhaupt jeder, der etwas auf sich hielt, Arbeit ist das, was mir Vergnügen macht. Daß das eine Verkehrung des Begriffes Arbeit war, der ursprünglich soviel wie »Mühe« bedeutete, ist erst viel später aufgefallen.

Arbeit ist, was mir Vergnügen macht. Vergnügen macht, was mich ehrt. Der tatenlose Landsknecht ächzte vor Langeweile in seiner Freizeit und versuchte sie mühsam mit Saufen, auf Trommeln würfeln und Huren totzuschlagen, bis er sich wieder vergnüglichem Totschlagen zuwenden konnte, bei dem die

Zeit im Flug verging. Es gab natürlich nicht nur Landsknechte. Es gab auch Bauern und kleinbürgerliche Dienstleistende. Die lebten wie das Vieh: arbeiteten ununterbrochen, hatten keine Freizeit und wurden nie pensioniert. Sie beendeten ihr Leben durch Tot-Umfallen während der Arbeit oder Tot-Geschlagenwerden. Die Glücklicheren starben im Schlaf. Die Bürger – Handwerksmeister und Kaufleute – hatten bereits verstanden, die Arbeit zu delegieren: an Knechte, Diener, Gesellen. So spaltete sich der Begriff Arbeit auf. Der Aufpasser, der für sich arbeiten läßt, bezeichnet sein Aufpassen als Arbeit, ist sogar überzeugt, daß er schwerer arbeitet – nach dem Motto: *ich* trage die Verantwortung, *du* trägst das Klavier – als das untergebene Ausführungsorgan. Vielleicht hat der Aufpasser sogar recht: er muß überall gleichzeitig sein und darauf achten, daß ihn ja keiner bescheißt, ihm die Zeit – die Freizeit? – stiehlt. Man fragt sich da natürlich: Warum delegiert so ein Aufpasser die Arbeit, wenn er dadurch nicht Freizeit gewinnt, sondern eher noch mehr Arbeit? Die Antwort kann nur lauten: Er macht sich die Finger nicht mehr schmutzig. Als entehrend galt von da ab, wenn man sich die Finger schmutzig macht.

Ist hier aufgefallen, daß mit der Delegierung der Arbeit auch eine künstliche Multiplikation erfolgt ist? Arbeit erzeugt Arbeit. N. C. Parkinson, der, daran zweifle ich nicht, als der schärfste Geist unseres Jahrhunderts in die Geistesgeschichte eingehen wird (und nicht Einstein oder Heidegger), hat diesen Gedanken als erster erkannt und zu Ende gedacht. Ein Seitenaspekt der Parkinsonschen Erkenntnisse wäre also: Die Delegierung der Arbeit erzeugt beim Delegierenden keine freie Zeit, wie man eigentlich meinen sollte, sondern schichtet nur noch mehr Arbeit auf. Das hat man, ohne es benennen zu können, im 18. Jahrhundert zu erkennen begonnen, und es kam die stillste, aber auch weitestreichende Revolution: die Kontingentierung der Arbeit. Die Arbeit wurde eingeteilt. Die Arbeitszeit wurde nicht erfunden, sie bildete sich langsam heraus. Man muß sich das so vorstellen: wie ein Turm saß Aufpasser auf Aufpasser auf Aufpasser und so weiter. Die verkrustete, mittelalterliche Hierarchie, die ja bis weit in die Neuzeit reichte, drohte vor Arbeitswut zu ersticken, und jeder Versuch, sich durch Delegierung Freizeit zu verschaffen, artete nur wieder in neue Arbeit aus. Was geschah? Etwas vereinfacht gesagt: Die Welt zerfällt in Leute *mit* Durchblick und in solche *ohne*. Die mit Durchblick änderten das System. Sie sagten sich: Wenn wir nicht die Arbeit ständig vermehren wollen, müssen wir sie nicht *teilen*, das führt zu nichts, wie wir gesehen haben, wir müssen sie *zu*teilen. So wurde klammheimlich verfügt, daß nur noch von sieben Uhr früh bis zehn Uhr abends gearbeitet werden dürfe. Das galt für die *nicht* Durchblickenden. Die Durchblickenden arbeiteten in einer Kurzzeit von halb zehn bis elf jeden Dienstag, die ganz Schlauen an jedem ersten Dienstag im Monat. Das kühne System funktionierte. Die Arbeit flachte ab. Die Freizeit war geboren. Endlich konnte man wirklich auf Kosten anderer faulenzen.

Es ist völlig klar, daß ich die Entwicklung der Menschheit vom arbeitsamen Affen bis zur Freizeit stark schematisch dargestellt habe. Es gab zahllose flankierende Ereignisse, die ich außer acht lassen mußte: Erfindungen, das Auf- und Abkommen religiöser und philosophischer Systeme, Kriege, Pestilenzen und Hungersnöte und andere Unglücksfälle mehr, unter anderem Revolutionen und Evolutionen. Mehrere dieser flankierenden Ereignisse wirkten zusammen, so daß im Lauf des 19. Jahrhunderts die Zahl derer, die den Durchblick hatten, anstieg; manche sagten: erschreckend anstieg. Die ganze soziale Revolution kann auf einen Nenner gebracht werden: Die da unten wollten nicht mehr von sieben Uhr früh bis zehn Uhr abends arbeiten, sondern nur noch bis neun. Nein: bis acht ... bis fünf ... bis vier ... und auch nicht die ganze Woche, nicht das ganze Jahr, nur bis man 65 Jahre alt ist. Diese soziale Revolution siegte. Die Freizeit war, wie gesagt, schon vorher geboren, aber jetzt wurde sie zum Problem.

Die Durchblickenden und ehemaligen Aufpasser – nehmen wir als Stichzeitpunkt, der nicht ganz abwegig ist, die neunziger Jahre des 19. Jahrhunderts an, als Bismarcks Sozialgesetze in Kraft traten – hatten da schon an die hundert Jahre Zeit, die Freizeit zu üben. Der englische Lord spielte Golf, damit die Zeit vergehe, der elbische Gutsbesitzer ritt auf die Jagd oder saß im Hotel »Adlon« und trank Champagner, der russische Fürst spielte in Monte Carlo Roulette, die entsprechenden Damen waren entweder krank oder vergnügten sich mit Thees und Sticken, der eine oder andere gehobene Parasit beschäftigte sich mit Schriftstellerei (schrieb vielleicht ein Buch über das »Kapital«) oder kratzte auf der Geige. Manchem war es ge-

geben, die reine Faulheit, das gänzliche Nichtstun, zu praktizieren, die Kunst, die dem Menschen am schwersten zu erreichen ist. So waren die Durchblikkenden gewappnet. Die arbeitende Klasse aber überfiel die Freizeit unvorbereitet. Es wäre zu einer Katastrophe gekommen, wenn nicht der Sport aufgekommen wäre; nicht der Sport im engeren Sinn, also das Betreiben von Sport, sondern das Sport-Zuschauen. Die Freizeit der arbeitenden Klasse und bald auch der Mittelschicht füllte sich an mit Zuschauen, wie andere Sport treiben, oder eben das, was dafür gehalten wird. Schaut dieser Durchschnittsmensch nicht gerade Show-Sporttreibenden zu, studiert er Sportergebnisse in der Zeitung oder diskutiert mit anderen Durchschnittsmenschen über vergangene oder zukünftige Sportereignisse. Daß diese Entwicklung eine Perversion hervorgebracht hat, sei am Rande vermerkt: den Berufssportler, dessen Arbeit das geworden ist, was eigentlich in der Freizeit stattfinden sollte. Hat der Berufs- und Showsportler eine Freizeit und, wenn ja, was tut er in ihr? Arbeiten? Aber das ist ein Nebenproblem, denn es betrifft wenige.
Nachdem das Arbeitssoll der Durchschnittsmenschen durch zunehmende Automatisierung immer noch mehr verkürzt wurde, drohte ein neues Problem: Das Zuschauen beim Sport reichte nicht mehr aus, um die nun geradezu überwältigend gewordene Freizeit zu füllen. Zum Glück trat aber hier eine rettende Rückkoppelung ein: Durch die Verkürzung des Arbeitssolls auch im Dienstleistungsbereich konnten die Dienstleistungsbedürfnisse der Durchschnittsmenschen nicht mehr befriedigt werden. Konkret

ausgedrückt: Nur noch ein Millionär kann es sich leisten, seinen Badewannenabfluß durch einen Installateur reparieren zu lassen. Ein Durchschnittsmensch muß seine Freizeit hernehmen, um am Badewannenabfluß herumzupfuschen, was bald zur Ideologie erhoben ›Do-it-yourself‹ genannt wurde und stützend, bald gleichberechtigt, als Freizeitfüller neben das Sportzuschauen trat.
Der Durchschnittsmensch, der an seinem Badewannenabfluß herumpfuscht, verschafft dadurch dem Installateur zusätzliche Freizeit. Aber auch der Installateur ist nur ein Durchschnittsmensch. Was tut der mit der so gewonnenen Freizeit? Er versucht, das schadhaft gewordene Dach seines Einfamilienhauses zu decken, denn einen Dachdecker kann er sich nicht leisten, weil der Dachdecker in seiner Freizeit sein Auto zu reparieren versucht oder seiner Schwiegermutter vorsichtig die Mandeln herausoperiert, der Autospengler wieder pfuscht an seiner Steuererklärung herum, während der Steuerberater den Badewannenabfluß zu reparieren versucht. Gibt es da überhaupt eine Freizeit? Und die Zukunft derselben?
Die Freizeit wird sich selber aufheben. Die Arbeitszeit wird immer kürzer, die Umschichtung der Arbeit von Steuerberater auf Installateur – auf Dachdecker – auf Chirurg – auf Autospengler wird immer komplexer werden. Es wird auf das hinauslaufen, daß man in seinem gelernten und angestammten Beruf nur noch eine minimale Zeit verbringt, eine ferne, mehr symbolische Erinnerung an die »Arbeit«, und im übrigen in der Freizeit arbeitet. Vielleicht zwei echte Berufe werden bleiben: Totengräber und Bundespräsident.

Mein erstes Buch

Meine literarische Karriere hat mit einer Verwirrung des Justizwachtmeisters der Staatsanwaltschaft Bayreuth begonnen, der an einem Donnerstag im Mai 1966 den Telefondienst besorgt hat. Es kam nämlich ein Anruf aus Zürich. Nie, solange die Staatsanwaltschaft Bayreuth – eine eher beschauliche Behörde – stand, zumindest nie, soweit der diensthabende Telefonwachtmeister zurückdenken konnte, hat irgend jemand aus Zürich dort angerufen. Die Verwunderung des Wachtmeisters wurde nicht dadurch kleiner, daß der Anruf nicht dem Oberstaatsanwalt galt, sondern dem dienstjüngsten Assessor. Der war ich. Am anderen Ende der Leitung, in Zürich, sprach Daniel Keel, der Inhaber des Diogenes Verlags.

Ich hatte bis dahin zwar eine Menge geschrieben, aber so gut wie nichts veröffentlicht. Das hatte mehrere Gründe, vor allem den, daß ich mich davor fürchtete, Manuskripte zu verschicken. Die Absagebriefe – meist vorgefertigte Schreiben – kränkten mich. Die innere Festigkeit, wurstig über solche Briefe hinwegzugehen und das Manuskript an den nächsten Verleger zu schicken, hatte ich nicht. Nach vier solcher Absagebriefe (Piper, Langen-Müller, Otto Müller und Bertelsmann) beschloß ich, der Kränkung dadurch auszuweichen, daß ich keine Manuskripte mehr verschickte. Ich suchte keinen Verleger mehr, ich wartete, bis ein Verleger mich suchen würde. Mein Freund

und Kollege, der Wiener Journalist und Schriftsteller Ludwig Plakolb, sagte dazu: »Das ist ungefähr, als ob du warten würdest, daß dich ein Meteor trifft.«
Offenbar bin ich also eine große Ausnahme, einer, den ein Meteor getroffen hat, der Diogenes-Verleger Daniel Keel aus Zürich. Wie der auf mich kam, hatte auch seine Geschichte. Das hängt mit einem weiteren Manko zusammen, das mich damals behinderte: Ich bin ja Tiroler, und was ich schreibe, zählt man manchmal zur österreichischen Literatur. Die österreichische Literatur galt damals nichts, heute hat sich das ja geändert. Aber als Tiroler war ich hie und da gnadenweise in österreichischen Literaturalmanachen vertreten, und so ein Almanach fiel Paul Flora in die Hände, dem, wie er mir später sagte, wohltuend mein Beitrag aufgefallen war, was nicht so sehr mein Verdienst gewesen ist, sondern auf den Umstand zurückzuführen, daß der Hauptteil solcher Almanache – schon immer – aus Gedichten bestanden hatte, die erfahrungsgemäß langweilig, zumindest einförmig sind. Ein Prosabeitrag sticht da heraus.
So legte Paul Flora ein zusammengefaltetes Blatt Papier in den Almanach, dort, wo meine Geschichte anfing (es war die »Dichterlesung«, die jetzt das erste Kapitel von »Eichkatzelried« ist), gab ihn Daniel Keel und sagte: »Lies das.«
Daniel Keel las es und verwirrte den telefondiensthabenden Wachtmeister der Staatsanwaltschaft Bayreuth, indem er nach der Lektüre sogleich den dort tätigen Assessor Rosendorfer anrief.
Das war am Donnerstag. Nun war es, muß ich einräumen, nicht so, daß Daniel Keel von der Lektüre so

hingerissen war, daß er sogleich meine Stimme hören mußte. Vielmehr war er am Samstag drauf in München und wollte mit mir sprechen. Für einen Brief – den ein sparsamer Schweizer Verleger in unsicheren Fällen vorzieht – wäre die Zeit zu knapp gewesen.
Ich war damals an den Wochenenden meist in München. Dort traf ich dann auch Daniel Keel. Er fand es fürchterlich zum Lachen, daß es in Bayreuth eine Staatsanwaltschaft gab. Er bot mir an – für die Reihe, die es damals im Diogenes Verlag gab –, »Bayreuth für Anfänger« zu schreiben. Und so wurde das mein erstes Buch.
Die Bayreuther haben mir das Buch lange nicht verziehen. (Ein paar schon, die meisten nicht.) Als das Buch erschien, war ich schon nicht mehr dort. Ich schrieb das Buch – aus überflüssiger Vorsicht auf meine Funktion in Bayreuth – unter Pseudonym. Als es dann aber natürlich doch aufkam – da gab es schon den »Ruinenbaumeister« –, bekam ich eine Schlagzeile auf der ersten Seite der örtlichen Zeitung. Nur die Schlagzeile bei der Mondlandung, sagte mir später ein verräterischer Gewährsmann, sei größer gewesen.
Ich gebe zu, daß mir bei »Bayreuth für Anfänger« die Abneigung gegen den engstirnigen Wagnerianismus und überhaupt gegen die Engstirnigkeit des Lebens in einer kleinen Beamtenstadt die Feder geführt hat. Als fast zehn Jahre später das Buch – nun unter meinem Namen – neu aufgelegt wurde, habe ich es überarbeitet, habe vieles gemildert, was ich inzwischen in freundlicherem Licht zu sehen gelernt hatte. Ich denke gern und nicht ohne Wehmut an die Zeit in Bay-

reuth zurück. Und auch literarisch bin ich dorthin zurückgekehrt. Eine wichtige Episode meines Buches »Das Messingherz« spielt – während und neben einer »Tristan«-Aufführung – in Bayreuth. Ich hoffe, daß ich mit diesem Buch die Stadt der schönen Markgräfin über mein erstes Buch hinwegtröste.

Wie man eine Fliege fängt oder: *Die andere Zeit*

Das Wesen der Wirklichkeit hängt eng mit dem Begriff »Zeit« zusammen. Wirklich ist nur die Gegenwart. Was war, ist nicht mehr, was sein wird, ist noch nicht – eine Feststellung, die äußerst banal klingt, deren schwindelerregende Wirkung sich aber entfaltet, wenn man sich die Mühe macht, sie sich mit aller Konsequenz zu vergegenwärtigen: die Welt besteht jeweils nur einen Augenblick lang, ist nur einen winzigen Moment, ein Zeitatom lang, Realität. Diese Realität zerfällt gewissermaßen sofort und baut sich für ein weiteres Zeitatom wieder auf, um ebenso schnell zu zerfallen. Wir neigen dazu – verleitet durch die Trägheit unseres Speicherwillens – in die Realität auch die Vergangenheit, soweit sie in unserem Bewußtsein (das praktisch oder sogar historisch-theoretisch sein kann) vorhanden ist, und sogar die Zukunft, soweit wir glauben sie überblicken zu können, einzubeziehen. Das alles sehen wir als Realität, und es ist doch eine Täuschung. Wirklich, real ist nur der Bruchteil des Augenblicks, das Zeitatom der Gegenwart, *alles andere ist nicht wirklich*. Die Tatsache, daß ein Ereignis stattgefunden hat, irgendwann einmal Realität war, berechtigt uns zwar, es in die Erinnerung aufzunehmen, nicht aber, es weiter als Realität zu betrachten, obwohl wir das »natürlich« ständig tun. Vielleicht wäre das Bewußtsein des stets nur gegenwärtig realen Augenblicks auch unerträglich für uns, vielleicht könnten wir mit diesem Gedanken so wenig leben, wie wir mit ständigem Gedanken an Gott und die Realität jenseits der Zeit leben können. Das übersteigt, überzieht menschliche Fähigkeiten, wäre eine zu einseitige Nahrung und damit ungesund.

Wie alles ist auch die Zeit theoretisch unendlich teilbar. Es braucht nur auf das altbekannte Paradoxon mit Achilles und der Schildkröte verwiesen zu werden. Der Urknall – sofern man dieser Kosmogonie-Variante den Vorzug gibt, was, soweit meine bescheidenen naturwissenschaftlichen Kenntnisse reichen, heute meistenteils der Fall zu sein scheint – hat ein Hunderttausendstel einer Sekunde gedauert, ein selbstverständlich unvorstellbar kurzer Zeitraum; so unvorstellbar wie die Länge der 13 Milliarden Jahre, die seitdem vergangen sind. Das menschliche Bewußtsein aber ist in der Lage, zwei Eindrücke, die nur im Abstand von 1/500 Sekunde hintereinander abfolgen, als nacheinander geschehen zu registrieren. Unser Zeitgefühl ist also außerordentlich fein ausgebildet. Die Frage, welches Organ dafür zuständig ist, hat die Medizin meines Wissens noch nicht beantwortet. Das alles erwähne ich nur, um deutlich zu machen, daß die Zeit praktisch – für das menschliche Bewußtsein – bis auf 1/500 einer Sekunde, spekulativ-naturwissenschaftlich bis auf 1/100 000 einer Sekunde, theoretisch sogar unendlich teilbar ist. Eine unendlich geteilte Zeit ist aber keine Zeit mehr, ist aufgelöst. In der unendlich geteilten Sekunde vergeht keine Zeit mehr. So könnte man – unter der zuerst genannten

Prämisse, daß nur die strenge, augenblickliche Gegenwart wirkliche Realität ist (ich benutze die Tautologie »wirkliche Realität« bewußt, um den Begriff herauszuheben) – zu dem Schluß kommen: da es bei unendlich teilbaren Zeitatomen keine Zeit mehr gibt, gibt es keine Gegenwart und damit keine Wirklichkeit.

Ich nehme für mich in Anspruch, daß dieses hier kurz skizzierte philosophische System nicht besser, aber auch nicht schlechter ist als alle philosophischen Systeme von Platon bis Nietzsche, soweit ich sie bisher kennengelernt habe. Vielleicht darf ich für mich in Anspruch nehmen, daß dieses hier kurz skizzierte System – man möge sich durch die Kürze bitte nicht dazu verleiten lassen zu denken, ich hätte nicht lang genug darüber nachgedacht – wie alle (oder fast alle) Systeme auch einen kleinen Kern von Wahrheit in sich trägt; allerdings auch – und das teilt es ebenso mit allen Systemen – zahllose, große Kerne von Unwahrheit.

In gewissem Sinn, das gebe ich zu, nähert sich mein oben skizziertes System einem Paradoxon, und der Fehler des Systems liegt, wie so häufig bei philosophischen Paradoxa, in der unzulässigen Verquickung von Raum und Zeit.

Da ich nicht von der – nicht von mir stammenden – Feststellung, daß »wirkliche Realität« nur in der Gegenwart vorhanden ist, ausgehe, muß ich versuchen, das Wesen der Zeit zu klären. Das ist, wie man weiß, unglaublich schwierig. Ich bilde mir nicht ein, das Geheimnis des Wesens der Zeit (und somit das Geheimnis der Zeit) zu lüften, nachdem einige der größten und schärfsten Denker der Menschheit, unter ihnen Platon, mit eleganter Tragik, wenn man so sagen kann, an dem entsprechenden Versuch gescheitert sind. Aber ich kann versuchen, mich dem Geheimnis zu nähern.

Sicher ist es falsch – um das Prinzip der Falsifikation anzuwenden, nachdem dreitausend Jahre keine Verifikation gelungen ist –, die Zeit als Gegenstand, als Vorhandenes, als Wesen mit Eigenschaften zu betrachten. Zeit ist kein Wesen für sich, Zeit ist nur in anderem. Unsere Zeiteinteilung – in Jahren, Tagen, Stunden, Sekunden – ist nur eine willkürliche Zergliederung der Aufeinanderfolge von feststellbaren Ereignissen; sie könnte ganz anders sein; und so hat es ja schon andere Zeiteinteilungen gegeben. Das Kreisen des Uhrzeigers ist eine zweckmäßige Veränderung zeitlicher Art, die den realen, vor sich gehenden Veränderungen (Abwechslungen der Wirklichkeit) entspricht, sie anzeigt. Zeit ist die ungenaue Bezeichnung für Veränderungen.

Ich versuche, um dem Wesen der Zeit auf die Spur zu kommen, Denkmodelle zu finden: Ist *in* und *an* und *mit* einem in einem unbewegten Weltall allein seienden, unbewegten Urkörper – *vor* (aber was heißt dann »vor«?) jenem Urknall – »Zeit«? Oder: stellen wir uns einen völlig kalten, aus nichts als aus Schlacke bestehenden Stern vor, in dem keine Zelle lebt, nichts sich rührt und bewegt, der irgendwo in einer fernen, finsteren Galaxis schwebt – herrscht auf so einem Stern »Zeit«? Das Beispiel hinkt, denn die Zeit ist weithinwirkend. Man kann sagen: wenn sich fern von jenem zeitlosen Stern Dinge bewegen, wirkt das als Zeit auch auf ihn. Aber immerhin zeigt das Denkmodell doch, daß Zeit wohl letzten Endes nicht als selbständige Qualität, sondern nur als abhängige Größe zu definieren sein wird. (Daß das die theologischen Ewigkeitsdefinitionen des im übrigen selbstverständlich ehrwürdigen Sanct Augustinus zu Makulatur macht, habe ich von vornherein in Kauf genommen.) Wenn aber die Zeit eine abhängige Größe ist – abhängig von Substanzveränderungen oder auch nur Bewegungen von »Dingen« –, so gibt es notwendigerweise keine einheitliche, für alle »Dinge« gleichermaßen gültige Zeit, denn die »Dinge« sind voneinander verschieden. Ich gebrauche wieder ein Beispiel: jeder hat schon versucht, eine Fliege mit der Hand zu fangen. Es ist sehr schwer, weil die Fliege »schneller sieht« als der Mensch. Im Bewußtsein der Fliege ist – physiologisch bedingt durch eine bestimmte Konstruktion des Auges – ein Zeitfilter eingebaut, der die Fliege alle Bewegungen wie in Zeitlupe wahrnehmen läßt. Eine für unser Bewußtsein sehr rasche Bewegung der fangenden Hand nähert sich der Fliege für deren Auge ganz langsam, und die Fliege hat leicht »Zeit« fortzufliegen.

Ich verwehre es mir nicht, einen Trick zu kolportieren, obwohl er nicht in diesen edlen Zusammenhang meines philosophischen Systems gehört, einen Trick, wie man Fliegen doch fangen kann: von vorn. Die künftige Flugbahn der Fliege, die ja nicht rückwärts oder seitwärts wegfliegen kann, berechnend, nähert man die fangende Hand der Fliege so, daß sie zwangsläufig in die Hand hineinfliegt – was gleichzeitig heißt: man bezieht die Zukunft (die nahe Zukunft)

in die Realität mit ein; ein für das praktische Leben erlaubter, für mein philosophisches System völlig unzulässiger Vorgang.
Ich kehre von meiner Abweichung über den praktischen Fliegenfang zurück zum Beispiel: die Fliege »sieht schneller« (oder je nach Ausgangspunkt »langsamer«) als der Mensch. Die Fliege »lebt« also »schneller«, denn es ist klar, daß die schnelle Sehweise der Fliege auf ihr – einfach konstruiertes, aber immerhin vorhandenes – Bewußtsein von enormer Tragweite sein muß. Die Fliege sieht ja auch die Sonne weit langsamer kreisen, als wir, und das heißt letzten Endes, daß die Sonne für die Fliege tatsächlich langsamer kreist, die Zeit langsamer vergeht oder besser gesagt: die Zeit *anders* vergeht oder eine *andere Zeit* vergeht.
Ausgehend von diesem Beispiel ist es nicht schwer sich vorzustellen, daß für einen Stein eine andere Zeit gilt als für den Menschen. Dazu kommt, daß alles, Stein, Mensch und Fliege, aus in unvorstellbarer Bewegung befindlichen Atomen und Atomkernen besteht, die alle ihre eigenen Abläufe und Bewegungen haben. Auch die Bewegung ist ja teilbar bis ins Unendliche, die Unbewegtheit ist nicht denkbar, so wenig wie die letztendlich bis zur Zeitlosigkeit geteilte Sekunde. Für Stein, Mensch und Fliege gibt es ja unterschiedliche Zeiten. »Zeit« als absoluten Begriff gibt es nicht. »Zeit« ist ein unendlich kompliziertes Geflecht von Abläufen, das vom größten bis kleinsten Muster – unsichtbar selbstverständlich, aber spürbar –, von den majestätisch langsamen Bewegungen der Gesteine bis zum zwitschernden Flitzen der Neutro-

nen um ihren Kern die Welt umspannt. Unsere »Zeit« in engerem Sinn, der Ablauf der Jahrhunderte und der Sekunden ist nur eine Konvention, eine Meßeinheit, angelehnt an der Zeitrealität der zufälligen Abläufe der Bewegungen der Sonne und des Mondes, der Erdrotation und dergleichen astronomische Gegebenheiten.

Wenn nun aber Wirklichkeit eng an Gegenwart geknüpft ist und Gegenwart die jeweils rechte Zeit (was immer das für das einzelne Wesen bedeutet) ist, wenn es aber gleichzeitig für jedes Sein eine eigene, für sein Individuum vielleicht, vielleicht nur für seine Art definierte Zeit gibt, dann gibt es auch ein unendlich kompliziertes Geflecht von Wirklichkeiten. Dann gibt es ein ständig zerfallendes, ständig sich wiederaufbauendes Feld von Realitäten, das nur den Bezug der Gleichzeitigkeit zueinander hat, sonst keinen, wobei »Gleichzeitigkeit« für unsere Welt an der Zeitkonvention, wie oben beschrieben, zu messen ist. Es ist die Frage, wie weit – räumlich – diese »Zeitigkeit« reicht. Aber das ist ein ganz anderes und wohl letzten Endes unlösbares Problem; wer weiß, ob sich dafür überhaupt verkleinernde Denkmodelle finden lassen.

Im Anschluß an diese generellen Überlegungen möchte ich einen Gedanken am Rande erwähnen, einen Gedanken, auf den mich ein geistvoller Aufsatz von Octavio Paz »Der Rhythmus im Gedicht« gebracht hat. Offenbar ist es das Bestreben des menschlichen Geistes seit alters her gewesen, durch Wiederholungen gewisser Vorgänge, namentlich von Bewegungen und Lauten, die Realität zu überlisten. Das heißt: selbst schon der primitive Mensch der Urzeit – oder: gerade er – hat erkannt, daß Realität nur einen Augenblick lang in der Gegenwart vorhanden ist, daß nur das rasch verrinnende *Jetzt* Realität ist und die vergangene Sekunde bereits hoffnungslos Irrealität. Durch rhythmische Wiederholung von Tanzschritten, von Lautformeln hat der Mensch versucht, der Wirklichkeit wenigstens bescheidene Dauer zu geben. Daraus sind Musik und Literatur entstanden, zumindest die lyrische Literatur. Octavio Paz – der in seinem Aufsatz die musikalische Bedeutung des Rhythmus völlig außer acht läßt – führt Wert und Ehre der Lyrik auf den Rhythmus zurück, er definiert Lyrik vom sprachlichen Rhythmus her. Es mag sein, daß die Wirklichkeit lateinamerikanischer Lyrik (oder vielleicht sogar im weiteren Sinn romanischer) vor diesem Kriterium besteht, die deutsche Lyrik der Gegenwart tut es sicher nicht. So bleibt als einzige Möglichkeit der, wenn auch scheinbaren, so doch trostreichen Perpetuierung der Wirklichkeit die Musik. Vielleicht erklärt das ihre von mir nie angezweifelte Göttlichkeit.

Was verstehe ich unter Liberalismus?

Der Liberalismus, wie er heute als – leider kaum nennenswerte – geistige Bewegung erscheint, ist weder geistesgeschichtlich noch parteipolitisch ausreichend zu definieren. Zu behaupten: Liberalismus sei gleichzusetzen mit politischer Vernunft, klingt zwar schön und hat vielleicht den Vorteil für sich, daß es stimmt, gibt aber keine Erklärung. Geistesgeschichtlich zu definieren ist der Liberalismus deswegen nicht, weil er in seiner Geschichte, die gelegentlich sogar eine Geschichte der historischen Wirkung war, zu viele Irrwege gegangen ist. Das Mittelalter hat in Wahrheit bis ins 18. Jahrhundert gedauert. Unter »Mittelalter« verstehe ich das Welt- und Staatsverständnis, dessen Grundlage zwar nicht, dessen nachgerade zynische Ausformulierung aber Machiavelli zu verdanken ist: der Staat als Unterhaltsobjekt des Fürsten, der Staat als commerzieller Gegenstand, als Profitquelle. Die Überlagerung dieser Profitansicht vom Staat durch das Ideal des Gottesgnadentums und die, gerechterweise muß das gesagt werden, nie ganz in Vergessenheit geratene Idee vom Heiligen Reich war mindestens seit dem 13. Jahrhundert nur noch Fassade. Es ist erstaunlich, daß es von den Bauernaufständen zu Anfang des 16. Jahrhunderts und den Leiden des Dreißigjährigen Krieges noch ein- bzw. zweihundert Jahre gebraucht hat, um den Gedanken aufkommen zu lassen, daß der Staat außerhalb der Profitmöglichkeit für den »Staatsinhaber«, also den Fürsten, noch eine Bedeutung haben könnte. Der Liberalismus hat das bewirkt. Das Verdienst eines Montesquieu ist nicht hoch genug zu preisen. Daß seine Ideen zu den Greueln der Französischen Revolution pervertierten, hat Montesquieu so wenig zu verantworten wie Marx die Greuel des Sozialismus. Die Französische Revolution war einer der ersten historischen Irrwege des Liberalismus, wenngleich ihre Greuel vielleicht notwendig waren, um die seit zweitausend Jahren verkrusteten Hierarchien aufzubrechen. Ein weiterer Irrweg des Liberalismus war die deutsche Antwort auf die Französische Revolution: die Befreiungskriege oder vielmehr die geistige Bewegung, die diese Befreiungskriege ermöglichte. Das 18. Jahrhundert hatte auch das »Volk« entdeckt, und zwar nicht auf naturhistorischem Weg (also über irgendeine Rassenlehre) und nicht politisch, sondern über die Sprache. Lessings Verdienst ist unsterblich. Ich behaupte von Lessing, daß er die deutsche Sprache, wie wir sie heute schreiben, erfunden hat. Ohne Lessing wären Goethe und Schiller nicht denkbar, und ohne Lessing hätte es das nationale Bewußtsein, das um die Wende zum 19. Jahrhundert entstand, nie gegeben. Die Befreiungsbewegungen von 1809, 1813 und 1815 sahen sich *national* und waren es auch. Dem leider pervertierten und zur Weltbeglückungsideologie vergröberten Pan-Liberalismus der Französischen Revolution wurde in Deutschland (aber auch, jeweils etwas modifiziert, in Italien und Spanien, dann in Griechenland mit anderer Zielrichtung und zuletzt in Nord- und Südamerika) der National-Liberalismus entge-

gengesetzt. Kaum jemand noch liest die Schriften des Turnvaters Jahn. Es empfiehlt sich auch nicht. Nicht nur, daß diesem Jahn der Anstoß für die vielleicht schädlichste Entwicklung anzulasten ist, die seither den Menschen und seine Umwelt heimgesucht hat: der Sport, vor allem triefen die Schriften dieses Jahn von nationalem Fett. Daß sich dieser Jahn und seine ganze Turnbewegung als liberal verstand und von anderen – nicht zuletzt von den Verfassern der Karlsbader Beschlüsse – auch so verstanden wurden, zeigt deutlich, was für ein Irrweg der Nationalismus für die Liberalen war. Auch Herder und die Gebrüder Grimm, deren Leistung bis zum Ende der Tage der Menschheit gerühmt zu werden verdient, haben nicht zu verantworten, daß der National-Liberalismus bis weit ins 20. Jahrhundert hinein zum Nationalismus und zum Chauvinismus herabsank. Ein weiterer Irrweg des Liberalismus war der commerzielle Liberalismus, der das hervorbrachte, was die Gewerkschaften und der Sozialismus heute unter »Kapitalismus« verstehen: die finstere, einseitig profitbetonte Ausbeutung der gesellschaftlich und national Schwächeren, die bis in unsere Tage die wahre Verständigung mit der »Dritten Welt« unmöglich macht.
Liberalismus kann also geistesgeschichtlich nicht genau genug definiert werden. Parteipolitisch, tagesbezogen also, ist das Ergebnis ebenso unbefriedigend. Fast in jeder wirklichen Demokratie gibt es eine liberale Bewegung, die ihre praktische politische Auswirkung in einer Partei findet. Fast nirgendwo ist eine liberale Partei eine wirklich flächendeckende politische Kraft, was natürlich zu denken gibt. Wo zur Zeit libe-

rale Parteien in Regierungen und Parlamenten vertreten sind, handelt es sich um Minimal-Oppositionen oder kleine Partner einer Koalition. Von sich aus ist (und – mit Ausnahmen – war) der Liberalismus noch nicht in der Lage, die Staatsgewalt von sich aus zu tragen. Ich vermute auch, daß er es nie sein wird. Der Liberalismus war also noch nie in der Lage, seine politischen Vorstellungen ungehindert zu verwirklichen, allenfalls ist er imstande, als Koalitionspartner allzu rechte oder allzu linke Abwege zu verhindern, wie im Augenblick in der Bundesrepublik Deutschland. Das alles liegt an dem Umstand, daß der Liberalismus kein für größere Wählermassen verständliches Programm hat. Liberalismus wäre die extreme politische Mitte, eine Subtilität, für die die grobe politische Tagessprache keinen Ausdruck, der an diese Tagessprache gewöhnte Wähler kein Ohr hat. Könnte man den Liberalismus mit einem einzigen Satz begreiflich machen, wäre die Situation anders. Aber diesen einen Satz gibt es nicht, kann es nicht geben, weil der Liberalismus eine Art politische Wahrheit ist, und noch keine Wahrheit mit *einem* Satz erklärt werden konnte. Dagegen sind die rechten und linken politischen Lügen leicht in einen Satz zu fassen: »Deutschland erwache!« oder »Proletarier aller Länder vereinigt euch!« Der Liberale steht immer da und versucht redlich seinen Standpunkt zu erklären, und schon nach dem ersten Satz kommen die rechten und linken Schreier und krähen ihre eingestandenermaßen griffigeren Parolen dazwischen.

Kann ich wenigstens das, was ich unter Liberalismus verstehe, negativ abgrenzen? Ja, einigermaßen. Der

Liberalismus sieht seine ethische Grundlage in der bedingungslosen Humanität. Der Mensch ist kein Teil einer Masse, der Mensch ist ein Individuum. Die Interessen des Individuums gehen den Interessen der Massen vor. Bedingungslose Humanität bedeutet nicht, daß man will, es solle ungehemmte Libertinage herrschen. Liberalität erkennt auch die Grenzen der Freiheit des Individuums an, nämlich selbstverständlich dort, wo die Rechte anderer Individuen verletzt werden. Bedingungslose Humanität bedeutet nicht, daß man alle Menschen gleich machen will, sie bedeutet, daß man alle Menschen gleich achtet. Jeder soll sich nach seinen Möglichkeiten und Fähigkeiten nützen und schaden, wenn er das will. Ökonomisch gesehen verstehe ich unter Liberalismus die Ablehnung jeder Staats-Wirtschaft. Staats- und Planwirtschaft, Verstaatlichungen und Sozialisierungen führen auf anderem Weg zu nichts anderem als einem – eher zum noch Schlechteren – modifizierten Machiavellismus zurück. Daß die Staats- und Planwirtschaften der Staaten, in denen der real existierende Sozialismus herrscht, versagt haben, ist eine Binsenwahrheit geworden. Aber auch die Macht der Gewerkschaften dient in westlichen Ländern nur noch zur Profitmaximierung der arbeitenden Klasse, eine Profitmaximierung, die namentlich auf ökologische Gegebenheiten keine Rücksicht nimmt und der eiserne Hemmschuh für jeden wirksamen Umweltschutz und eine vernünftige Ressourcen-Politik ist. Der Liberalismus, wie ich ihn sehe, erkennt an, daß die Menschheit nur überlebt, weil einige mehr tun als sie tun müssen. Die sollen dafür belohnt werden. Selbstverständlich hat auch das seine Grenzen dort, wo andere berechtigte Interessen gefährdet werden könnten. Politisch, endlich, verstehe ich unter Liberalismus die Anerkennung der Würde aller Völker, wie sie in Sprache und Kultur in Erscheinung tritt. Dabei habe ich das Recht, Verdienste, aber auch Fehltritte in Geschichte und Gegenwart beim Namen zu nennen, eigene und die der anderen.

Liberalismus bedeutet Denken, Abwägen, Zweifeln; vor allem Zweifeln. Das gilt selbstverständlich auch für diesen Aufsatz. Der Zweifel ist der Kern des wirklichen Denkens, des Suchens nach Wahrheit oder nach der Erkenntnis, daß es vielleicht keine Wahrheit gibt. Der extreme Liberalisus führt, moralisch gesehen, zum Übergewicht des Zweifelns, und das kann leicht zum Verzweifeln und zur Resignation führen, und das ist, letzten Endes, ein nicht auszuräumendes Hindernis für die Wirksamkeit des Liberalismus. Dennoch bleibt er das vorzüglichste, subtilste und kostbarste politische Gedankengut des Menschen und wird nie ganz absterben.

(Antwort auf eine Umfrage der »Zeit«)

Gott und die Jurisprudenz

Die Jurisprudenz ist eine gottlose Wissenschaft. Das Wort »Gott« kommt im BGB nicht vor, noch viel weniger im Patentgesetz, in der Straßenverkehrsordnung oder im Kündigungsschutzgesetz. Das Strafgesetzbuch kennt »Gott« lediglich in § 167, und auch hier nur als Teil des zusammengesetzten Begriffes »Gottesdienst« oder »gottesdienstlich«. (§ 167 StGB stellt die Störung von Religionsausübung unter Strafe. »Gotteslästerung« als Straftat gibt es nicht mehr.) Das Wort »Gott« kommt sodann einige Male in verschiedenen Gesetzen (Zivilprozeßordnung, Strafprozeßordnung, Gerichtsverfassungsgesetz usw.) vor, in denen die Eidesformeln für Richter, Beamte, Zeugen, Sachverständige, Dolmetscher und Schöffen vorgeschrieben sind, sowie in Art. 56 des Grundgesetzes, das den Wortlaut des Eides festlegt, den der Bundespräsident zu schwören hat.

Eine direkte Erwähnung Gottes findet sich lediglich in der Präambel des Grundgesetzes, wo dessen Väter behaupteten, namens des »Deutschen Volkes« (was immer das sein mag): »Im Bewußtsein seiner Verantwortung vor Gott und den Menschen...« gehandelt zu haben.

Es besteht unter Staatsrechtlern Konsens darüber, daß das Präambulum der einzig unproblematische, weil harmloseste, Abschnitt unserer Verfassung ist. Rechtliche Bedeutung hat in ihm allenfalls die auf die

Anrufung Gottes folgende Aufzählung der Bundesländer.
Hinzuzufügen wäre noch, daß nicht einmal – und vielleicht gerade dort nicht – das Wort »Gott« in den fünf in der Bundesrepublik geltenden Konkordaten vorkommt. Restlos von Gott verlassen sind selbstverständlich die Steuergesetze.
Die Anrufung Gottes in der Präambel des Grundgesetzes und in den Eiden (und Meineiden), sofern sie – was ja freigestellt ist – »mit religiöser Beteuerung« geleistet werden, sind die einzigen direkten Beziehungen der Jurisprudenz zu Gott. Was die Eide anbelangt, so habe ich es immer so gehalten, daß ich die Leute so wenig wie möglich schwören lasse, weil ich meine, daß sie unter Eid nicht mehr und nicht weniger lügen als ohne Eid. Dabei ist es natürlich so, daß kaum ein Zeuge direkt lügt (weil kaum ein Mensch *direkt* lügt). Die direkte, freche Lüge, die falsche Aussage eines Menschen, der einem ins Gesicht schaut und »A« sagt, während er im Hinterkopf genau weiß, daß »B« richtig ist, diese direkte, freche, ich möchte fast sagen, erfrischende Lüge, ist sehr selten. Viel häufiger ist die indirekte Lüge: der Zeuge redet sich so lange ein, daß nicht »B« richtig ist, sondern »A«, bis er es selber glaubt; das heißt: Er belügt sich selber und sagt dann nachher subjektiv die Wahrheit. Schon aus diesem Grund hilft ein Eid bei Gerichtsverhandlungen kaum, weil der Eid dann nur den Selbstbelüger tiefer in seine indirekte Lüge zwingt. Wenn ich aber nicht umhin kann, hier und da Leute zu vereidigen, dann ist es mir lieber, wenn sie die gesetzlich zugelassene Möglichkeit wählen, »ohne religiöse Beteuerung« zu

schwören, weil sie dann bei ihrer latenten Falschaussage wenigstens Gott aus dem Spiel lassen, und weil man, meine ich, den Namen Gottes so wenig wie möglich in den Mund nehmen soll. Ist es schon jemandem aufgefallen, daß im ganzen Gebet des Herrn, im »Vater Unser«, das Wort »Gott« nicht vorkommt?

Soviel also in verschiedenen Gesetzen von Religion, vom Gottesdienst, von Kirchen die Rede ist, so wenig ist in der Juristerei von Gott die Rede. Selbst in den Vorlesungen über Kirchenrecht, die ich in meiner Studienzeit gehört habe, ist Gott nicht vorgekommen, nur Enzykliken, Konkordienformeln, Bischofsstühle und Synoden; Gott nicht. Woher kommt das?

Viele Jahrhunderte lang, ja Jahrtausende lang, seit die menschliche Gesellschaft infolge wachsender Komplexität das Abszeß Jurisprudenz bekommen hat, war die Gerechtigkeit und die Juristerei – die ja in einem gewissen, oft verschütteten Zusammenhang mit der Gerechtigkeit steht – Sache der Priester und Gottesmänner. Die Jurisprudenz des Mittelalters und eines großen Teils der Neuzeit war Sache der Geistlichkeit. Kirchenrecht und weltliches Recht waren eins. Der Schnitt erfolgte Ende des 18. Jahrhunderts. Fast alle Rechtssysteme des Kontinents fußen mehr oder minder auf den Rechtsreformen Napoleons und seiner wichtigsten Neuerung, dem code civil, oder sind zumindest von diesen Gesetzeswerken beeinflußt. Die Rechtsreformen Napoleons aber gehen unmittelbar auf die Französische Revolution zurück, deren entscheidendste, am tiefsten greifende, bis heute nachhallende Auswirkung nicht der Umsturz der Monarchie oder die Erklärung der Menschenrechte war, sondern die Aufteilung der Welt zwischen Gott und den Menschen. Die sichtbare Welt behielt der Mensch für sich, die unsichtbare Welt nebst Seele bekam Gott. (Die Profanierung der Seele erfolgte dann hundert Jahre später durch die Psychoanalyse. Gott wurden nur noch die Metaphysik und parapsychologische Bereiche überlassen.) Die Trennung von Kirche und Staat, die in der Französischen Revolution zum ersten Mal ausgesprochen wurde, ist nur eine äußerliche Folge der genannten Aufteilung der Welten zwischen Gott und den Menschen. Die Kirchen wurden dafür, daß sie ihren Gott auf die unsichtbaren Dinge zurückdrängen ließen, mit allerhand Privilegien entschädigt, mit Geld, mit Konkordaten, mit Sitzen in Ober- und Herrenhäusern, vor allem aber damit, daß sie – unter der strengen Voraussetzung, daß sie bei weltlichen Dingen ja nicht von Gott redeten – fast den Status, das Ansehen und die Bedeutung von Behörden bekamen. Es wurden Kirchen- und Pfarrämter eingerichtet, es gab Feldkaplane im Offiziersrang, die Kirchensteuer, das Kirchenrecht, die quasi-vereinsrechtliche Kirchenmitgliedschaft. Es ist sicher die schlimmste Sünde der Kirchen, daß sie sich diese Beförderung zu Behörden (»Amtskirche« sagt man heute gern), nicht nur gefallen lassen, sondern sogar begehrt haben. Es ist zu vermuten, daß sich um diese Zeit Gott nicht nur aus der Jurisprudenz, sondern sogar oder vielleicht erst recht von den Kirchen zurückgezogen hat.

Übrigens hat die Justiz ihrerseits eine ähnliche, um eine Bewußtseinsschicht verschobene Entwicklung durchgemacht. Die Justiz wurde im Laufe des vorigen Jahrhunderts zunehmend bürokratisiert – unter gleichzeitigem zwangsläufigem Aufblähen des Apparates (Parkinson). Heute funktioniert die Justiz – mehr schlecht als recht – als Urteilsmaschine. Der zynische Satz, den angeblich einmal ein Richter einem idealistisch gesinnten Kläger zugerufen haben soll (si non è vero, è ben trovato): »Hier vor Gericht bekommen Sie nicht Gerechtigkeit, allenfalls bekommen Sie ein Urteil«, trifft den Sachverhalt genau. Das Wort »Gerechtigkeit« kommt in unseren ganzen Gesetzen noch seltener vor als das Wort »Gott«, nämlich überhaupt nicht. Schönfelders Sammlung der deutschen Gesetze – das Brevier des deutschen Juristen – hat 242 Seiten Register. In diesem Register folgt auf das Stichwort »Geräusche vom Nachbargrundstück« unmittelbar »Gerichte für Arbeitssachen«: die »Gerechtigkeit« fehlt.

Die Maske hinter den Masken

Annäherung an das Barock
Ein Hörbild

Sprecher: Sie sind jung, Mr. Tarina, sind Amerikaner, wißbegierig, gebildet, sprechen hervorragend deutsch und wollen dem Geheimnis des europäischen Barock auf die Spur kommen.

Mr. Tarina: So ist es.

Sprecher: Schwer. Sehr schwer.

Tarina: Es wird mir doch einer erklären können, was das ist: das europäische Barock.

Sprecher: Früher sagte man »die Barocke« –

Tarina: – wie »die Perücke«?

Sprecher: – naja ... manche haben angenommen, daß das Wort sich von »Perücke« herleite ... aber das habe ich nicht gemeint. »Die Barocke« – pluralis – es hat viele Barocke gegeben ... das römische Barock, das Sie wie ein Fanfarenstoß in der mächtigen und doch zugleich so unnennbar schwebenden Fassade der Peterskirche mit den Colonnaden des Bernini empfängt – ich empfehle Ihnen, wenn Sie einmal nach Rom kommen sollten – sich der Peterskirche nicht über die breite, brutale Via della Conciliazione zu nähern, sondern seitlich, durch den Borgo, wo die Fassade bis zuletzt verborgen ist und Ihr Auge wie eine Offenbarung trifft, wenn Sie aus den engen Gassen auf den Platz heraustreten –

Tarina: Die Fassade ist barock? – nicht die Kirche selber?
Sprecher: In gewissem Sinn haben Sie recht. Das Barock hat die Fassade geliebt –
Tarina: Also die Äußerlichkeit, die Oberflächlichkeit?
Sprecher: Oberflächlich gesagt: ja. Aber das trifft den Kern nicht. Ja – aber es gibt natürlich das französische Barock ... das Lichtreich von Versailles, jene vollkommene Vereinigung von Bauwerk und Park ... es gibt das englische Barock, das Ihnen in dem Drama Shakespeares in seiner facettenreichen Vielfalt unfaßbar schillernd entgegentritt, es gibt das süddeutsch-österreichische Barock, das Ihnen in den Porzellanfiguren Bustellis und in den Fresken Paul Trogers begegnet ... die späteste Ausprägung dieses Lebensgefühls –
Tarina: Gibt es auch amerikanisches Barock?
Sprecher: Amerikanisches Barock? Schwerlich – zumindest nicht nordamerikanisches – lateinamerikanisches, ja, ein Ableger der spanisch-portugiesischen Spielart...
Tarina: Sie sagen nicht »Stil«, habe ich herausgehört, Sie sagen »Lebensgefühl«?
Sprecher: Sie haben richtig gehört.
Tarina: Ein triumphales, leicht oberflächliches, fassadenhaftes, in Gold und Silber gefaßtes Lebensgefühl –
Sprecher: – das immer ein Tanz auf dem Vulkan war. Nie hat es so viele Kriege vordem gegeben, wie in jener Zeit – die zwei Jahrhunderte des europäischen Barock – das 17. und das 18. Jahrhundert – waren eigentlich ein einziger Krieg: der Spanische Erbfolge-

krieg, die Nordischen Kriege, die Türkenkriege des Prinzen Eugen, die Schlesischen Kriege ... der fast hundertjährige spanisch-französische Krieg, der Krieg Englands gegen Spanien, die Befreiungskriege der Niederlande – und der schlimmste: der Dreißigjährige Krieg. Sie erinnern sich möglicherweise: der »Simplicius Simplicissimus« Grimmelshausens – auch das ist Barock –

Tarina: Grimmelshausen?

Sprecher: Eine der seltsamsten Figuren der deutschen Literatur, ein merkwürdiger, bizarrer Mann – ein barocker Mann, 1625 in Gelnhausen geboren, 1676 in Renchen in Baden gestorben. Hans Jakob Christoffel, der sich »von Grimmelshausen« genannt hat, aber auch unter den Namen Samuel Greifensohn von Hirschfeld, Seigneur Meßmahl, Michael Rehulin von Sehmsdorf, German Schleifheim von Sulsfort geschrieben hat. Er hat soviel Pseudonyme gebraucht, soviel Masken aufgesetzt, daß wir heute gar nicht mehr wissen, wer er eigentlich war.

Hier ist das Buch – statt einer Textprobe lese ich Ihnen den originalen Titel vor: »Der Abenteuerliche ›Simplicissimus‹ Teutsch/ Das ist: Die Beschreibung des Lebens eines seltsamen Vaganten, genannt Melchior Sternfels von Fuchshaim, wo und welchergestalt er nämlich in diese Welt kommen, was er darin gesehen, gelernet, erfahren und ausgestanden, auch wenn er solche wieder freiwillig quittiert. Überaus lustig, und männiglich lustig zu lesen. An Tag gegeben von German Schleifheim von Sulsfort. Mompelgart, gedruckt bei Johann Fillion, im Jahr MDCLXIX.«

Tarina: – das ist Barock!

Sprecher: Das ist einer der Barocke. Ich sagte schon, daß man früher das Wort in der Mehrzahl brauchte. Noch der überaus kenntnisreiche Egon Friedell in seiner nicht genug zu preisenden »Kulturgeschichte der Neuzeit« spricht immer von »den Barocken« – obwohl das zu seiner Zeit, also in den zwanziger Jahren unseres Jahrhunderts, schon nicht mehr üblich – aber immer noch eigentlich richtig war.
Tarina: Der Dreißigjährige Krieg ... die Pest ... der Tod ... zwei traurige Jahrhunderte?
Sprecher: (zitiert)

»Das Leben ist
Ein Laub, das grünt und fallb geschwind,
ein Staub, den leicht vertreibt der Wind.
Ein Schnee, der in dem Nu vergehet,
ein See, der niemals stille stehet.
Die Blum', so nah der Blüt verfällt,
der Ruhm, auf kurze Zeit gestellt,
Ein Gras, das leichtlich wir verdrucket,
ein Glas, das leichter wird zerstucket,
Ein Traum, der mit dem Schlaf aufhört,
ein Schaum, den Flut und Wind verzehrt.
Ein Heu, das kurze Zeite bleibet,
die Spreu, so mancher Wind vertreibet.
Ein Kauf, den man am End bereut,
ein Lauf, der schnaufend schnell erfreut,
ein Wasserstrom, so bald zerrinnt.
Ein Schatten, der uns macht schabab,
die Matten, so gräbt unser Grab.«

Tarina: – eine ernste Zeit. Von wem ist das Gedicht?
Sprecher: Von Georg Philipp Harsdörffer, ein höchst bemerkenswerter Mann: Poet und Polyhistor, ein ge-

bürtiger Nürnberger und von Haus aus Jurist, wie fast alle deutschen Barockdichter, was ja auch schon einmal merkwürdig ist. Harsdörffer, der bei Ausbruch des großen Krieges elf Jahre alt war und zehn Jahre nach dem Westfälischen Frieden gestorben ist –

Tarina: Lassen Sie mich nachrechnen … elf Jahre … also 1607 geboren und 1658 gestorben.

Sprecher: Richtig. Und seit 1637 Assessor, 1655 Stadtrat von Nürnberg, Gründer des »Hirten- und Blumenordens« – dessen Mitglieder sich »die Pegnitzschäfer« nannten –

Tarina: Obwohl sie wahrscheinlich nie ein Schaf gesehen haben?

Sprecher: Gebraten auf dem Teller – ja, doch. Sonst kaum. – Mitglied der »Fruchtbringenden Gesellschaft«, was die erste Akademie war, die sich um die Reinhaltung und wissenschaftliche Erforschung der deutschen Sprache – im übrigen ernstlich – bemüht hat, und Verfasser eines fünfzig Bände füllenden Lebenswerkes, unter anderem eines Buches mit dem Titel »Poetische Trichter, die Deutsche Dicht- und Reimkunst, ohne Behuf der lateinischen Sprache in 6 Stunden einzugießen« – das als »Nürnberger Trichter« Eingang in den deutschen Sprichwortschatz gefunden hat.

Tarina: »Das Leben ist…«

Sprecher: » – ein Laub, das grünt und falbt geschwind…«

Sie haben vielleicht nicht alle Wörter verstanden – diese Sprache ist über 300 Jahre alt –

Tarina: Was hat sich auf »Grab« gereimt?

Sprecher: »Ein Schatten, der uns macht schabab…«

Schabab hieß im Mittelalter die Blume, die das Mädchen dem verschmähten Liebhaber reichte als Zeichen, daß er »abschaben« – abtreten solle. »Ich bin schabab« hieß: »ich bin verschmäht«.

Tarina: Das Wort gehört also nicht zum Grundwortschatz des ersten Semesters.

Sprecher: – und wenn Sie auch nicht alle Wörter verstanden haben, so ist Ihnen doch der melancholische Ton, die Wehklage über Zeit und Eitelkeit aufgefallen. Vanitas war ein hervorstechendes Thema alles barocken Denkens. Und doch hat es sich Harsdörffer nicht nehmen lassen, seinem Gedicht die Maske artifizieller Poesie aufzusetzen. Sie haben vielleicht bemerkt, daß sich die Strophen nicht nur am Ende, sondern auch am Anfang reimen. Bei aller Vanitas ist das Gedicht äußerst kunstvoll gemacht.

(Zitiert)

> »Mein Auge hat den alten Glanz verloren,
> ich bin nicht mehr, was ich vor diesem war.
> Es klinget mir fast stündlich in den Ohren;
> Vergiß der Welt und denk auf deine Bahr!«

– schrieb 1667, an seinem fünfzigsten Geburtstag Christian Hofmann von Hofmannswaldau sich selber ins Stammbuch.

Tarina: Auch Nürnberger?

Sprecher: Nein, Schlesier.

Tarina: Jurist?

Sprecher: Selbstverständlich: Präsident des Ratskollegii von Breslau.

(Zitiert)

> »Mensch! Leben, Adel, Ehr und
> Geld ist Eitelkeit,

Das ist in dieser Welt ein allgemeines Kleid,
Wie hoch du drinnen prangst, mußt du es legen hin,
Wenn sie dir übern Kopf den Sterbe-Kittel ziehn...«

Das hat Andreas Gryphius – auch ein Jurist, Zeitgenosse von Harsdörffer und Hofmannswaldau, Landsyndikus des Fürstentums Glogau und kaiserlicher Rat – am Grab seines Dichter- und Juristenkollegen Daniel von Czepko gesungen ... und später in seiner Gedichtsammlung mit dem bezeichnenden Titel »Kirchhofs-Gedanken« herausgegeben und
(Zitiert) » – dem hochedlen, gestrengen mannhafft und vesten Herrn Johann Casparn von Gersdorff auff Weichaw, hochwohlverordneten churfürstlich brandenburgischer verwittibter Durchläuchtigkeit, in dem Croßnischen Fürstenthum geheimen Hoff- und Justitien-Rathes – « gewidmet.
Der Tod setzt die Maske des Cavaliers auf – oder der Cavalier die Maske des Todes ... das ist barock ... oder Barock ... also: groß oder/und kleingeschrieben.

Musik Johann Sebastian Bach: 1. Aria der Cantate Nr. 51 »Jauchzet Gott in allen Landen«

Tarina: Daß das barocke Musik ist, erkenne ich ohne weiteres...
Sprecher: ... die erste Aria (mit obligater Trompete) aus der Cantate »Jauchzet Gott in allen Landen« von Johann Sebastian Bach...
Tarina: ... aber paßt diese jubelnde Musik in Ihre Skizze von der Lebenshaltung des barocken Menschen,

der sich vor allem darin gefiel, die Nichtigkeiten des Daseins, die Vergänglichkeit allen Glanzes, die Eitelkeit alles irdischen Strebens zu besingen, die Maske des Todes aufzusetzen?

Sprecher: Selbstverständlich nicht – und doch. Der barocke Mensch gefiel sich in allem möglichen – das Leben als Spiegel, so müssen Sie das verstehen, in dem sich der barocke Mensch gefiel, ob er nun eine Feder am Hut oder eine Leichenbittermiene trug. An wen denken Sie, wenn Sie an die Malerei des Barock denken?

Tarina: (unsicher) – Rubens?

Sprecher: Die Antwort war zu erwarten, aber sie stimmt nicht, obwohl natürlich Rubens eine in seiner Art barocke Erscheinung war – nein: Rembrandt – der Maler, der nicht müde wurde, sich selber anzuschauen, wie der barocke Mensch – immer sich selber anschaut ... es gibt von keinem Maler so viele Selbstporträts wie von Rembrandt, und keines gleicht dem anderen – verstehen Sie wohl: keiner der porträtierten Rembrandte gleicht dem anderen. Jedes Gesicht ist eine Maske. Sie können die Selbstporträts Rembrandst hintereinander ordnen und Sie finden eine Abfolge menschlicher Erscheinungsformen vom Fürsten bis zum Penner. Wie Rembrandt wirklich ausgesehen hat, wissen wir trotz aller Selbstporträts nicht. Aber vielleicht – nein: sicher war er einer von den Menschen, die überhaupt nicht »wirklich ausgesehen« haben...

Tarina: ... nur Masken getragen.

Sprecher: Sie können genausogut sagen, das Barock – ich bleibe immer noch lieber bei der Variante: die Barocke – waren die Zeit der großen Feste. Feste waren Masken des Lebens.

Die Arrangeure, Zeremonienmeister, Feuerwerker und Musiker dieser Feste verwandelten die Tage in Nacht, die Nächte in Tag, Wiesen wurden scheinbare Seen, auf denen künstliche Schwäne schwammen, die echten Schwäne wurden zu Blumen auf den zu künstlichen Wiesen umgeformten Teichen, Wasserfälle aus Licht, Kaskaden aus Rauch, künstliche Düfte, Musik aus dem Äther, Götter aus Holz und Blech, der Narr trat auf in der Maske des Todes – nichts hatte Bestand, nichts war das, was es wirklich war – auch ein Symbol für die Vanitas – die Welt ein Theater. Bezeichnenderweise hieß die erste politische Zeitschrift in deutscher Sprache, die 1616 in Frankfurt zu erscheinen begann und später in den Besitz der Familie Merian überging: »Theatrum Europaeum.« Die Welt als Theater – die politische Szene. – Eines der berühmtesten Feste hat am 24. Januar 1667 in Wien stattgefunden – mitten im Winter, obwohl es ein so gewaltiges Fest war, daß es nirgends anders als im Freien stattfinden konnte. Aber die barocken Zauberer konnten auch den Winter in einen künstlichen Sommer verwandeln.

Das Fest verherrlichte die Vermählung Kaiser Leopolds I. mit der Infantin Margaretha Theresia von Spanien – jener Prinzessin, die auf Velasquez' »Las Menidas« als kleines Mädchen dargestellt ist. Vier Monate lang wurde eine szenische Verherrlichung des Hauses Habsburg geprobt: »Siegstreit dess Lufft- und Wasser-Freuden-Fest«; außerdem gab es die Oper »Il Pomo d'oro« von Marc Antonio Cesti und zum Schluß ein Pferdeballett mit gleichzeitigem Feuerwerk von solcher Pracht, daß ganz Europa noch jahrelang davon redete.

Musik: Johann Heinrich Schmelzer: Aria par il balletto à cavallo

Sprecher: Was Sie da hören, ist ein Teil der Originalmusik dazu – insgesamt hat sie zwei Stunden gedauert. Der Hofkomponist Johann Heinrich Schmelzer hat sie komponiert: für über hundert Streicher, dazu Oboen, Blockflöten, Pauken und »molte trombe«.
Ein Fest von unnennbarem Glanz. Der Kaiser selber meinte, es sei: »A seculis nit dergleichen solches gesehen worden.«
Tarina: Wie glücklich war diese barocke Ehe?
Sprecher: Glücklich? Glücklich war eine Ehe, wenn ihr viele Kinder entsprossen.
Tarina: Und wie lang hat diese Ehe gedauert? Hat sich der Pomp gelohnt?
Sprecher: Der barocke Mensch war der Meinung, daß Pomp sich immer lohne. Wie lang diese Ehe gedauert hat? Vanitas vanitatum... Die junge Kaiserin war, als das Pferdeballett aufgeführt wurde, fünfzehneinhalb Jahre alt, seit einem Monat verheiratet und schon schwanger. Der Sohn, den sie im September darauf zur Welt brachte, Erzherzog Ferdinand Wenzel, überlebte das erste Jahr nicht, ebenso zwei weitere Kinder, nur eine Tochter überlebte, Maria Antonia. Die war grad vier Jahre alt, als ihre Mutter 1673 starb – im einundzwanzigsten Lebensjahr.
Diese Erzherzogin Maria Antonia heiratete übrigens

später den Kurfürsten Max Emanuel von Bayern, welches Faktum unter anderem zum Ausbruch des Spanischen Erbfolgekrieges führte, der Europa fast so verheerte wie der Dreißigjährige.
Tarina: Woher kommt das Wort ›Barock‹? Sie sagten: von Perücke?
Sprecher: Die Moden wechselten in der Barockzeit fast so schnell wie heute. Nur eine Mode war hartnäckig: die von Ihnen eben genannte Perücke.
Perücken gab es natürlich schon vor der Barockzeit, selbst die alten Meder und Perser kannten sie, später die Römer. Im Mittelalter gab es keine Perücken, erst in Frankreich tauchten sie um 1500 wieder auf: aber nur bei Frauen. Der erste Mann, der in der Neuzeit eine Perücke trug, war 1620 der Abbé la Riviève ... sie war blond und wog zwei Pfund. 1670 erfand Monsieur Binette, der Leibfriseur Ludwigs XIV. die Allongeperücke, jenes dichte – oft auch weiß gepuderte – Gekräusel von Haaren, das die Stirn bogenförmig begrenzte, sich tief über den Nacken erstreckte und zu beiden Seiten der Brust niederfiel ... es sollte den ambrosischen Locken Jupiters gleichen. Auch ein barokkes Faktum: wenn früher (und auch heute wieder) die Perücke möglichst natürliches Haar vortäuschen sollte, so galt die barocke Perücke als um so schöner, je unnatürlicher sie war. Aber dennoch: von Perücke kommt das Wort Barock nicht.

Geräusch: Herausnehmen und Aufschlagen eines schweren Buches

Tarina: Was ist das für ein Buch?

Sprecher: Das – wie ich glaube – beste Lexikon deutscher Sprache. »Meyers Konversations-Lexikon. Ein Nachschlagewerk des allgemeinen Wissens. Fünfte Auflage, 1895« – Band 2: »Asmanit bis Biostatik«.
(Liest):
»Barntrup, Stadt im Fürstentum Lippe...«
»Barnum, Phineas Taylor, amerikanischer Spekulant, der König des Humbugs« ... auch ein hübscher Artikel, gehört aber nicht hierher...
»Barnus, ein meist sturmartiger Nordostwind...«,
»Baroccio, Federigo...« ist zwar ein Barockmaler, hat mit der Etymologie aber nichts zu tun ... hier:
»Barock (italienisch barocco, französisch baroque), eigentlich ›schiefrund‹ (von Perlen gebraucht), dann soviel wie unregelmäßig, seltsam, wunderlich. Der Ausdruck kommt nach einigen vom portugiesischen Barroco (rohe, ungleich geformte Perle) ... her und dient bei Erscheinungen des Lebens zur Bezeichnung des Ungereimt-Seltsamen, Launenhaft-Wunderlichen, das bis ins Unverständliche und Närrische geht...«
Tarina: Hat sich das Barock als barock empfunden?
Sprecher: Selbstverständlich nicht. Das Barock hat sich als klassisch empfunden, als Wiedergeburt der Antike, mehr noch als die Renaissance. Als barock empfand man – abwertend – die Barocke erst, als sie vorbei waren. Die Mode der Väter empfindet man immer als geschmacklos und komisch. Erst die Großvätermode erscheint wieder reizvoll. Diderot und d'Alembert definieren in ihrer Enzyklopädie barock als »le superlatif du bizarre«, Sonnenfels tadelt in seiner »Wiener Schaubühne« »den barocken Geschmack«,

Wieland schreibt im »Neuen Amadis« »barockisch«, wenn er etwas Verrücktes meint und Goethe meint ähnliches in »Dichtung und Wahrheit«, wenn er von »barocken Späßen« spricht. »Barock« als kunstgeschichtlicher Begriff taucht um 1840 auf. Noch Jacob Burkhardt schimpft die Barocke als Verfall der Renaissance, erst mit Heinrich Wölfflin – gegen 1900 – war man bereit, den Barocken eine eigene kunst- und kulturhistorische Bedeutung zuzubilligen.
Tarina: Und die Barocke – wie Sie sagen – empfanden sich als klassisch?

Musik: Jacopo Peri: Prolog der »Euridice«

Sprecher: Was Sie da hören, ist ein Ausschnitt aus dem »dramma musicale ›Euridice‹« von Jacopo Peri, das am 6. Oktober 1600 in Florenz anläßlich der Hochzeit der Prinzessin Maria de Medici mit König Heinrich IV. von Frankreich aufgeführt worden ist.
Der barocke Geist empfand die Welt als Theater, und die Steigerung des Theaters ist die Oper. Es ist kein Zufall, daß die Oper in der Barockzeit entstand, die einzige Kunstform, deren Auftauchen wir fast auf den Tag genau datieren können. Im Frühjahr 1598 wurde im Palazzo Corsi in Florenz die »favola in musica ›Dafne‹« aufgeführt. Text von Rinuccini, Musik von Peri und Corsi – die erste Oper. Diese musikalische Kunstform verbreitete sich im Lauf der folgenden Jahrzehnte trotz Krieg, Pest und Not wie ein Flächenfeuer über ganz Europa. Nichts, nicht die Allongeperücke, nicht die allgemeine Sauf- und Freßlust, nicht die triumphalen Kirchen Berninis, nicht die kri-

stallischen Grübeleien eines Pascal oder eines Spinoza sind so spezifisch barock wie die Kunstform der Oper, dieses Gesamtkunstwerk, in dem sich Musik, Dichtung, Szenenzauber, Tanz und nicht zuletzt das Gefühl vereinigte, klassisch zu sein.
Rinuccini und Peri glaubten allen Ernstes, das antike Drama sozusagen naturgetreu rekonstruiert zu haben. Die Musik der ersten Oper, der »Dafne«, ist leider nicht überliefert, aber die ihrer Nachfolger. Schon zehn Jahre nach jener »Dafne« komponierte Claudio Monteverdi für den Hof von Mantua seinen »Orfeo« und seine »Arianna« – Sie sehen: lauter »klassische« Themen. Die sozusagen klassische Haltung der Oper hielt zäh an der Mythologie fest – über die ganzen unzähligen Werke der venezianischen und napolitanischen Oper weg, und über Mozarts »Idomeno« und »Titus« bis zu Wagner, der ja auch noch meinte, eine klassische – allerdings germanische – Mythologie in Töne umgesetzt als Gesamtkunstwerke, als Weihespiele vorzuführen.
Selbst Jacques Offenbach hat es mit seiner Parodie »Orphée aux enfers« und »La belle Hélène« nicht fertiggebracht, Richard Strauss daran zu hindern, eine »Elektra« und eine »Daphne« zu schreiben.
Oper ist Barock schlechthin, und die Oper unserer Zeit krankt daran, daß sie diesen Ursprung vergessen hat.

Musik: Claudio Monteverdi, Ausschnitt aus »Orfeo«

Tarina: Maske – Theater – Oper ... Pomp und Aufzüge, Fürstenhochzeiten – selbst der Tod im Kostüm des

Cavaliers ... war das Barock ein ganz und gar äußerliches Zeitalter?
Sprecher: So hat man es – wie der schon zitierte Jacob Burckhardt – noch um die Mitte des 19. Jahrhunderts gesehen. Natürlich war es das nicht. Nur ein so zerrissenes, in sich widersprüchliches Zeitalter konnte einen Philosophen wie Spinoza hervorbringen.
Tarina: Baruch Spinoza?
Sprecher: Den Egon Friedell »den vielleicht merkwürdigsten Denker, der je gelebt hat« nennt, und der ihm einen glänzend-kritischen Essay in seiner »Kulturgeschichte der Neuzeit« widmet.
Spinoza war Abkömmling nach Holland ausgewanderter portugiesischer Juden. Im protestantischen Holland genossen die Juden – das erste Mal, seit ihre Schutzherren, die Mauren, aus Spanien vertrieben waren – wieder politische und bürgerliche Emanzipation. Sie benutzten diese Emanzipation zu rabbinischer Intoleranz und Querel, die dem Verfolgungsdrang katholischer und auch protestantischer Geistlichkeit in nichts nachstand. Spinoza war eins der Opfer.
Er lebte – ausgestoßen von der jüdischen Gemeinde – in Den Haag in dürftigsten Verhältnissen, ernährte sich durch Brillenschleifen. Daneben verfaßte er – in unvorstellbarer geistiger Vereinsamung – sein Werk: die »Ethik«, die aber keine Ethik war, sondern das gnadenlose Sezieren jeden philosophischen und theologischen Aberglaubens – zu dem Spinoza auch den Glauben zählte. In den Bahnen scharfer, ja eisiger Logik – schon äußerlich in den fast marottenhaften Stil mathematischer Genauigkeit gekleidet – zerglie-

derte Spinoza alles Denken und kam, grob gesprochen, zu dem Schluß, den Egon Friedell...ich zitiere, weil man es besser und bündiger nicht fassen kann... so umreißt:
(Zitiert) »Da Gott, schließt Spinoza, nur als ein vollkommen unendliches und daher vollkommen unbestimmtes Wesen gefaßt werden kann, so kann er auch kein Selbst und keine Persönlichkeit besitzen. Und da sowohl Verstand wie Wille ein Selbstbewußtsein voraussetzen, so sind auch diese beiden Fähigkeiten ihm abzusprechen. Außer diesem absolut unendlichen Wesen – nämlich dem sozusagen blinden Gott – kann nichts existieren. Folglich ist die ganze Welt identisch mit Gott, und es ergibt sich die berühmte Formel: deus sive natura.«
Tarina: Das haben die Jesuiten wohl ungern gehört?
Sprecher: Die Pastoren und die Rabbiner auch nicht. Aber ich zitiere weiter: »Aus dieser Gottnatur gehen alle Dinge mit derselben Notwendigkeit hervor, wie es aus der Natur des Dreiecks folgt, daß die Summe seiner Winkel gleich zwei Rechten ist. Daher gibt es keine Freiheit: Ein Mensch, der glaubt, frei zu sein, ist wie ein Stein, der während des Wurfes sich einbildet, zu fliegen...«

Sprecher klappt das Buch zu

Tarina: Eine höchst subtile Variante der Ansicht von der Eitelkeit aller Dinge.
Sprecher: Arm, ohne Familie, ohne Anerkennung, frierend ist Spinoza, noch nicht fünfzig Jahre alt, gestorben. Und doch: Keine Philosophie seitdem

kommt um diesen Eisberg an Logik herum – und jede Darstellung des Phänomens Barock wäre unvollständig ohne Erwähnung Spinozas.

Tarina: Jüdisches Barock?

Sprecher: Spinoza war kein Jude mehr, er war aber auch kein Christ. Er war nicht einmal mehr Atheist – er war Spinoza.

Tarina: War das Barock eine christliche Zeit? Wenn man an die ganzen prächtigen barocken Kirchen denkt ...

Sprecher: Von christlichem Barock kann man nicht reden – es gab den katholischen und den protestantischen Barock, verschiedene, sich wechselseitig bedingende Ausformungen eines Lebensgefühls –

Tarina: ... sich bekämpfende?

Sprecher: Auch, ja. Die politische Geschichte und auch die Geistesgeschichte der zwei Jahrhunderte von 1550 bis 1750 ist bestimmt von den Folgen der Reformation. Der Angelpunkt ist der Dreißigjährige Krieg, der als Religionskrieg begonnen hat – aber wie schnell und gründlich haben sich die Grenzen verwischt: Der protestantische Kurfürst von Sachsen kämpft von der Mitte des Krieges an – welchen Zeitpunkt ironischerweise der »Prager Friede« bezeichnet, nach diesem Frieden ging es erst richtig los – auf kaiserlicher, also katholischer Seite, mit dem protestantischen Schweden verband sich das katholische Frankreich, dessen politische Führer zwei Kardinäle waren, Richelieu und Mazarin ... und die Tochter und Erbin des protestantischsten aller »Helden«, Gustav Adolfs, die Königin Christine, dankte ab, zog nach Rom und wurde Katholikin, sah ihre Aufgabe darin, den eigenartigsten, den erzenglischen Meister der Barockmusik zu fördern, der Bach und der ganzen Musik bis auf unsere Tage den Weg ebnete: Arcangelo Corelli.

Musik: Arcangelo Corelli: Largo aus dem Concerto grosso op. 6, Nr. 1 (3. Satz)

Sprecher: Corelli war ein Neuerer, förmlich ein Spinoza der Musik, dessen Musik die logische Klarheit aber mit der sinnlichen romanischen Musizierfreude verband, der ein Werk von seltener Geschlossenheit und Einheitlichkeit hinterließ.

Musik: Arcangelo Corelli: Largo aus dem Concerto grosso op. 6, Nr. 1 (3. Satz)

Sprecher: Das war der dritte Satz aus dem Concerto grosso op. 6, Nr. 1 in D-Dur. Vier Tage vor seinem Tod hat Corelli die mit Sorgfalt zusammengestellte und ausgefeilte Sammlung dieser zwölf Concerti seinem Freund und Schüler Matteo Fornari zur Herausgabe vermacht: eine Summe der bisherigen Musik, ein aufgestoßenes Tor für ihren weiteren Gang bis zu Gustav Mahler und György Ligeti.

Musik: Corelli / Der anschließende schnelle Satz aus eben dem Concerto wie oben, 4. Satz

Tarina: – das ist nicht nur musikalischer Spinoza...
Sprecher: Ich sagte schon – gepaart mit der Sinnlichkeit des Zeitalters. Genausowenig wie die Barocke ohne das brennende Eis der Philosophie Spinozas darzu-

stellen sind, verstünde man die Zeit ohne den Hinweis auf ihre Derbheiten. Der hauptsächlich als Kirchenliederdichter in die Erinnerung der Nachwelt eingegangene Paul Fleming (ausnahmsweise kein Jurist, sondern Mediziner) hat dieses Gedicht verfaßt:

»Wie er wolle geküßt sein:
Nirgends hin als auf den Mund,
Da sinkts in des Herzens Grund.
Nicht zu frei, nicht zu gezwungen,
Nicht mit gar zu fauler Zungen.

Nicht zu wenig, nicht zu viel,
Beides wird sonst Kinderspiel.
Nicht zu laut und nicht zu leise,
Bei der Maß' ist rechte Weise.

Nicht zu nahe, nicht zu weit,
Dies macht Kummer, jenes Leid.
Nicht zu trocken, nicht zu feuchte,
wie Adonis Venus reichte...«

Und so weiter ... solche Verse waren die Vorläufer der galanten bis schlüpfrigen Dichter des folgenden Jahrhunderts.

Es gibt aber noch derbere Sachen. Die barocken Jahrhunderte waren nicht nur das Zeitalter der Freß- und Sauflust – aus zeitgenössischen Berichten wissen wir, daß Ludwig XIV. bei einer gewöhnlichen Mahlzeit ein halbes Kalb und als Zuspeise zwölf Hühner zu verspeisen pflegte ... und zwar allein! – nie war auch die Freude am Gegenteil, sozusagen, am Fäkalischen, so ausgeprägt wie im Barock.

Da gibt es einen wenig bekannten süddeutschen Barockdichter, Johann Beer, ein Gastwirtsohn aus Oberösterreich, der nebenbei auch Musiker war, der hat eine Reihe burlesker Romane geschrieben, darunter das »Narrenspital«, in dem es von herrlichsten barokken – ja, eben barocken Ausdrücken wimmelt wie: »– er lief wie ein schnaufender Wasserhund« oder »– Frauen, sie sind ehren- und tugendfest (wie ein gefrorener Dreck) – « oder » – ich will ihn umblasen wie eine Filzlaus ...«.

Da ist eine Szene aus dem barocken Elementarschul-Unterricht geschildert:

(Zitiert) »Er – « nämlich der Schulmeister, »hatte den Gebrauch, so ein Knabe einen Furz streichen ließ, mußte einer von oben bis unten der Bänke gehen, zu riechen, wer es getan hätte. Daher kam es, daß, wenn der Herumgeschickte diesem oder jenem nicht gut war, er solchen dem Schulmeister als den Täter verriet. Auf solchen regnete es alsdann zentnerschwere Schläge... Einmal klagte mich einer in diesem Puncto Furzi auch ohne Grund beim Schulmeister an, und weil ich mit Gewalt hervorgerissen wurde, die Hosen herunterzunesteln und einen guten Product zu halten, sagte ich in meiner Angst: »Oh, herzlichster Herr Schulmeister, es ist erlogen, ich habe den Furz nicht gelassen, es mag ihn gelassen haben, wer da wolle, drum bitte ich, glaubt meinem Kameraden nicht, sondern riechet selbst an meinem Arsch, da werdet Ihr finden, daß ich fälschlich belogen worden.«

»Du Hundsfutt«, sagte der Schulmeister, »... ich will dir zum Arsche riechen, daß du sechs Wochen nicht sollst darauf sitzen können.«

Musik: Giacomo Carissimi: Lamento della Maria Stuarda

Tarina: Da lassen Sie aber eine merkwürdige Musik spielen nach diesem deftigen Text.
Sprecher: Nicht eigentlich einmal abrupte Übergänge: nein, die Gleichzeitigkeit, die Gleichwertigkeit verschiedener Welten, die Begabung, die entlegensten Stimmungen in einem empfinden zu können, das war das Geheimnis des barocken Menschen. Wer das nicht versteht, wird die Barocke nicht begreifen und sie als bizarr abtun – wie Burckhardt, der im Sinn seines Jahrhunderts nur in Kategorien gedacht hat...
Tarina: Was war das für eine Musik?
Sprecher: Die Totenklage der Maria Stuart –
Tarina: Ihr eigener Text?
Sprecher: Ja. In Musik gesetzt von Giacomo Carissimi, einem Meister des musikalischen Frühbarocks, in dem sich aber die Linien der künftigen Musik schon klar abzeichnen.
Tarina: Ich sehe – nach allem, was Sie mir gesagt haben – es ist nicht möglich, das Wesen des Barock in einem Satz zusammenzufassen. Ich habe das nicht anders erwartet – welches Lebensgebiet von einiger Komplexität läßt das schon zu – aber: Gibt es ein Werk, das Ihnen den Geist des Barock in allen seinen Facetten symbolisiert. Spinozas Gedanken? – Corellis Concerti? Das Schloß von Versailles? Shakespeares Stücke?
Sprecher: Wir müssen immer wieder nach Rom zurückkehren. In der Umgebung des Quirinals, ganz in der Nähe des Bahnhofs Termini und hinter dem Thermenmuseum und der weit auffälligeren Kirche Santa-

Maria degli Angeli steht an der Piazza San Bernardo eine eher kleine Kirche, die – man weiß es nicht ganz genau – Carlo Maderna gebaut haben soll, die Fassade stammt von Giovanni Battista Soria.
Wunder – Tod – Krieg – Triumph: Der Bau der Kirche wurde 1605 begonnen. 1620, als Kaiser Ferdinand II. in der Schlacht am Weißen Berge bei Prag den protestantischen Gegenkönig, den »Winterkönig« Friedrich von der Pfalz, besiegte, wurde auf dem Schlachtfeld ein Madonnenbild, dem der Kaiser seinen Sieg zuschrieb, gefunden. Die Kirche – die eigentlich dem Apostel Paulus gewidmet werden sollte, aber der hat ja seine großartige Basilica fuori le mure – wurde daraufhin der siegreichen Madonna geweiht und heißt seitdem: Santa Maria della Vittoria. Noch nicht genug mit dieser barocken Entstehungsgeschichte. Wir treten ein. Die vierte Seitenkapelle links ist die Cornaro-Kapelle.
Der venezianische Cardinal Cornaro ließ sie 1646 ausführen und beauftragte damit niemand geringeren als den damals wohl unbestritten berühmtesten Architekten Roms, Lorenzo Bernini, den Vollender der Peterskirche, der aber auch ein großer Bildhauer war.
Der Altar ist der heiligen Theresa geweiht ... es war jene Carmeliterin Therese von Avila, die von 1515 bis 1582 gelebt hat, auch Theresa de Jesus genannt, die »virgo seraphica«, eine begnadete Dichterin, deren mystische Ekstasen gleichermaßen im spanischen Mittelalter wurzeln und in die Barockzeit vorausdeuten. 1622 wurde Theresa heiliggesprochen. Schon ihr Todesdatum ist merkwürdig: Sie starb in der Nacht vom 4. auf den 15. Oktober 1582...

Tarina: In der Nacht vom 4. auf den 15. Oktober?
Sprecher: Ja. Damals wurde auf Befehl Papst Gregors XIII. der Kalender revidiert. Es hatten sich ja aufgrund der Fehler des Julianischen Kalenders zehn überzählige Tage angesammelt – und der Papst verfügte im Februar 1582, daß auf den 4. Oktober der 15. zu folgen hatte. Und genau in jener Nacht starb die heilige Theresa.
Tarina: Und sie, eine sozusagen ganz neuernannte Heilige, wählte Cardinal Cornaro zur Patronin seiner Kapelle?
Sprecher: Bernini hat die Ausstattung selber als sein Hauptwerk betrachtet.
Triumph – Tod – Theater – der Altar ist eigentlich ein Logentheater. Die Mitglieder der Familie Cornaro schauen ergriffen einem Schauspiel zu, einer Stein gewordenen Rappresentazione sacra: die Heilige – eine außerordentlich attraktive junge Frau – sitzt da, halb liegend, mit geschlossenen Augen und einem Mund ... einem Mund, sage ich Ihnen, der in Lust und Verzükkung geöffnet ist ... hilflos-glücklich ... und über ihr steht ein Engel, ein schöner junger Mann mit Locken, ein Bild von einem Jüngling, und hat einen goldenen Pfeil in der Hand, mit der anderen Hand ist der Engel dabei, das Gewand der Heiligen über dem Busen zu öffnen ... und die Familie Cornaro schaut zu ... Bernini hat den Marmor behandelt, als wäre es kein Stein ... alles schwebt und fließt ... und wenn man genau schaut, wo der Pfeil des Engels hindeutet, wenn man diese Linie fortsetzt, so ist das die salva venia, unbestreitbar weiblichste Stelle unter den marmornen Falten der Statue der schönen jungen Frau...

Wenn Sie die Schriften der heiligen Theresa mit den Augen Sigmund Freuds lesen, wissen Sie, wie angemessen diese fast unverhüllte Erotik der Figurengruppe Berninis ist. – Eine Blasphemie? Nein – barokke Frömmigkeit – und das Kunstwerk, das alle Facetten des barocken Geistes blicken läßt – Tod, Eros, Mystik und Theater – können Sie als die schlackenlose Apotheose des Barock hinnehmen. Das ist Barock: Das Theater Welt spielt die Komödie des Todes.
Und die Maske verbirgt nur eine weitere Maske, und diese wieder eine Maske ... und zum Schluß bleibt nur der Totenkopf ... oder der Jubel des Lebens: die beiden Jahrhunderte des Barock.

Musik Händel: Wassermusik

(1982)

Über das echte Falsche und das falsche Echte

Im Jahr 1910 veröffentlichte bei der altberühmten Verlagshandlung Schott in Mainz der große Geiger Fritz Kreisler, einer der bedeutendsten Virtuosen seines Instruments in der ersten Hälfte unseres Jahrhunderts, eine Serie von 18 Musikstücken nach Manuskripten, die ihm – behauptete er – zufällig in die Hände gefallen waren, ein Paket Notenpapiere aus dem 17., 18. und 19. Jahrhundert, bis dahin völlig unbekannte Kompositionen verschiedener Meister alter Zeit, darunter Corelli, Pugnani, aber auch ein kleines Stück von Beethoven, die er alle für Violine und Klavier bearbeitete. Weil Fritz Kreisler diese kleinen Stücke – Gusto-Stückerln und Da-capo-Reißer – gern spielte, wurden diese 18 Piècen weltberühmt und das Notenheft ein Bestseller für den Verlag. Fünfundzwanzig Jahre danach, 1935, hat ein Pugnani-Forscher den großen Virtuosen um das Original des »Präludium und Allegro« von Pugnani, die Nummer 5 in Kreislers Sammlung, gebeten, um die Bearbeitung mit dem Manuskript zu vergleichen. Lachend gab der große Kreisler zu, daß er alle die alten Stücke selber geschrieben habe. Die Stücke waren mit so virtuoser Einfühlsgabe komponiert, daß ein Vierteljahrhundert lang kein noch so gewiefter Musikfreund an der Echtheit gezweifelt hatte.

Wenige Jahre nach dem Krieg machte ein Band Gedichte mit dem schönen Titel: »Ich schreibe mein Herz in den Staub der Straße« großes Aufsehen. Der Verfasser war ein Elsässer namens Georges Forestier, der in der französischen Armee in Indochina gekämpft hatte und gefallen war. Seine Gedichte hatte er in deutscher Sprache geschrieben. Einige der heute noch tätigen Literaturhistoriker bezeichneten diese Gedichte als die beste Lyrik der deutschen Sprache und stellten sie denen Paul Celans, aber auch denen Rilkes und Gottfried Benns an die Seite. Der wirkliche Verfasser war ein Verlagslektor, der Krämer hieß und den Mekong nie gesehen hatte.

Ich selber bin der Verfasser eines Kafka-Briefes, den einzuschmuggeln mir ein Zufall half. Ich sage nicht, welcher Brief es ist. Er gilt heute als echt.

Die Violinstücke von Fritz Kreisler, die später mit dem Vermerk: »von Fritz Kreisler *im Stil von* Corelli ... Pugnani ... Beethoven ... usw.« gedruckt wurden, werden als Kuriosität belächelt, ab und zu spielt sie ein Geiger als Zugabe. Der Namen Georges Forestier ist aus der Literaturgeschichte verschwunden, von seinen Gedichten »Ich schreibe mein Herz in den Staub der Straße« redet niemand mehr. Sind die Kreisler-Stücke, sind die Forestier-Gedichte dadurch schlechter geworden, daß sie nicht »echt« sind? Hat sich durch die Aufdeckung der »Fälschung« irgend etwas am Text oder an den Noten geändert? Wohl kaum. Nur die Haltung gegenüber den Stücken hat sich geändert. Wir – die Kulturkonsumenten des 20. Jahrhunderts – sind ein Volk von authentizitätsbesessenen Snobs, sind erfüllt vom Aberglauben des Originalitätswahns. Das kommt von einer Überbewertung der Künstlerindividualität, die sich mit dem Beginn des 19. Jahrhunderts herauszubilden begonnen hat und heute noch andauert, vielleicht noch nicht einmal ihren Gipfel erreicht hat. Wir glauben den Wert eines Kunstwerkes nur im Zusammenhang mit der Biographie des Künstlers würdigen zu können. Nicht umsonst stehen Romane mit autobiographischem Hintergrund so hoch im Kurs, nicht umsonst gibt es heute die Kunstsoziologie, eine der dümmsten Auswüchse im Kulturbetrieb unserer Zeit. Ich rede und schreibe immer wieder davon, wie wenig Einfluß die gesellschaftlichen Bedingungen auf die Kunst gehabt haben. Haydns Symphonien vor oder nach der französischen Revolution sind stilistisch gleich. Haydns symphonische Revolution hat in ihm, dem Meister selber, stattgefunden, und zwar etwa um 1760. Beethoven hat vor dem Wiener Kongreß nicht anders geschrieben als danach. Der Erste Weltkrieg und die gesellschaftlichen Umwälzungen danach haben auf den Expressionismus keine stilistischen Auswirkungen gehabt. Diese Revolution, die künstlerische, ist um 1905 anzusetzen.

Aber unbestreitbare Tatsachen vermögen bekanntlich nichts gegen den Aberglauben, und der Aberglaube unserer Zeit heißt eben Soziologie. Was nicht damit zusammenstimmt, wird zurechtgebogen oder geleugnet. Es ist wie mit der Astrologie. Merksatz: die Soziologie ist die Astrologie der Intellektuellen.

Dabei fragt man sich: Was ist echt? In München steht vor der Ägyptischen Sammlung ein Obelisk, der nicht echt ist. Er ist eine römische Fälschung aus dem ersten Jahrhundert nach Christus; das heißt: Im Rom der ersten Kaiserzeit hat ein Bildhauer einen Obelisken aus der Zeit der Ptolemäer gefälscht. Ist der Obelisk damit nicht mehr echt? Oder ist er in den zwei Jahrtausenden, in denen der Zeitabstand von damals für uns geschrumpft ist, »echt« geworden? Oder wenigstens etwas »echter«? Was würden wir sagen, wenn eine Fälschung einer Aristoteles-Komödie aus dem Jahr 200 vor Christi Geburt auftauchen würde?

Bei allem unserem Echtheits-Fanatismus vergessen wir gern, daß die Hauptgrundlage unserer Geisteskultur »Fälschungen« sind: Keines der Evangelien ist, strenggenommen, echt, keines der Herrenworte ist wirklich authentisch. Und Platon hat den Sokrates samt allen seinen Aussprüchen wahrscheinlich schlichtweg erfunden, zumindest »seinen« Sokrates; ein »echter« Sokrates hat zwar, wie wir von Aristophanes wissen, gelebt, er hat aber mit dem Platonschen nichts zu tun.

Zu »echt« und »falsch« gibt es eine bezeichnende Anekdote von Casanova (*die wahrscheinlich nicht echt ist*): Casanova hat sich nicht nur selber geadelt – zum Chevalier de Seingalt, worauf er sehr stolz war; er war somit der einzige, der seinen Adel nicht einem Fürsten, sondern sich selbst verdankte –, sondern sich auch einen selbergestifteten Orden, das »Großkreuz des Ordens von Seingalt«, verliehen. Zu einer Zeit, als er gerade Geld hatte, ließ er sich ein kostbares Ordenskleinod aus Gold und Diamanten machen. Das trug er, als er in einem Pariser Salon dem Herzog von Rohan-Soubise vorgestellt wurde, der Ritter des (echten) Ordens vom Heiligen Geist war. Das Ordenskleinod des Herzogs, der pleite war, war aber eine Dublette: aus Blech und Straß. »Mein Orden«, sagte Casanova zum Herzog, »ist falsch, aber echt. Ihrer, Durchlaucht, ist echt, aber falsch.«

Zeichen über den Tod hinaus

Die Tatsache, daß alle Menschen einmal sterben werden, ist eine der wenigen objektiv feststehenden Wahrheiten im philosophischen und theologischen Denkbereich. Die Fragen nach der Endlichkeit oder der Unendlichkeit der Welt, des Weiterlebens der Seele nach dem Tode, konnten bisher nur durch philosophische oder religiöse Spekulationen beantwortet werden. Es gibt die Erkenntnis, und es gibt den Glauben. Die meiste Zeit der überblickbaren Geistesgeschichte der Menschheit vermittelte religiöser Glaube die Gewißheit eines Fortlebens der Seele nach dem Tode. Erst die marxistische Glaubenslehre, die erste institutionelle Kirche ohne Gott, verlangt den Glauben an den Tod der Seele mit dem Tod des Körpers. (Ich vermute: Allein dies reicht hin, daß man auf die Dauer mit dem Marxismus die Menschen nicht befriedigen wird können.)

Das sind die Glaubensdinge. Im Bereich der Erkenntnis sind bisher keine Anhaltspunkte für ein Fortleben der Seele nach dem Tode aufgetaucht. Die philosophische Wissenschaft, die sich seit vielen Jahrhunderten der Erkenntnis rühmt, hat kein unangefochtenes System hervorgebracht, das die Rätsel des Lebens (und des Todes) löste und das auch für denjenigen annehmbar ist, der an die Erkenntnis strenge Anforderungen stellt. Ich vermute, daß die Philosophie, von Platon bis Heidegger, überschätzt wird. (Sie hat ihren hohen Kredit auf der Welt größtenteils nur durch die schwere Verständlichkeit ihrer Äußerungen zu verteidigen vermocht.) Ich vermute, daß die Philosophie nichts taugt. Die philosophische Wissenschaft, eine Lehrerin, die dreitausend Jahre lang keine schlüssige Antwort zu geben vermochte (hundert Antworten auf eine Frage sind keine Antwort), sollte wenigstens das eine erkennen: daß sie hinfort schweigen sollte. Daß ich eines Tages sterben werde, weiß ich auch ohne sie.

Das Phänomen Tod hängt mit dem Phänomen Zeit zusammen. Zeit an sich gibt es wohl nicht. Ein leeres Weltall hätte keine Zeit. Zeit ist bestimmt durch den Ablauf von kosmischen Vorgängen, zu denen das irdische Leben gehört, Vorgängen, die einen Anfang und ein Ende haben. Das Universum ist in der Erscheinungsform, die wir – fragmentarisch – kennen, auf die Endlichkeit der Lebensvorgänge angelegt. Endlosigkeit, Zeitlosigkeit ist in dieser Erscheinungsform nicht vorgesehen. Der körperlich unsterbliche Mensch ist zwar gelegentlich Gegenstand legendenhafter und literarischer Spielereien gewesen (»ich selber exkludier mich nicht«), in Wahrheit ist er nicht denkbar. Der Tod, das unausweichliche Ende der körperlichen Existenz, ist immer und für jeden die sichtbare Grenze der Betätigungsmöglichkeit gewesen. Dem Menschen wohnt aber – vielleicht nur aus Überheblichkeit, weil er besser denken kann als die Ameise, vielleicht ist es aber doch der göttliche Funke – ein Drang nach Verewigung inne. Der Mensch hat den Drang, auf der Welt Zeichen zu setzen, die über seinen Tod hinaus zeugen, daß er da war. Dieser

Drang wäre im – wie gesagt undenkbaren – Fall des körperlich ewigen Menschen überflüssig und wahrscheinlich nicht vorhanden. Der Drang, solche Zeichen zu setzen, hat durch schöpferische Menschen zu dem geführt, was wir Kunst nennen. Faulkner hat gesagt, er habe mit seinen Werken eigentlich nichts anderes getan als »Killroy was here« in die Wand gekratzt. Der Tod, oder vielmehr die Gewißheit, daß wir sterben werden, ist für den schöpferischen Menschen die erste und wichtigste Voraussetzung seiner Arbeit. Wenn es Gott gibt, ist der Tod eine der wenigen allgemeinen Gnaden, der Sinn des Lebens.

Man legt jeden Tag oder jede Nacht, wann man eben zu schreiben, zu malen oder zu komponieren aufhört, den Bleistift, den Pinsel oder das Blatt zur Seite. Einmal, heute oder morgen, wird es das letzte Mal gewesen sein. Glücklich ist der, der jeden Tag ein Blatt zur Seite legen kann, mit dem er auch dann zufrieden wäre, wenn darauf die *letzte* Zeile steht, die er geschrieben hat.

Gott und der ganze Krempel

Meine Großeltern, bei denen ich von meinem neunten bis zum fünfzehnten Jahr lebte, verwendeten äußerste Sorgfalt auf meine religiöse Erziehung. Meine Großmutter – sie stammte aus Stilfs im oberen Vinschgau, aus einer kargen und armen Gegend, wo, der Überzeugung bin ich, heute noch so gute Kelten leben wie in Schottland oder in Wales – war so katholisch, daß sich der Papst zu Rom eine gute Scheibe oder besser zwei davon hätte abschneiden können. Manche unserer heutigen Kirchenfürsten sind, wenn ich es so rückschauend betrachte, schiere Protestanten gegen meine Großmutter. Sie vermittelte mir einen unauslöschlichen Schatz von Sprüchen, die von »Schweig still, mein Herz, und singe« bis »Tue Gutes, wirf's in's Meer, sieht's der Fisch nicht, sieht's der Herr« reichten, außerdem tiefe, ober-vinschgauerische theologische Einsichten wie etwa, daß Martin Luther während des Stuhlganges vom Teufel geholt worden sei. Die besondere Vorliebe meiner Großmutter galt dem heiligen Antonius, besser gesagt: einem der heiligen Antonii, welchem? Hagiologischen Haarspaltereien war sie abhold. Sie war nervös, außerdem wie alle abergläubischen Menschen stets ängstlich darauf bedacht, keinen Hut auf ein Bett zu legen (bringt häuslichen Kummer), keine Schuhe auf den Tisch zu stellen (bringt unliebsame Begegnungen) und nicht unter einer Leiter durchzugehen (man verliert Geld am dritten Tag). Sie sperrte alles zu, auch vor der Familie: die Kassette mit dem Geld, die Kassette im Schrank, das Zimmer, in dem der Schrank stand, und weil sie nervös war, war sie ständig auf der Suche nach den Schlüsseln. Der heilige Antonius, also einer der vielen Heiligen, die Antonius heißen – vielleicht war meine Großmutter der Auffassung: derjenige wird es schon wissen, den es betrifft –, wird zur glückhaften Auffindung verlorener Gegenstände angerufen. Zeitweise dürfte der betreffende heilige Antonius vollauf damit beschäftigt gewesen sein, die Dutzende verlegter Schlüssel meiner Großmutter zu suchen. Er bekam ab und zu eine Kerze vor sein Bild in der Kirche, zumal er auch – etwas außerhalb seiner Zuständigkeit – beim Geldzählen nützlich war. Einmal zählte meine Großmutter die Tageseinnahme des Geschäftes: neun Hundertschillingscheine. Sie erschrak – laut Kassastand hätten es zehn sein müssen. Also war jemandem falsch herausgegeben worden. Meine Großmutter legte das Bündel Banknoten beiseite – ein tiefinniger Stoßseufzer zum heiligen Antonius – dann zählte sie noch einmal, und siehe da, es waren zehn Hundertschillingscheine. Der heilige Antonius hatte einen dazugelegt. Wenn ich nur wüßte, seufzte meine Großmutter, *welchen*.

Unter solchen Umständen war es das wenigste, was von mir verlangt wurde, daß ich jeden Sonntag in die Kirche ging. Sehr gern hätte es meine Großmutter gesehen, wenn ich Geistlicher geworden wäre, da sich schon keiner ihrer fünf Söhne zu dieser Laufbahn entschließen hatte können. Um mich auf den geistlichen Beruf vorzubereiten, hatte sie mir – ich war vier oder fünf Jahre alt – eine klerikale Ausrüstung geschenkt, so wie man anderen Kindern eine Ritterrüstung schenkt oder eine rote Fahrdienstleitermütze mit Signalkelle und Pfeife. Ich bekam eine kleine Monstranz, einen kleinen Kelch und sogar, eigens angefertigt, ein kleines Meßgewand. Ich hätte, erzählte sie später, mit vier, fünf Jahren ganz reizend in kindlicher Weise das Lesen der Messe nachgeahmt; sie wäre sicher gewesen, daß ich dereinst Geistlicher würde. Mit zehn Jahren paßte mir das kleine Meßgewand nicht mehr, außerdem wollte ich zu der Zeit Pilot werden. Aber am Sonntag in die Messe gehen mußte ich, selbstverständlich.

Daß man bei so intensiver religiöser Erziehung als Kind nicht dazu kommt, über Gott nachzudenken, versteht sich von selbst. Man nimmt ihn samt dem heiligen Antonius als notwendiges Übel hin, zumal es in der Messe immer fürchterlich langweilig war, da der Pfarrer so lang predigte und nie über Dinge, die mich interessierten, nie über Flugzeuge, nicht einmal über solche der zivilen Luftfahrt. (Erst viele Jahr später war ich imstande, den Predigten des Pfarrers Joseph Schmied von Kitzbühel zuzuhören und festzustellen, daß sie rhetorische Kunstwerke waren, die dieser äußerst kluge und witzige Mann an die stumpfen Ohren der Kitzbühler Pfeffersäcke verschwendete.)

Einmal, erinnere ich mich, predigte der Pfarrer, daß er eigentlich umsonst predige, denn diejenigen, wettert er, die die Predigt hören, die beträfe es nicht. Diejenigen betreffe es, die draußen bleiben. – Ich schlug daraufhin meinen Großeltern vor, den Pfarrer beim

Wort zu nehmen und in Zukunft draußen zu bleiben, da es uns ja nichts anginge. Mein Großeltern gingen nicht auf den Vorschlag ein.
Der Religionsunterricht in der Schule, das ist vielleicht dem Erzählten nachzuschicken, war, kurz nachdem ich zu meinen Großeltern gekommen war, also etwa 1943 oder 1944, von den Nazis abgeschafft worden. Vielleicht hätte mir ein guter Katechet das verschafft, was man heute Denkanstöße nennt. Ich dachte gern nach, daran hätte es nicht gelegen. Aber die finstere Tiroler Frömmigkeit meiner Großmutter ließ keinen Raum für das Denken.
Der erste eigene Gedanke an Gott kam auf eine seltsame, blasphemische Weise. Aber um dies zu erzählen, muß ich weiter ausholen.
Fünf Söhne hatten meine Großeltern und eine Tochter. Die Tochter war in Salzburg verheiratet und weit weg. Vier Söhne waren im Feld (drei »blieben dort«, wie es damals euphemistisch hieß), der fünfte, älteste mußte das Geschäft weiterführen, wurde eine Zeitlang unter diesen Umständen freigestellt, dann aber drohte doch auch ihm die Einberufung. Meine Großeltern überlegten hin und her – es gab nur einen Ausweg –: mein Onkel mußte zur Partei und sich dort unentbehrlich machen. Mein Onkel, alles andere als ein Nazi, sträubte sich, ich weiß es noch genau, wahrscheinlich wäre er wirklich lieber zum Militär gegangen, aber meine Großeltern flehten und jammerten, auch hatte möglicherweise der heilige Antonius seine Hand im Spiel: mein Onkel wurde stellvertretender Ortsgruppenleiter. Nun lebt man in Tirol nicht nur finster und fromm, sondern auch gemütlich und hat

einen Sinn fürs Praktische. Als die Amerikaner einmarschierten, wurden alle verhaftet, die bei der Partei waren, auch mein Onkel. Es stellte sich aber heraus, daß die Ortsgruppe Kitzbühel der NSDAP Vermögen hatte: ein Haus, Geld, Außenstände, Büroinventar und so weiter. Irgendwie mußte das abgewickelt werden. Der neue Bürgermeister sagte: es muß ein Abwickler her, ein Liquidator. Wer wußte am besten Bescheid? Natürlich der Ortsgruppenleiter und sein Stellvertreter, mein Onkel. Die beiden wurden daraufhin aus dem Gefängnis entlassen und zu Liquidatoren bestellt. Die Liquidation zog sich hin; so einfach ist so etwas nicht. Aber das ist eine andere Geschichte, auch, daß die Korrespondenz der Liquidatoren sauber auf dem NSDAP-Papier mit dem Hakenkreuz im Briefkopf geführt wurde.

Rätselhafterweise verfügte die (muß man sagen *weiland*?) Ortsgruppe Kitzbühel auch über Spielsachen, unter anderem über eine elektrische Eisenbahn, Marke Trix, Spur HO – tipp-topp mit Schienen, Transformator, Lokomotiven und Waggons, fabrikneu verpackt. Meine Großeltern kauften diese Eisenbahn aus dem Bestand der Ex-NSDAP, und so war ich wohl das einzige Kind weit, weit um, das zu Weihnachten 1945 eine neue elektrische Eisenbahn geschenkt bekam.

Aus dem Spiel mit der elektrischen Eisenbahn entwickelte sich eine eigene Kultur im kleinen. Auf die Dauer ist es langweilig, nur den Regler aufzudrehen und die Lokomotive im Kreis herumsausen zu lassen. Ich richtete also Stationen ein, verwendete die verschiedenfarbigen Männchen aus Mensch-ärgere-dich-nicht-Spielen als Passagiere, gab Fahrkarten aus. Bald zeigte es sich als unerläßlich, daß ich einen Fahrplan erstellte, endlich kam ich nicht mehr darum herum, Geld auszugeben. Ich erinnere mich genau, daß zu diesem Zeitpunkt mein Eisenbahnspiel zu kompliziert wurde, um fremde Kinder zum Mitspiel einzuladen. Nur noch ich allein durchschaute den Zivilisationsmechanismus, der mir manchmal bereits lästig war. Aber es kam noch schlimmer: mit der Emission von Geld kam Handel auf. Ich mußte Waren herstellen, die dann natürlich mit den Güterwägen befördert wurden. Die Post kam auf, damit die Briefmarken. Waren die Geldscheine (hergestellt mit Hilfe eines Stempelkastens mit beweglichen Lettern) noch eher schlicht gehalten, so verwendete ich auf die Briefmarken große gestalterische Sorgfalt. Ich stellte mittels einer Lochzange mühsam die Zähnung her und erfand sogar ein Verfahren zur Gummierung. Wer aber sollte auf der Vorderseite im Bild dargestellt werden? Ein Staatsoberhaupt ließ sich bald nicht mehr umgehen. Ich wählte die ansprechendere Staatsform der Monarchie und krönte mich selber zum Kaiser. Herbert I. Der entscheidende Unterschied aber, das ahnte ich, zwischen der ansprechenden, märchenartigen Staatsform der Monarchie und der weit spröderen republikanischen ist, daß in der Monarchie die Staatsoberhäupter so schöne römische Nummern haben. Ich war und blieb aber Herbert I. Das gab nichts her. Also delegierte ich die Kaiserwürde an eines der Mensch-ärgere-dich-nicht-Männchen (»Herbert II.«), das durch eine Krone aus Plastilin gekennzeichnet wurde und eine Dynastie gründete. Vor einigen Jahren hatte ich noch die Stammtafel (in ein Schulheft geschrieben), die sich weit verzweigte und bis zu Herbert IX. hinaus- oder hinunterreichte. Und dann, nachdem meine Kreatur Kaiser über meine anderen Kreaturen war, war es nur noch ein Schritt. Wo blieb ich? Ich bin, so überblickte ich die Lage, nichts anderes als Gott. Gott Herbert, der legendenhafte Gründer der Dynastie, der zwar nicht unbewegte, aber allmächtige Beweger des Ganzen. Ich ließ die Mensch-ärgere-dich-nicht-Männchen antreten, um mich anzubeten.

Aber wie schwer ist es, ein Gott zu sein! Nicht, daß das Führen der Bankkonten, das Einziehen der Steuern (die Kaiser Herberte mußten schließlich auch von was leben) stundenlange Vorbereitungen an Papierkrieg erforderten, ehe der erste Zug sich in Bewegung setzen konnte, daß Geburt und Tod wenigstens der adeligen Oberschichten registriert werden mußten (aus welchen Schichten sich die erblichen Pfründen der Fahrdienstleiter, Bahnhofsvorstände und Rangiermeister, aber auch der Feldmarschälle und dergleichen rekrutierten), daß ich belohnen und bestrafen mußte, ein Schloß aus Karton im passenden Maßstab bauen und an der Verfassung feilen, nicht das alles wuchs mir über den Hals: Es wurde mir zuviel, daß ich für die Männchen denken mußte. Fahre ich, mußte ich zum Beispiel für das schlichte, namenlose Männlein denken: von Herbertsburg nach Herbertstadt oder nach Herbertshofen? Und wenn nach Herbertstadt – mit dem D-Zug oder mit dem Eilzug? Und für den Kaiser mußte ich daneben die schwierigsten Staatsentscheidungen fällen. Bei Konkursen, Zugzusammenstößen und Erbfolgekriegen mußte ich sogar

die konträren Gedankengänge der Kontrahenten abschreiten – was so ein Gott nicht alles leistet.
Ich war oft nahe daran, den ganzen Krempel hinzuwerfen. Aber da bedachte ich: dann rührt sich nichts mehr. Ich war in meiner eigenen Schöpfung gefangen. Ich habe da einiges durchgemacht, was kein Erwachsener meiner Umgebung auch nur geahnt hat. Heute weiß ich, daß ich daraus zwei Erkenntnisse ableiten kann: 1. Kinder denken mehr, als man meint, und 2. ich könnte es mitfühlen, wenn Einer den Krempel Welt hinwürfe.

Vier aktuelle Probleme der Schriftsteller

Erstes Problem: es fehlt an kritischen Qualitäten. Die deutsche Literaturkritik hat ein klägliches Niveau erreicht. Symptomatisch dafür ist, daß es keine deutsche Zeitung oder Zeitschrift mit wirklichem literarischem Gewicht gibt. Die Gründe dafür liegen in der mangelhaften menschlichen und intellektuellen Qualität der auf dem Gebiet der Literaturkritik tätigen Journalisten, ja der Journalisten überhaupt. Es gibt selbstverständlich Ausnahmen, es gibt sogar noch große Journalisten (in dem Sinn, wie Theodor Fontane oder Lessing Journalisten waren), die sind aber selten. In der Regel ist der Journalismus – der keine Ausbildung und keinen Befähigungsnachweis verlangt – ein subsidiärer Beruf für anderweitig gescheiterte Existenzen geworden. Innerhalb des Journalismus ist dann wieder das Feuilleton und speziell das, was man Medienkritik nennt, das Auffangnetz für die Minderbegabten. Wer also von nichts sonst, nicht einmal vom Sport, etwas versteht, darf über Bücher und Theateraufführungen schreiben. Selbstverständlich haben wir anderseits einige Starkritiker, die aber weniger die Bücher besprechen, die vor ihnen liegen, als ihre Profilneurose abreagieren. Schlimmer noch ist es bei denen, die Starkritiker erst werden wollen. Es findet keine Auseinandersetzung mit dem Buch statt, die Kritik wendet sich nicht an den Leser, der Kritiker wendet sich – in häufigen Fällen schulmeisterlich – an den Autor. Die Kritik ist nicht mehr Kritik, die Kritik spielt Literaturgeschichte, vorweggenommene Germanistik.

Ich nenne diese Art von Rezension: autoritätsgebundenen Trendjournalismus. Dadurch, daß die Rezensenten häufig voneinander abschreiben, entwickelt sich sehr schnell ein Trend zugunsten oder zuungunsten eines Autors oder einer literarischen Richtung. Das liegt am allgemeinen Zug unserer persönlichkeitsgläubigen Zeit – die eigenartigerweise sozusagen im gleichen Atem mit dem exzessiven Abbau der Autoritäten eine noch nie gehörte Autoritätszugehörigkeit in Fragen der Kunst an den Tag legt. Man denke an den Fall Beuys. Das Problem bei Beuys ist nicht, ob man für »Zeige deine Wunde« 235 000,– Mark zahlen soll oder nicht, das Problem ist: Daß bei diesem Environment nicht objektive Kritiken darüber vorliegen, ob das ein Kunstwerk ist oder nicht (das maße ich mir nicht an, das möchte ich betonen, um nicht den Beifall von der falschen Seite zu bekommen), sondern nur *subjektive*, und zwar: autoritär-subjektive. Objektive Kritiker sind – darüber besteht sogar weitgehend Konsens – nicht mehr möglich, sind sogar unerwünscht. Es bleibt also nur *ein* Kriterium: *wer* ist der Autor? Im Fall »Zeige deine Wunde« lautete die Antwort: Es stammt von Beuys. Also ist es ein Kunstwerk. Ähnliches gibt es bei der Literaturkritik, freilich sind die Fälle nicht so spektakulär.

Dieser autoritätsgebundene Trendjournalismus hat ungute Folgen. Es ist zwar nicht so, wie man oft annimmt, daß dies für diejenige, die außerhalb des Trends stehen, tödlich ist, keinesfalls. Häufig ist es sogar so, daß in den Starrezensionen hochgelobte Bücher wirtschaftliche Mißerfolge werden. Das kommt davon, daß die Leser – an die sich der Rezensent ja gar nicht wendet – die Rezensionen nicht mehr aufnehmen.

Zweites Problem: der Produktionszwang der Verlage. Es ist ganz ausgeschlossen, daß jedes Jahr gleichviel lesens- (und also: druckens-)werte Bücher geschrieben werden. Es müssen aber jedes Jahr, damit die Kapazität der Verlage ausgelastet und ihre Bilanz ausgeglichen ist, nicht nur gleichviel, sondern möglichst sogar noch mehr Bücher gedruckt werden. Das klingt im ersten Augenblick so, als wäre es für Autoren günstig, weil somit fast jeder, der einigermaßen mit einer Schreibmaschine umgehen kann und den literarischen Geist in sich spürt, damit rechnen darf, einmal dran zu kommen. Reich-Ranicki hat gesagt – und auch er ist nicht gefeit davor, hie und da recht zu haben –, daß heute jeder Begabte seine echte Chance hat. Dieser Produktionszwang und dieser Kapazitätssog der großen Verlage und des knochenhart kapitalistischen Buchmarktes ist aber nur *scheinbar* günstig für Autoren. In Wirklichkeit bringt das eine negative Auslese mit sich, das heißt: Es wird alles gedruckt, was nicht niet- und nagelfest ist. Der Markt ist übersättigt und – infolge der erwähnten unbrauchbaren Buchkritik – unübersichtlich. Die Qualität hat es dadurch heute eher schwerer sich durchzusetzen als früher. Die Fälle, in denen ein lesenswertes, vielleicht sogar wichtiges Buch von dem Geröll zweit- und drittrangiger Publikationen des gleichen Verlages erdrückt wird, sind nicht selten. Dazu kommt, daß der

Verleger – oder dessen Werbechef – gerade auf minderwertige Produktionen die meisten Werbemittel verwenden muß. Wenn ein in Amerika teuer eingekaufter Kurzatmer nicht binnen *einer* Saison sein Geld hereinspielt, ist er ein Verlustgeschäft.

Dann ist es auch so, daß durch den Kapazitätssog Mindertalente zum Schreiben verführt werden. Die Leute sind zu bedauern: sie gaukeln sich selber vor, und ihnen wird vorgegaukelt, sie wären Schriftsteller, dabei sind sie nur Wegwerfautoren. Diese Politik ist eine schamlose Verantwortungslosigkeit den unschuldigen Mindertalenten gegenüber, die irgendwann einmal hochgelobt, hochstilisiert eine Scheinblüte erlebt haben, dann gebrochen auf der Strecke bleiben und als Redakteure, Dramaturgen oder Lektoren dahinvegetieren, oder als Rezensenten ihr Dasein fristen, womit der Bogen zu Problem eins geschlossen ist.

Drittes Problem: die Nachwuchsförderung und die Versorgung der Schriftsteller. Vor diesem Problem – ein soziales Netz auch für Schriftsteller aufzuziehen – stehen die meisten fast gänzlich ratlos. Ich war und bin Mitglied mehrerer Literaturpreisjurys. Das Dilemma ist immer das gleiche (wenn man mit einem Literaturpreis junge Talente fördern will, nicht Verdienste auszeichnen): Man kennt zwangsläufig nur diejenigen, die schon publiziert haben. Wie soll man von einem verkannten Talent – sofern es das gibt, siehe Problem zwei – wissen? So häufen sich, oft auch einem Trend folgend, die Förderpreise auf den, der keine Förderung mehr braucht. Die Versorgung alter Schriftsteller: die Brosamen aus dem – sicher löblichen – Autorenversorgungswerk, die ein kärgliches Existenzminimum sichern? Wird das eine befriedigende soziale Leistung sein? Ich bezweifle es. Eine extensive, alles umfassende Autorenversorgung – sowohl was den Nachwuchs als auch was die Alten betrifft – wäre gelinde gesagt eine Katastrophe. Auch das würde eine negative Auslese erzeugen: Die Qualitätsliteratur ernährt die Flaschen. Wenn man allzusehr fördert, stiftet man Mindertalente zum Schreiben an, zum Verfassen von Büchern, die vorgefertigte Remittenden werden. Und soll ein Autor, der ein Leben lang schon schlechte Bücher geschrieben hat, dafür mit 65 Jahren belohnt werden? Gut – ein Bäcker, der bis zu seinem 65. Lebensjahr schlechte Semmeln gebacken hat, bekommt auch eine Rente, und ein Richter, der miese Urteile gemacht hat, bekommt seine Pension. Aber das ist etwas anderes: Das sind *echte* Berufe. Schriftsteller zu sein ist weniger, aber auch mehr als ein Beruf: Berufung. Das hängt damit zusammen, daß das handwerkliche Moment in der Literatur zwar auch vorhanden ist, aber weit geringer als in der Musik und in der bildenden Kunst. Was an handwerklichen Dingen in der Literatur gelehrt werden kann, ist minimal. Dieses Problem entspringt einer Schizophrenie, die daher rührt, daß die Schriftstellerei als ein Beruf wie jeder andere angesehen wird. In Goethes Paß, den er auf seiner italienischen Reise mit sich führte stand als Beruf: Kaufmann, und Byron weigerte sich, für »Childe Harold« ein Honorar entgegenzunehmen. Das Problem ist – das ist klar – außerordentlich komplex und nicht damit zu lösen, daß alle Schriftsteller Geheime Räte oder (nur um ein

moderneres Beispiel zu gebrauchen) Hautärzte werden sollen. Aber wir haben vergessen, oder verdrängt – und das ist der Kern dieses Problems –, daß es eine Eigenverantwortung des Talents gibt. Nur das rechtfertigt die Berufung. Die Verantwortung des Talentes sozialisieren, auf die Gesellschaft umwälzen zu wollen, führt zu Mißverhältnissen.
Viertes Problem (das ist das aktuellste): die Mißachtung, ja *Ver*achtung des Staates, der öffentlichen Repräsentanten für die Kultur. Die Kultur gilt in unserem kapitalistischen Wirtschaftssystem (das ich, um auch hier Mißverständnissen vorzubeugen, dem sozialistischen vorziehe) als Luxus. Das haben sich die ›Kulturschaffenden‹ zum Teil natürlich selber zuzuschreiben. Eigenartigerweise ist die Literatur in der gleichen Zeit, die den ›Wortingenieur‹ erfunden hat, die ihre Themen sozial einbettet, die realistisch und gesellschaftlich hautnah geworden ist, immer esoterischer geworden. Die Ansprüche und Leistungen klaffen förmlich humoristisch auseinander. Der Literat, der Holzfällerstiefel trägt, seine Zigarette selber dreht und Arbeiterliteratur schreibt, wird nur von Intellektuellen gelesen, der Arbeiter liest – wenn überhaupt – die Produktionen eines Autors, der in Monte Carlo einen fürstlichen Lebensstil pflegt. Sicher, auch dieses Problem ist nicht mit zwei Sätzen abgetan, aber eines ist klar: Daß sich die *Kultur* von der alltäglichen Notwendigkeit seit zweihundert Jahren immer weiter entfernt hat. Dennoch verdient die Kultur nicht die Mißachtung durch Staat und Parteien, wie sie tatsächlich erfahren muß. Man zähle jetzt nicht die mäzenatischen, denkmalpflegerischen, kulturpolitischen Lei-

stungen auf, die sich entweder einzelne politische Persönlichkeiten oder Parteien und politische Institutionen – mit Recht – zugute halten. Das ist alles Luxus. Wenn es hart auf hart kommt, wenn politische oder wirtschaftliche Interessen aufeinanderprallen, wenn es gar um das politische Überleben vor der Wahl geht – die Essenz nahezu allen Politikerstrebens –, wird die Kultur erbarmungslos geopfert. Es sind alle – fast – gleich: Wenn es politisch ernst wird, hat die Kultur ausgespielt. Die ›Kulturschaffenden‹ haben nicht genug Wählerstimmen, die Kulturschaffenden sind nicht mitgliederstark und wahlpotent wie Wirtschaftsverbände, Gewerkschaften, ja Sport- und Trachten- und Schäferhundezüchtervereine. Der PEN-Club ist wahlstrategisch eine quantité negligeable, hat nicht einmal so viele Mitglieder wie der DJK Taufkirchen. Wenn es ums Überleben, um die nackte, brutale politische Existenz geht, um die Position, die Macht, die Pfründe, kann man mit Ellenbogen keine Rücksicht auf subtile Zusammenhänge nehmen. Dabei ist das natürlich kurzsichtig. Die ›Kulturschaffenden‹ sind Multiplikatoren. Die jahrzehntelange Mißachtung der Kultur als Luxus hat zu einer Staats- und Demokratieverdrossenheit geführt, über die sich die Politiker nicht zu wundern brauchen. Es ist bedauerlich, aber es ist unter diesen Umständen verständlich, wenn sich viele schöpferische Menschen vom Staat, von den Parteien abgewendet haben und außerhalb liegende, oft radikale und abwegige politische Positionen vertreten. Langsam beginnt nämlich die Multiplikatorfunktion zu wirken. Die Staatsverdrossenheit unserer Jugend, die Aggressivi-

tät, die Feindseligkeit gegen alles Etablierte kommt aus der Schule dieser Multiplikatoren. Eine der Wurzeln des Terrorismus haben die demokratischen Parteien der fünfziger Jahre mit ihrer wirtschaftswunderlichen Kultur-Feindlichkeit selber gezüchtet.
Manchmal scheint es einen Lichtblick zu geben. Der ehemalige Bundeskanzler Schmidt hat nicht nur Ministerialräte, sondern auch Siegfried Lenz auf seine China-Reise mitgenommen. Es sind nur Scheinblüten. Franz-Josef Strauß ließ sich bei seinem Besuch des Wiener Opernballes vom Hendl-Jahn begleiten.

(Vortrag, 1981)

Die Welt im Schnee oder: *Private Betrachtungen zu einer Richtertagung*

Die erweiterte Ausarbeitung des Satzes: *Gegenden nördlich des Alpenhauptkammes sind aus klimatischen Gründen für menschliches Leben ungeeignet* hat mir einmal die Androhung einer Schadensersatzklage einer vom Winterfremdenverkehr lebenden Gemeinde eingebracht. Ich habe auf meinen Feststellungen beharrt. (Die Gemeinde hat nicht geklagt.) Ich beharre auch jetzt auf meinen Feststellungen: der Winter ist ein Feind; Schnee ist schlechtes Wetter. Trotzdem sehe ich, wie das Tal hinter Schliersee zwischen den verschneiten Hängen und Bergen liegt. Eine der Faszinationen der winterlichen Landschaft ist, daß es nur wenige, klare Farben gibt. Es sind dies Blautöne und Weiß und Schwarz. Ein verschneiter Fichtenwald ist taubenblau, die Schatten im Schnee sind tiefblau, die Dämmerung entzieht der Schneelandschaft alles Licht bis auf das Schiefergrau. Hier und da ragt etwas aus dem Schnee: Ein Zaunpfosten oder ein Telegraphenmast, oder ein kahler, einzeln stehender Baum, schwarz wie Tusche. Die Natur hat sich etwas einfallen lassen, das muß selbst ich widerwillig zugeben.

Dennoch, besonders in Anbetracht der ungesunden frischen Luft (nach neuesten medizinischen Forschungen ist bekanntlich Ozon eher schädlich), ist es besser, die Wunder der winterlichen Natur vom wohlgeheizten Richterheim aus zu betrachten. Wäh-

rend der Vorträge kann man beobachten, wie sich die Lichtverhältnisse umkehren: erst sind die Fenster, die in den tiefverschneiten Garten hinausgehen, helle Vierecke in den Wänden, dann, wenn der Abend kommt, kippt es um. Die Fenster sind schwarze Vierecke in den hellen Wänden. Es war ein unmerklicher Übergang; man könnte nicht sagen, wann der Moment war, in dem das Licht draußen erstorben ist. Das soll nicht heißen, daß die Vorträge langweilig waren, aber man schweift eben doch ab in den Gedanken, hier und da.
Skifahren, hat Richard Strauss gesagt, ist eine angemessene Betätigung für norwegische Landbriefträger. Es ist eine Unbotmäßigkeit an dieses Zitat zu denken, während der Chefpräsident unter Verzicht auf das Mittagessen zum Langlauf startet, eine Unbotmäßigkeit, wo ich ohnedies unter Kollegen nicht ungern für einen Anarchisten gehalten werde. (Unter Schriftstellern ist es anders: da gelte ich als reaktionär.) Der Chefpräsident enteilt in den Wald, den unschuldigen Schnee mit seinen Langlaufskiern zerteilend.
Man soll nicht undankbar sein. Es sind viele interessante Dinge gesagt worden bei dieser Tagung: »Justiz und Presse«, Dinge, die mich angehen, der ich der einen Seite und ein wenig auch der anderen angehöre; aber *kein* Vortrag ist immer noch besser als der beste. So erwartet man nach dem letzten Vortrag, nach getaner Pflicht des Zuhörens den feierlichen Abend.
Mit der Volksmusik ist es auch so eine Sache. Wer weiß da schon, was echt ist und was Talmi. (Wie man weiß, wurde die gesamte bayerische Volksmusik um 1890 von vier namentlich bekannten Oberlehrern

komponiert.) Auch der Advent ist viel zu oft beredet worden, als daß man sich nicht zu »kritischer Distanz« verpflichtet fühlte. Aber wenn dann die Kerzen brennen und die Lebkuchen dastehen, da rührt es einen doch an. Heimelig ist es in dem verschneiten Haus, man weiß die klirrende Kälte draußen; die »Further Volksmusik« spielt nicht Weihnachtslieder, sondern etwas viel Schöneres: ein paar von jenen langsamen Ländlern, tänzerische und gleichzeitig feierliche Melodien, die die Verbindung von geistlicher und weltlicher Musik sind. Die Musikanten wissen gar nicht, daß sie hier das Erbe einer Zeit weitergeben, in der das bayerische Wesen wie sonst nie seinen Ausdruck gefunden hat: das üppige und asketische, lebensfrohe und zweifelnde Zeitalter des Barock. Darum beneiden uns manche. Das haben andere nicht …

Und der Chefpräsident ist von seinem Langlauf wohlbehalten zurückgekehrt.

Mein Hotel

Strenggenommen wäre »mein Hotel« ein Hotel, das mir gehört. Wenn man den Berichten in den Wirtschaftsteilen der Zeitungen oder den Resolutionen nach den Verbandstagungen des Gastgewerbes Glauben schenken darf, ist es kein Honiglecken, ein Hotel zu haben.

Dennoch sage ich: Leider habe ich kein Hotel. Der Zug zur Hotellerie ist in meiner Familie Tradition. Meine Großeltern betrieben in Bozen ein Gasthaus mit Namen »Höllerhof«, den sie aber infolge der Wirren des Ersten Weltkrieges aufgeben mußten. Seitdem ist die Sehnsucht nach einem eigenen Gastbetrieb in der Familie unerfüllt geblieben. Mein Vater wäre liebend gern Gastwirt geworden. Seine Eltern – die als Gastronomen glücklosen »Höllerhof«-Wirte – bewegten ihn aber zum Beruf des Bankbeamten. In seiner Freizeit ließ er sich gelegentlich in Gastwirtspose fotografieren; einmal stand er in aussichtsreichen Verhandlungen über den Ankauf eines unrentablen Ausflugsgasthofes, der an einer aufgelassenen Postroute lag. Flehentliche Bitten meiner Mutter und der Ausbruch des Zweiten Weltkrieges verhinderten den Berufswechsel meines Vaters.

Seinen Hang zur Gastronomie habe ich geerbt, habe es allerdings nur zum Amtsrichter, nicht zum Hotelier gebracht. Wie die Dinge jetzt liegen, werde ich es auch nie dazu bringen. Aber immerhin: Der jüngste

Bruder meines Vaters, mein Onkel Walter Rosendorfer, hat in eine Hoteliersfamilie eingeheiratet. Ich bin also mit einem Hotel quasi verschwägert, mit dem Hotel »Lageder« in Seis am Schlern. Aber ich selber, wie gesagt, habe leider kein Hotel.

Nun gut, ich bin in ein Alter gekommen, wo ich mir sagen muß: Es ist vielleicht tatsächlich besser, Gast in einem Hotel zu sein als der Hotelier.

Was fasziniert an einem Hotel? Der Satz Peter Altenbergs über den Vorteil des Caféhausaufenthaltes: »Man ist nicht daheim und doch nicht an der frischen Luft« gilt in weiterem Sinn auch vom Hotel. Das Hotel ist eine Insel; eine Insel in der Fremde. Inseln und insulare Situationen haben immer einen Zauber gehabt, weil die Überschaubarkeit sich gleichzeitig mit dem weiten Horizont und einem wohligen Höhlengefühl paart. Wenn das Hotel zudem gut ist, ist der Aufenthalt in einem Hotel ein Genuß, mit dem das Wohnen in einem noch so gemütlichen Heim nicht verglichen werden kann.

Das Hotel hat auch hohe poetische Reize. Die Bedeutung des Hotels in der Literatur kann nicht hoch genug veranschlagt werden. Gute Kriminalromane sind ohne die Szenerie Hotel nicht denkbar. Einer der Kriminalklassiker, Agatha Christies »Ten little Niggers«, spielt ausschließlich in einem Hotel. Ich erinnere auch an Vicky Baums »Menschen im Hotel« oder an Joseph Roths surrealistischen Roman »Hotel Savoy«. Kafkas »Schloß« spielt in einem Gasthof ebenso wie die entscheidenden Schlußsequenzen in den »Brüdern Karamasow«. Sommerset Maughams beste Geschichten nehmen fast immer ihren Ausgangspunkt in der

Lounge eines Luxushotels und Meister Maugham selber hat sein Leben als gepflegter Hotelgast gestaltet. Adresse: z. Zt. »Ambassador« in Singapore. – Man ist nicht daheim und doch nicht an der frischen Luft.

Mit Sommerset Maugham kann ich mich – in mehr als einer Hinsicht – leider nicht messen. Aber immerhin habe ich schon im »George V« in Paris, im »Gritti Palace« und im »Danieli Excelsior« in Venedig, im »Park Hotel« in Bremen, im »Gellert« in Budapest und im »Sacher« in Wien logiert. Ich habe aber einen Geheimtip, der mit den genannten charismatisch-gastronomischen Hotelburgen vergleichbar ist: das Hotel »Post-Hirsch« in Spondinig.

Etwa auf halbem Weg zwischen Meran und dem Reschenpaß, dort, wo von der Reschenstraße der uralte Fahrweg zum Stilfser Joch abzweigt, am Rand der Malser Heide und am Eingang des Oberen Vinschgaues liegt das Hotel »Post-Hirsch«. Umrahmt von der ewig firnbedeckten Kette der Ortlergruppe liegt, man traut dem Auge nicht, wenn man es zum ersten Mal sieht, ein Hotelpalast in einem Stil, den ich als andalusischen Jodel-Barock bezeichnen möchte. Das Haus – etwa 1895 erbaut –, dessen merkwürdigen Namen »Post-Hirsch« mir niemand erklären konnte, ist durch Gunst oder Ungunst der Umstände vor Renovierungen bewahrt geblieben. Es sieht heute noch außen und innen so aus, als würde jeden Augenblick Lord Wympher mit Knickerbocker und Alpenstange heraustreten, um den Ortler anzugehen, nicht ohne ein ausgiebiges Frühstück genossen zu haben und dem Portier zumurmelnd: zum Fife o'clock Tea sei er wieder da. Sehr wohl, Mylord!

Das Hotel wurde damals betont verkehrsgünstig gebaut, das heißt: es steht unmittelbar an der Straße, die Abzweigung zum Stilfser Joch führt an der Flanke des Hotels vorbei. Der Garten ist an der dritten Seite von der Eisenbahnlinie Bozen-Mals eingesäumt. Was das im Zeitalter des Massentourismus bedeutet, kann man sich unschwer ausmalen. Aber ich habe einen Schlaf wie ein Bär, und so macht mir das nichts aus, und ich würde gern – leider ist es mit meinem anderen, dem Amtsrichterberuf nicht vereinbar – ab und zu auf den Briefen an den Verleger schreiben: »Absender: z. Zt. Hotel Post-Hirsch, I-39020 Schluderns (Spondinig), Tel. 0473-4585«!

(Zu einer Umfrage einer Zeitschrift)

Weinprobe bei den Benediktinern

Das alte Bozen liegt östlich der Talfer. Wer über die Talferbrücke geht, verläßt eigentlich die Stadt, auch wenn er es längst nicht mehr merken kann. Jenseits der Talfer liegt Gries. Bozen, die alte Handelsstadt, deren Anfänge sich in so legendäres Dunkel römischer und keltischer Vergangenheit verlieren, daß sie nicht einmal ein Gründungsjubiläum feiern kann – das zweitausendste wäre es wohl bald –, flößte selbst den Landesfürsten gehörigen Respekt ein, denn hier gibt es keine Burg. So einen Zwinger hätten die stolzen (und wohl auch stets etwas bornierten) Kaufherren nicht geduldet. Aber in Gries, kurz jenseits der Talfer, bauten die fürstlichen Herren sich ein Schloß. Im übrigen war Gries ein Weinbauerndorf bis ins vorige Jahrhundert hinein. Später dann konkurrierte es recht bescheiden mit den großen Kurorten Tirols und wäre wohl ein nobles Bad geworden, wenn nicht Bozen in der Nähe gewesen wäre. Rudimente einer Kurpromenade gibt es noch, und wenn man durch den alten Grieser Friedhof geht, sieht man hie und da einen Grabstein eines fremden Admirals oder eines Fürsten, der ein wenig zu spät zur Kur nach Gries gegangen ist – auch eine ganz fremdartige Schrift findet sich: kyrillisch. Eine Tochter Tolstois liegt hier begraben. Aber Meran hatte Gries längst überflügelt, als in den dreißiger Jahren endgültig der Schlußstrich unter die Selbständigkeit des Grieser Gemeinwesens gezogen wurde. Gries wurde eingemeindet und ist heute von Bozen überwuchert.

Die landesfürstliche Burg steht noch. Ihre mächtigen braun-roten Quader beherrschen den Grieser Platz, der sonst noch ein wenig von der Idylle eines Dorfplatzes bewahrt hat, besonders wenn Markt ist. Die Front des alten Schlosses ist aufgebrochen durch eine barocke Kirchenfassade, so hoch wie die Burg, überragt nur von einem Kirchturm, dem man den alten Bergfried noch recht gut ansieht.

Die Burg hat ein ganz eigenartiges Schicksal erlebt. Im 12. Jahrhundert hat die Gräfin Mathilde von Valley, die Herrin auf Schloß Greifenstein, ein Augustinerkloster in den Auen südlich von Bozen gestiftet. Nun sind die Augustiner keine Mönche, sondern Chorherren – mit der Betonung auf Herren. Askese hat ihnen wohl nie recht gelegen. Als die dafür zweifellos anfälligen Auen bei Bozen ein paar Mal im Frühjahr überschwemmt wurden, machten die Chorherren sich beim Fürsten vorstellig. Das Stift sei, sagten sie, so gut wie unbewohnbar. Herzog Leopold IV. – die Habsburger waren inzwischen Herren von Tirol geworden – schenkte 1406 die landesfürstliche Burg in Gries den Chorherren, die dann fast vierhundert Jahre hier saßen, bis Kaiser Joseph II. auch dieses Stift auflöste. Im 19. Jahrhundert wurde das Gebäude der Kirche wieder zurückgegeben, allerdings nicht den Augustinern. Die Benediktiner des altberühmten Klosters Muri in der Schweiz übernahmen es. Seitdem heißt das Kloster »Muri-Gries«. Die Patres stammen meistens aus der Schweiz, so auch der wohl bedeutendste Bewohner dieses Klosters in unserem

Jahrhundert: Pater Oswald Jaeggi. Kurz bevor Oswald Jaeggi 1963 – grad 50 Jahre alt – starb, habe ich ihn kennengelernt. Ich verdanke ihm einen buchstäblich tiefen Einblick in das Kloster Muri-Gries. Aber erst ein Wort zu Pater Jaeggi. Der promovierte Musikwissenschaftler leitete seit 1950 die Musik im Kloster, belebte das Musikleben Südtirols durch die Kantorei »Leonhard Lechner« und schuf eine Reihe von beachtlichen Kompositionen, geistliche, aber auch weltliche. Er war eine pralle Figur voll Leben und Kraft, nicht unangefochten in mancher Hinsicht, eine barocke Figur, wie sie dem Land nicht schlecht ansteht und Jaeggis wolkensteinischem Namensvetter.

Es war im Herbst 1962. Pater Jaeggi lud mich ein, den neuen Wein im Klosterkeller zu kosten. Dazu muß man sagen, daß das Kloster seit eh und je mit Weingütern gesegnet ist. Nicht das schlechteste zieht sich hinter dem Kloster – heute mitten in der Stadt – bis weit gegen die Talfer hin, bedroht von den gierigen Augen der Bodenspekulanten, die hier gern Hochhäuser sähen. Der heilige Augustin möge seine Hand noch möglichst lang schützend über diesem Weinberg halten.

Ich läutete an der Klosterpforte. Zuerst führte mich Pater Jaeggi ein wenig im Kloster herum. Da ich männlichen Geschlechts bin, machte das keine Schwierigkeiten. Über einer Tür stand nämlich: Clausur. Kein weiblicher Fuß entweihte je diese Schwelle und die klösterliche Stille dahinter. Das Refektorium ist ein großer kahler Raum, weißgetüncht und mit schweren Türen aus dunklem Holz. Die Tische waren schon gedeckt. Von einem erhöht stehenden Pult,

sagte Pater Jaeggi, lese während der Mahlzeit umschichtig jeweils ein Pater aus der Heiligen Schrift oder aus den Kirchenvätern. Aber auf blendend weißen Tischtüchern standen kostbare Porzellanteller, lag Silberbesteck, blütenweiße gefaltete Servietten lagen daneben, und hinter jedem Teller standen drei verschiedene Gläser – für Weißwein, für Rotwein und für Dessertwein. Dann führte mich Pater Jaeggi in seine Zelle. Eine schwere geschnitzte Eichentür, für die jeder Neureich den Gegenwert zweier Mittelklasseautos hingeblättert hätte, führte in diese Zelle: ein Wohn- und Schlafzimmer von Salongröße, in Eiche getäfelt, Bücher über Bücher an den Wänden, in der Mitte des Wohnzimmers ein Flügel. Noten lagen herum. Es war eine großzügige und doch behagliche Klause ernsten Schaffens. (So ernst? Immerhin hat Jaeggi eine große Kantate auf einen Text des Kasperl-Grafen Pocci geschrieben.) Warum sollen es sich die Mönche nicht auch einrichten im Leben?
Der Keller war so zwei, drei Stockwerke tief. Riesige Weinfässer standen herum. Geschäftige Laienbrüder stiegen Leitern herauf und herunter, prüften den Wein, zogen auf Flaschen ab. Immer tiefer stiegen wir hinab, immer dunkler wurde es. Ganz unten in der Kühle des untersten Kellergrundes stand in einer kleinen Kellerkammer, zugänglich über eine schmale Steinstiege, ein riesiges Zierfaß, davor ein schmaler Tisch und daneben hatten grad noch zwei rohe Bänke Platz, abgewetzt von – salva venia – Generationen von Benediktiner-Hintern. »Hier sitzen wir ganz gern im Sommer«, sagte Pater Jaeggi, »wenn es draußen so richtig heiß ist.«

Und dann brachte der Kellermeister seine Flaschen. Unetikettiert – er hielt sie nur in der Hand und hob sie gegen das Licht. An den fast unmerklichen Farbunterschieden erkannte er Lage und Jahrgang. Er schenkte mir immer wieder ein.
Und ich probierte alle diese gesegneten Flaschen. Natürlich gab es gottgefälligen Speck und Käse und Brot dazwischen. Wieviel heilige benediktinische Promille ich nachher gehabt habe, wüßte ich nicht mehr zu sagen.

(1973)

Meine Erinnerung an Hofrat Staudigl

Eine der bedeutendsten Persönlichkeiten Tirols in den sechziger und siebziger Jahren war Hofrat Staudigl. Er leitete hintereinander mehrere wichtige Resorts der Landesregierung und war des Lesens und Schreibens mächtig. Unter anderem war Hofrat Staudigl Kurator eines Kulturwettbewerbes, der allen gebürtigen Österreichern offen stand und jedes Jahr einige Preise in den drei Sparten Musik, bildende Kunst und Literatur vergab. Hofrat Staudigl hätte die Preise gern höher dotiert, aber der Landeshauptmann und der Landtag (der sich in Tirol traditionsgemäß überwiegend aus Bauernverbandsfunktionären und Skilehrern zusammensetzt) widersetzten sich, und so bestand der jährliche Kulturpreis in drei Abstufungen und, wie gesagt, drei Sparten aus: (I. Preis) einem Wiener Schnitzel mit gerösteten Kartoffeln und Salat sowie Eisparfait und einem Bier, (II. Preis) einem Wiener Schnitzel mit Salat ohne Eisparfait und einem kleinen Bier und (III. Preis) nur einem kleinen Bier. Aus Großherzigkeit spendierte Hofrat Staudigl aus eigener Tasche für alle hinterher noch einen kleinen Braunen.

Da ich gebürtiger Tiroler bin und somit zum Kreis derjenigen gehörte, die berechtigt waren eine Einsendung zu dem Wettbewerb vorzunehmen, entschloß ich mich im Jahr 1955 zu diesem Schritt. Ich beschickte – um meine Chancen zu vergrößern – alle drei Sparten

(eine unter meinem richtigen Namen, die zwei anderen unter Pseudonym): für Musik reichte ich ein *Capriccio* für Chor und Kontrabaßsolo auf Texte aus der Reichsversicherungsordnung, für bildende Kunst ein abstraktes Aquarell: *Farbfernseh – Bildstörung* (damals, 1955, noch eine Zukunftsvision) und für Literatur meinen lyrischen Zyklus *Aus dem Tagebuch eines Kalterer-See-Piraten*.
Statt einer hektographierten Absage erhielt ich durch Versehen der Sekretärin Hofrat Staudigls eine hektographierte Einladung. *Der Kalterer-See-Pirat* habe, hieß es da, den III. Preis in Sparte Musik (?) gewonnen. Die Unstimmigkeit störte mich nicht weiter, und ich fuhr zum angegebenen Zeitpunkt nach Innsbruck. Selbstverständlich war man peinlich berührt, als ich auftauchte, denn es war ja nur für neun gedeckt. Ich war der unerwartete Zehnte. Hofrat Staudigl in seiner weltmännischen Art gelang es sofort die Panne zu überspielen. Er ließ ein weiteres kleines Bier bringen und sagte leise – zu seiner Sekretärin – ich hörte es aber doch –: »Das verbuchen wir als Radiergummi.« So begann meine literarische Karriere, und so lernte ich Hofrat Staudigl kennen. (Die ordnungsgemäßen Preisträger in der Sparte Literatur waren damals: Wiener Schnitzel mit Dessert: Thomas Bernhard, Wiener Schnitzel mit kleinem Bier: Gerhard Ansanshauser, nur kleines Bier: Erika Eyer.)
Ich kam dann in den folgenden Jahren hie und da nach Innsbruck, und immer besuchte ich Hofrat Staudigl in seinem Zimmer in der Landesregierung. Offenbar freute sich der Hofrat über meinen Besuch, und ab und zu ging er mit mir hinunter ins Café Taxis

und bezahlte mir einen kleinen Braunen. Gern erzählte er – übrigens jedes Mal – die Geschichte von der Aufschrift des großen Denkmals, an dem man vorbeigeht, wenn man aus dem Landhaus ins Café Taxis geht. Dieses Denkmal, eine Art riesigen vergitterten Tores, wurde so um 1947/48 herum gebaut und erinnert an die Befreiung Österreichs von den Nazi. Oben am Fries steht in ehernen oder kupfernen Lettern: *Cuius pro libertate Austriae* (kann auch sein: *patriae*) *mori*. Einmal ging Lilly von Sauter – eine hochachtbare literarische Lady Tirols –, deren Andenken ich in hohen Ehren halte, sie starb viele Jahre später als Kustodin von Schloß Ambras – mit ihrem damals noch kleinen Sohn da vorbei, und der Sohn fragte: »Mamma, was heißt das: cuius ... und so weiter?« Frau von Sauter antwortete: »Das heißt: denen, die für Österreichs Freiheit gestorben sind.« »So?« sagte der Sohn, »haben die Dänen auch für uns gekämpft?«
Diese Geschichte hörte ich also oft von Hofrat Staudigl. Bei einer solchen Gelegenheit im Café Taxis gestand er mir dann auch, daß ich damals aus Versehen eingeladen worden, daß also meine literarische Karriere praktisch ein Irrtum sei. So ähnlich wie der Erste Weltkrieg. »Der hat sozusagen nie stattgefunden«, sagte Hofrat Staudigl, »denn er war formal fehlerhaft. Das war so: Sie kennen ja die Geschichte – das Attentat auf den Erzherzog – Thronfolger Franz Ferdinand und seine Frau, das Ultimatum an Serbien, dann die Kriegserklärung ... und das ist eben der Punkt. Die österreichisch-ungarische Kriegserklärung sollte am Vormittag des 1. August 1914 erfolgen. Der k. u. k. Botschafter – ein Graf Auersperg – hatte wohlweislich

schon seine Koffer gepackt und alles vorbereitet um dann über die Eisenbahnbrücke ins heimatliche Semlin hinüberzufahren (die serbische Hauptstadt war ja damals ein geographisches Unikum, eine Grenzstadt), und fuhr nur noch rasch durch die schon verängstigte und menschenleere Stadt, um im Ministerium die Kriegserklärung abzugeben. Aber der Ministerpräsident und Außenminister, er hieß Nikolaus Haschitsch, war schon, wie auch der König, der Hof und alle anderen Minister, am Tag zuvor nach Kruşevac gefahren, weiter im Süden, wo sie sich sicherer fühlten. Ein paar Tage später setzten sie sich nach Korfù ab. So stand also der Botschafter Graf Auersperg mit seiner Kriegserklärung vor verschlossener Tür. Nach kurzem Überlegen, die Zeit drängte ja schon, bald würden die Heere zu schießen beginnen, läutete er. Es öffnete der Hausmeister, ein gewisser Drahomir Glawinič, sein Gabelfrühstück unterbrechend, und erklärte, daß niemand mehr da sei. Durch ein Trinkgeld, das der Botschafter später, Sie sehen, wie sich die Dinge wiederholen, die Zeit schreitet nicht fort, die Zeit ist nur ein Rad, das der Botschafter später als Radiergummi verbuchte, konnte er den Hausmeister Glawinič zur Annahme des Kuverts bewegen. Der Botschafter fuhr dann unverzüglich nach Semlin. Der Hausmeister wandte sich wieder dem Gabelfrühstück zu. Der Weltkrieg brach aus. Aber – Sie erkennen unschwer die Problematik – der Hausmeister des serbischen Ministeriums ist völkerrechtlich gesehen *nicht* empfangsbefähigt für Kriegserklärungen, womit also diese der serbischen Regierung nie ordnungsgemäß zugegangen ist, weshalb der

Erste Weltkrieg *de jure* nicht stattfinden hätte dürfen und also de jure auch nicht stattgefunden hat.«
Einige Jahre später, es dürften mehr als zehn Jahre gewesen sein, 1967 oder 1968, traf ich Hofrat Staudigl wieder. Er war völlig erschöpft, denn unmittelbar vorher hatte in Tirol große Aufregung geherrscht: der Staatsbesuch der Queen.
»Das erste Problem beim Besuch der Königin von England in Innsbruck war der Schnaps«, sagte Staudigl. »Bekanntlich führen die Tiroler Musikkapellen ein bis zwei Marketenderinnen mit sich, die ein Schnapsfäßchen umgehängt haben und ein Schnapsgläschen in der Schürzentasche tragen. Selbstverständlich war für die Königin eine Musikkapelle aufgeboten worden, oder besser gesagt: an jeder Ecke, auf Schritt und Tritt stand eine der vielen hundert Tiroler Musikkapellen, oder, um es noch genauer zu sagen: *alle* Musikkapellen waren da, auch alle Marketenderinnen. Nun wird Ehrengästen seitens der Marketenderinnen, die zu diesem Zweck das Fäßchen aufschrauben und das Gläschen aus der Schürzentasche nehmen, ein Schnaps angeboten. Darf man, und das war das Problem, auch der Königin von England einen Schnaps anbieten? respektive: vierhundertachtundsiebzig Schnäpse, denn soviel Musikkapellen gibt es in Tirol, vorsichtig gerechnet. Der Landeshauptmann also fragt in Wien beim Außenministerium an, das Außenministerium verständigt die Englische Botschaft, die Englische Botschaft schickt einen verschlüsselten Kurierbrief an das Außenministerium in London, dort rumort es in hier nicht mehr sichtbaren Kanälen, dann kommt ein verschlüsselter Kurierbrief

zurück an die Englische Botschaft in Wien, die verständigt das Außenministerium, das Außenministerium schreibt dem Landeshauptmann: nur *einen* Schnaps. Und außerdem dürfe die Königin nicht gefilmt und photographiert werden dabei.«

»Noch interessanter aber«, fuhr Staudigl fort, »war es mit den Geschenken. Jeder Staatsbesuch bekommt ein Geschenk, wie man weiß. Die Tiroler Landesregierung bereitete folgende Geschenke vor: für die Königin ein Pferd, einen echten Haflinger, für den Prinzen Philip ein Gewehr aus der Werkstätte des Büchsenmachermeisters Anton Yblhör aus Brixlegg, der der letzte seines Handwerks ist. Unglücklicherweise aber besuchte die Königin vorher Wien und Graz. Die Stadt Wien schenkte der Königin ein Pferd, einen echten Lipizzaner, das Land Steiermark schenkte dem Prinzen Philip ein Gewehr aus der Werkstätte des Büchsenmachermeisters Georg Rathschüller aus Leoben, der auch der letzte seines Handwerks ist. Als man das erfuhr, war man in Tirol ratlos. Verhandlungen mit Wien und Graz blieben fruchtlos. Weder rückte Wien eine Handbreit von seinem Lipizzaner ab, noch Graz von seinem letzten Büchsenmachermeister. Man mußte für Tirol aufs neue überlegen. Das neue Geschenk für die Königin war relativ einfach: man wählte eine kunstvoll bemalte Zillertaler Truhe.«

»Wie schade«, sagte ich. »Die schöne Truhe verrottet jetzt im Speicher von Schloß Windsor.«

»Keine Angst«, sagte Staudigl. »Ich habe mich erkundigt: die Truhe ist nur eine Imitation. Aber was sollte man dem Prinzen schenken? Ein äußerst findiger

Mann in der Landesregierung, dessen Namen ich nicht nennen darf, weil ihm sonst die Wiener Schwierigkeiten machen, kam auf eine Idee. Das Problem Südtirol mußte während des ganzen Besuches der Königin bei allen Reden und Toasts und so fort strikt ausgeklammert werden. Wenn wir, brachte der erwähnte findige Tiroler vor, dem Prinzen eine Grödner Schnitzerei schenken, so haben wir das Problem Südtirol heimlich doch ins Spiel gebracht, und die Wiener können nichts sagen. Wir haben das Wort Südtirol nicht in den Mund genommen.

Nun weiß man aber selbst in Tirol, daß Prinz Philip von Edinburgh ein Heide ist, respektive lutherisch. Die Grödner hinwiederum stellen fast ausschließlich Herrgötter, Madonnen und ähnlich Heiligmäßiges her, womit man natürlich bei einem lutherischen Prinzen vorsichtig sein muß. Es wurde also nach Bozen an einen vertrauenswürdigen Gewährsmann der Tiroler Landesregierung telefoniert, die ganze Sache dargelegt und der Auftrag durchgegeben, unverzüglich eine *profane* Grödner Schnitzerei beizubringen. Irgendwo mußte sich dabei ein Übermittlungsfehler eingeschlichen haben, möglich auch, dem vertrauenswürdigen Gewährsmann in Bozen war der Begriff *profan* nicht geläufig oder er hat ihn verwechselt. Er brachte am nächsten Tag eine *abstrakte* Grödner Schnitzerei nach Innsbruck. Eine behauene Magnolienwurzel von der Hand eines progressiven Bildschnitzers.

Man muß sich vergegenwärtigen: Seit Generationen schnitzt da so eine Familie Moroder – ich kann gut Moroder sagen, denn 85 Prozent der Grödner heißen

Moroder – Herrgötter und Madonnen und heilige Josephe, und dann sieht einer von den Morodern im Zeitalter der Massenkommunikation eine Henry-Moore-Ausstellung. So ungefähr hat also die abstrakte Plastik ausgesehen. Eilig wurde ein Konzilium zusammengerufen, dem auch ich angehörte. Irgendwie ging etwas unnennbar Unanständiges, ja Obszönes von der Plastik aus. Vielleicht lag es an der rötlichbraunen Farbe des stösselartigen Gebildes, das jeden in der Jury an etwas erinnerte, was er nicht nennen wollte. Magnolienwurzeln sind eben so, sagte einer. Schon, aber das geht nicht, für einen Prinzen nicht, sagte ein anderer. Was kostet es? sagte der Dritte. 6000 Schilling, sagte der vierte. Kein unverschämter Preis, sagte ich. *Unhandlich,* sagte endlich einer. Unhandlich! stimmten alle zu. Man einigte sich auf *unhandlich* und schickte dem Bildhauer die Magnolienwurzel zurück. Ein geschnitztes Schachspiel war dann die befreiende Lösung. Ein schönes, geschnitztes, absolut profanes Grödner Schachspiel. Es verrottet jetzt mit der Zillertaler Truhenimitation …«

»… in den Speichern von Schloß Windsor«, fügte ich hinzu.

Aber die Geschichte hat noch eine kaum glaubliche Pointe. Das erfuhr ich von ganz anderer Seite. Der Grödner Bildhauer stellte wenig später seine unanständige Magnolie in der Schweiz aus, wo sie ein englischer Sammler kaufte, der eines Tages geadelt wurde, und der als kleine Aufmerksamkeit dafür dem Herzog Philip die Plastik schenkte. Es gibt eben Dinge, denen kommt man nicht aus, auch nicht, wenn man der Herzog von Edinburgh ist. (1987)

München

Versuch einer inneren Topographie

München, die Stadt München, die »Minkerne Stadt«, München, das geleuchtet hat, gibt es nicht mehr. Nicht der Krieg hat München zerstört, sondern der Wiederaufbau. In einem jüngst erschienenen Buch, das unter den Fortschrittlern, die ja immer noch in der Mehrzahl sind, einen Aufschrei der Empörung hervorgerufen hat, ist nachgewiesen, daß mehr historische Bausubstanz, also wertvolle Architektur, *nach* dem Krieg den Planungen der entmenschten Städtebauer zum Opfer gefallen ist, als *während* des Krieges den Bomben. Jaulend haben es Ministerpräsident und Bürgermeister bestritten. Es hat nichts geholfen: die Feststellungen in dem Buch stimmen. München, schlicht gesagt, gibt es nicht mehr.

Natürlich hat man die Theatinerkirche nicht abgerissen, auch nicht das Hofbräuhaus, aber man hat einen überflüssigen und noch dazu halbherzigen »Altstadtring« gebaut, der eine der schönsten Straßen der Stadt, die Maximilianstraße, zerstörte: man hat das Roman-Mayr-Haus am Marienplatz durch ein künstlerisch völlig indiskutables Kaufhaus eines architektonischen Schreibtischtäters ersetzt und damit den Stadtkern entwertet. Man hat am Isarufer eine ganze Reihe feiner Gründerzeithäuser abgerissen, um mit dem »Europäischen Patentamt« ein Zeugnis bereits überholter Modernität zu errichten. Die bauen, stellt man erstaunt fest, immer noch allen Ernstes in Glas

und Beton, als gäbe es übermorgen noch etwas zu heizen. Aber das ist eine andere Frage.
Man hat die Theatinerkirche nicht abgerissen. Man hat die Juwelen belassen, aber man hat sie ihrer Fassung beraubt. Ein urbanes Bauwerk ohne die architektonischen Bezüge – die oft nur zufällig entstanden, aber eben gewachsen sind – ist isoliert, nur noch ein Museumsgegenstand, »geht nicht mehr« wie eine kaputte Uhr. Das Ensemble als schutzwürdiges Objekt wurde erst in den letzten Jahren entdeckt; zu spät. Zu spät zum Beispiel für das »Rochusbergerl« hinterm Maximiliansplatz, wo das Erzbischöfliche Ordinariat eine Art Westwall hinbaut. Genauso schlimm aber sind die Baumeister-Untaten, die man nicht mehr wahrnimmt, weil sie schon länger stehen, die öden Betongeschwüre aus den fünfziger Jahren, wo man noch dem Aberglauben der Funktionalität nachjagte: die trostlose Maxburg, der Kaufhof, der Hauptbahnhof mit seiner lächerlich asymmetrischen Kunstgewerbefassade. Das Ensemble als schutzwürdiges Objekt wurde zu spät entdeckt, wird erst heute diskutiert – nicht geschützt. Wenn es auf Spitz und Knopf kommt, hat noch immer der Beton gesiegt. Erst voriges Jahr, beim »Zacherlgarten« am Sendlinger Torplatz war es so. So sind die feinen, unwägbaren Fäden, die das Bild Münchens zusammengehalten haben, der Münchner Stadt, die einmal geleuchtet hat, zerschnitten. Die urbanen Zusammenhänge sind zerfallen. Es gibt noch einzelne museale Bauwerke, die einmal in München gestanden sind. Sie sind umgeben von Allerweltsarchitektur. München gibt es nicht mehr.

Auch den Münchner gibt es nicht mehr. Als ich 1940 in München in die Schule kam, waren von den 40 Buben 38 in München geboren, einer vielleicht in Rosenheim – ich, ein Exote, in Bozen. Als ich 1948 nach einigen Jahren der »Evakuierung«, wie man das damals nannte, nach München zurückkam, waren von 40 Gymnasiasten zwei in München geboren. Den »Weitpreis« unserer Klasse erzielte ein Volksdeutscher, der aus Mukden stammte. Das ist seit dem Krieg in keiner anderen Stadt anders, nur: in München hat es den Münchner gegeben, die ganzen differenzierten Schichten von Münchnern, während es den Berliner, etwa, bekanntlich nie gegeben hat, der stammte aus Schlesien wie der Wiener aus Komorn oder Brünn. In Hamburg waren nur die Patrizier Hamburger, woher die Frankfurter stammten, weiß ich nicht, aus Frankfurt jedenfalls nicht, aber die Münchner waren Münchner, und sogar das seinerzeit Allerhöchste Herrscherhaus stammte aus der Gegend, ein – meines Wissens – einmaliger Fall, wenn man bedenkt, daß die preußischen Hohenzollern aus Württemberg, die k. u. k. Habsburger aus der Schweiz, die russischen Zaren aus Schleswig-Holstein und die britischen Windsors aus Coburg kommen. Die Wittelsbacher stammen aus Scheyern, das zwar nicht direkt in München, aber immerhin schon fast im S-Bahn-Bereich liegt.

München, die Hauptstadt des Freistaates Bayern, ist eine Stadt wie alle anderen großen Städte: schmutzig, vergiftet, abends tot, durch abergläubische Verkehrsplanung »autogerecht« gemacht, mit einer Kruste von funktioneller Architektur überzogen, die ein paar

museale Sehenswürdigkeiten ausspart, bewohnt von einem Konglomerat aus Schlesiern, Sudetendeutschen, Preußen, Franken, Schwaben, Österreichern, Italienern, Griechen, Türken, zwischen denen sich ab und zu – unkenntlich – ein Münchner eher scheu bewegt. München ist also ganz genau so wie alle anderen großen Städte, die es ja auch nicht mehr gibt.
Daß sich München vor einigen Jahren die schmückende Bezeichnung: »Weltstadt mit Herz« beigelegt hat, kann außer Betracht bleiben, da es sich um eine sinnleere, alberne Formel handelt, die einer auch nur annäherungsweisen Nachprüfung nicht stand hält und außerdem nur dann herangezogen wird, wenn die Dackelbesitzer wieder einmal dagegen protestieren, daß sie den Dreck ihrer Tiere selber beseitigen sollen. Zu denken muß dagegen aber das Gerücht von München als der »heimlichen Hauptstadt« der Bundesrepublik geben. Nicht, daß das Gerücht stimmte, nur: Wie kam es dazu, und warum hält es sich so hartnäkkig? Wahrscheinlich ist das Gerücht – wenn der Slogan »heimliche Hauptstadt« nicht ursprünglich ironisch gemeint war – eine Ausgeburt des Neides. Nicht die, natürlich, haben das Gerücht aufgebracht, die gern in München wohnen würden, sondern diejenigen, die solche Leute ärgern wollen. Eine Hauptstadt ist München nicht – ja, schon: die Hauptstadt eines Bundeslandes, aber das ist Hannover auch, sogar Saarbrücken. Eine Hauptstadt, eine Metropole, eine Weltstadt ist München nicht, war es nie. Dazu ist fast alles, was es hier gibt, eine Spur zu provinziell, mit Ausnahme vielleicht der – spärlichen – Zeugnisse aus der kurfürstlichen Zeit, der eigentlichen, einzigen

großen Zeit Münchens, der Zeit, in der München, wenn auch nur drei Jahre lang, Kaiserstadt war. Seither ist alles eine Spur provinziell: die imitierte Königskrone in der Schatzkammer, die falsche Feldherrnhalle, die offizielle Literatur eines Paul Heyse, die Opernfestspiele, die Küche. Selten schafft es eine Institution den Provinzialismus zu überwinden: Die Kammerspiele waren einmal ein deutsches Theater von überregionaler Bedeutung, das ist vorbei. Die Bezeichnung »Millionendorf« für die Stadt ist zutreffender als das Gerücht von der heimlichen Hauptstadt.

Das bayerische Selbstverständnis beruht auf der Eigenanschauung als Deppen. Georg Lohmeier hat einmal gesagt: »Die Bayern sind erst dann glücklich, wenn jeder, aber auch wirklich jeder weiß, daß wir die größten Trottel sind, die es gibt.« Lohmeier selbst hat – mit seiner Fernsehserie »Kgl. Bayrisches Amtsgericht« kräftig dazu mitgewirkt. Man muß sich die Produktionen des »Platzl« oder den »Komödienstadl« anschauen, um zu wissen, wie wahr Lohmeiers Wort ist. Wer veranlaßt den Bayern, sich selbst genüßlich als Oberidioten darzustellen? Die Bescheidenheit ist es wohl nicht, auch nicht die Einsicht. Es ist der Grant. Der Grant ist eine spezielle, spezifisch bayerische und vor allem Münchnerische Seelen- und Gemütslage, die mit dem Ausdruck »schlechte Laune« nur unzulänglich übersetzt ist.

Der Grant ist ein ständiges Karate gegen die eigene Seele, die sich vor diesem selbstzerstörerischen Bombardement endlich in einen unangreifbaren Felsen von Innenbrutalität zurückzieht und dann als Verkör-

perung des bayerischen Wesens dasteht: die schlakkenlos durchglühte kgl. bayerische Ruhe.
Diese Seelenlage, der keiner besseren Ausdruck verliehen hat als der trotz allem immer noch weit unterschätzte Karl Valentin, dieser Staatsgrant, diese Verdrossenheit und Melancholie, legt keinen Wert auf Reklame. Dem grantigen Münchner ist es am liebsten, wenn man ihn für einen Deppen hält und in Ruhe läßt. Daß es dabei Leute gibt, die die Mimikry der Beschränktheit soweit verfeinern, daß sie tatsächlich beschränkt werden, ist klar. Solche sind auch und vielleicht sogar vor allem dort zu finden, wo dann der »Komödienstadl« produziert wird.
Im Laufe der Zeit hat sich aber erwiesen, daß der selbstschützende Grant ein Schlag ins Wasser war. Das hatte zwei Gründe. Erstens glaubten und glauben alle Preußen – im bayerisch-geographischen Sinn: alle nördlicheren Deutschen – München überrollen zu können. Sie haben recht. Sie haben es überrollt. Der Münchner war zu grantig, um sich zu wehren. Wahrscheinlich hat er gedacht: Geschieht mir recht, bei meinem gotteslästerlichen Grant. Zweitens zeigte sich, daß die Münchner, abgekapselt in ihrem Grant, zur Assimilation nicht fähig sind. Es ist bekannt, daß etwa Wien Millionen von Zuwanderern aus Böhmen, Ungarn, den Teilen der alten Monarchie, die auf dem Balkan lagen, mühelos aufgesogen, zum eigentlichen Wiener verschmolzen hat. Das gleiche ging in Berlin mit den Ostelbiern bis »Wasserpolacken« vor sich, von ähnlichen Vorgängen in Paris, London oder gar New York nicht zu reden. In München ist es anders. Unfähig, die Fremden wieder ab-

zustoßen, unwillens, sie aufzusaugen, überwuchert und durchsetzt das Fremde München, isoliert die Münchner, kreist sie ein, drängt sie zurück, nicht einmal ein Ghetto gibt es, nur noch Einzelkämpfer in Schützenlöchern.
Vielleicht liegt die mangelnde Assimilierungsfähigkeit in der bayerischen Sprache begründet, die noch schwerer zu lernen ist als ungarisch. Von Ungarisch sagt man, daß es noch nie einen Menschen gegeben habe, der in erwachsenem Alter fließend ungarisch sprechen gelernt habe. Aber die zweite Generation der etwa in Budapest ansässig gewordenen Slowaken, Juden, Ruthenen, Kroaten hat ungarisch gelernt. Anders in München: es wächst inzwischen die dritte Generation derer heran, die 1945 als Flüchtlinge nach München gekommen sind, keiner spricht Münchnerisch. In Obersendling, in der Nähe vom »Siemens«, gibt es ganze Viertel, in denen man nur norddeutsche Laute hört. Münchnerisch *ist* schwer, vor allem, weil es mehrere Spielarten dieser Sprache gibt. Dabei rede ich hier gar nicht von den regionalen Idiomen, dem Giesingerischen, dem Pasingerischen, dem Haidhauserischen, sondern von den sozialen Schichten. Es gibt das Hofmünchnerisch, das den Angehörigen des Hauses Wittelsbach vorbehalten ist und dem Stadtpfarrer von Neuhausen, der in dieser Sprache predigen darf und als äußeres Zeichen dafür den einzigen Privatschlüssel zum Nymphenburger Park besitzt. Es gibt – oder gab – das großbürgerliche Münchnerisch, das die Wirte und Kaufleute um den Marienplatz herum gesprochen haben und Richard Strauss. Es gibt das sogenannte »Radspie-

ler«-Münchnerisch, genannt nach einer Familie, die ein sündteures Renommiergeschäft für Kunstgewerbe betreibt, in dem jeder einkaufen muß, wenn er dazugehören will. Es gibt das Medien-Münchnerisch, einen fast schon dämonischen Dialekt, der einem entgegenschlägt, wenn man die Vermittlung des Bayerischen Rundfunks in Freimann anruft. Es ist das eine Art zähnebleckender Sprache, die sich für speziell elitär hält. Und es gibt das Münchnerisch, das im »Soller« und im »Schwanen« gesprochen wurde, den beiden – nicht mehr vorhandenen – Gasthäusern, in denen man gefälschte Waffenscheine, aber auch eingeschlagene Zähne bekommen konnte. Im »Schwanen« waren die Tische angeschraubt, das Bier wurde nur in Flaschen serviert, weil die Krüge immer gestohlen worden waren.

Die Grenzen dieser »Soziolekte« sind natürlich fließend, es gibt unzählige, schillernde Zwischenstufen. Insgesamt wirkt aber offenbar dieses starke Gewebe als Abwehr, vielleicht tödlich für das, was es verteidigt.

München dürfte die einzige Stadt der Welt sein, in der Straßen nach Niederlagen des vaterländischen Heeres benannt sind. Es gibt im Norden Münchens eine Hanauerstraße. Da weit größere Städte, näher liegende, durch keinen Straßennamen geehrt sind und sich um die Hanauerstraße ausgesprochen militärische Straßennamen finden (Richthofen-, Gneisenau-, Dessauerstraße) ist die Sache nicht anders zu erklären, als daß die Hanauerstraße nach der Schlacht von Hanau am 30. und 31. Oktober 1813 benannt ist. Der bayerische Feldmarschall Wrede versuchte hier dem nach

der Völkerschlacht bei Leipzig fliehenden Napoleon ein Bein zu stellen und erhielt dafür im Vorbeigehen von dem zornigen Löwen sozusagen von dessen linker Tatze eine Ohrfeige. Es war eine der schmählichsten Niederlagen der bayerischen Geschichte und kostete 10 000 Bayern das Leben. Daß eben dieser Wrede – neben dem aus ganz anderem Holz geschnitzten Tilly – in der Feldherrnhalle am Odeonsplatz steht, erklärt sich so, daß König Ludwig diese Imitation erbauen ließ, weil ihm das Original in Florenz so gut gefiel. Erst als sie stand, fiel es dem König ein, daß Bayern über keine zwei monument- oder gar hallenwürdige Feldherren verfügte. Die Planstellen wurden also nolens volens mit Tilly – der kein Bayer war – und Wrede besetzt.
Noch klarer ist der Eigenschimpf beim Kufsteinerplatz. Hier ist es völlig klar, daß diese Benennung auf die bayerische Niederlage in Kufstein – 1504 – zurückgeht, denn die von diesem Platz wegführende Pienzenauer Straße ehrt den geschlagenen bayerischen Verteidiger der Burg von Kufstein. Niemanden wird es danach noch wundern, daß die Stadtväter Münchens auch nicht davor zurückschreckten, die königlich bayerischen Untaten am Berg Isel und den Andreas Hofer durch je eine Straße zu ehren, dessen Erzfeind nicht die Franzosen, wie allgemein deutschtümelnd gelogen wird, sondern der »Boar-Fak« (die Bayern-Sau) war.
Selbstzüchtigung, gegen sich selbst gerichtete Seelenstacheln, Grant. Nicht der aufbauende Friedensfürst Ferdinand Maria lebt im Andenken des Volkes fort, sondern sein abenteuernder, verschwenderischer, ja

gewissenloser Sohn Max Emanuel; nicht der noble und gebildete König Ludwig I. ist der bayerische Märchenkönig, sondern sein Enkel Ludwig II., der nicht nur vom Feind Bismarck Geld genommen, der sogar Pläne gemacht hat, sein Königreich gegen ein Fürstentum in Indien zu vertauschen, weil er die Gesichter seiner Untertanen nicht mehr vertragen hat. Kasteiung durch Erinnerungen. So wird auch Hans Jochen Vogel als Märchenbürgermeister in das Gedächtnis des Volkes eingehen. Bei seinem Amtsantritt 1960 hat er – man glaubt heute gar nicht mehr, daß ein auch nur leise vernunftbegabtes Wesen derartiges ernsthaft zu äußern gewagt hat – verkündet, daß das Ziel der Stadtplanung die *autogerechte Stadt* sein müsse. Die Pläne waren dementsprechend. Sie waren umwälzend, vor allem erdumwälzend. Manche Erdhaufen stehen heute noch. Das ist aber auch wieder ein anderes Kapitel. Worauf ich hier hinauswill, ist ein Plan, der damals – wenn auch spaßhaft – vorgeschlagen wurde: Nicht in der Stadt eine U- und S-Bahn und einen Altstadt- und einen Mittleren und Äußeren Ring und eine Isartangente und das alles zu bauen, sondern weit draußen im Dachauer Moos, da wäre es viel billiger, und dann die Stadt dorthin verlegen.

Es gibt Winkel in München, die so aussehen, als wären die autogerechten Funktionsquadrate tatsächlich draußen ins Dachauer Moos verlegt worden. Es gibt noch solche Winkel. Der Freitagnachmittag, dieser kleine Herbst der Woche, ist am besten geeignet, solche Winkel zu entdecken: der alte Botanische Garten, wenn dort im Café der müde Kellner die Stühle schon auf den Tisch gestellt hat und nur ein einziger Gast unter den leuchtenden Kastanien vor seinem Bier sitzt; der Innenhof des palastähnlichen Hauses an der Ecke Brienner/Odeonsplatz, wenn es so leise geworden ist, daß man den Brunnen hört, und die goldgelbe Theatinerkirche überragt das Idyll fast wie in einer römischen Vedute; der Brunnenhof der Residenz, wenn nicht gerade der »Feinkostkäfer« mit Lastwägen das Büffet für einen Staatsempfang anfährt; ein paar enge Gassen in Obergiesing, wo noch eine Gastwirtschaft ihren Vorgarten mit leeren Bierfässern gegen die Fahrbahn abgrenzt; die Mondstraße, wo noch der Auer Mühlbach fließt, sofern nicht gerade ein Fernsehteam hier einen Film über das alte München dreht. An manchen Tagen, oft nur für einige Augenblicke, fällt hier die Zeit von den Fassaden, tritt die Unruhe zurück von den Plätzen und Bäumen, öffnet sich eine gewisse Lautlosigkeit, die für einen Moment über der Straße schwebt wie der lichte Föhnhimmel. Diese Momente werden zusehends seltener, aber noch gibt es sie. Sie lohnen es einem, daß man in München lebt. Manchmal sind sie so herzergreifend, daß man meint: trotz allem kann man nur hier leben.

Der andere Stadtplan

Im »Maskenball der Genien« erzählt Herzmanowsky-Orlando, daß in Venedig entmenschte Kioskbesitzer an arglose Fremde alte Schnittmusterbögen als Stadtpläne verkaufen. Die Touristen irren dann umher, finden nie in ihr Hotel zurück und werden oft erst nach Jahren als Skelette am Ende entfernter Sackgassen gefunden. Jeder, der einmal in Venedig war, kennt solche Skelette. In einer Geschichte von Gilbert Chesterton wird die Geschichte eines Mannes erzählt, der aus der Provinz nach London kommt, den Stadtplan verkehrt herum hält und dadurch in eine bis dahin völlig unbekannte Stadt, in eine Art Anti-London gerät, in der die Gesetze andersherum gelten. Der Mann wird ermordet und deswegen danach von einem Anti-Old-Bailey zum Leben verurteilt. Italo Calvino hat eine Geschichte von einer Stadt geschrieben, von der es nur den Stadtplan gibt, die Stadt selber nicht, und von Borges gibt es eine Erzählung, da fällt einem ein Stadtplan mit rätselhaften, unentzifferbaren Beschriftungen in die Hand; nach vergeblichen Versuchen, die Schrift zu entschlüsseln, macht sich der Mann auf, um anhand des Planes die Stadt zu suchen, und was er dann findet ist unsagbar…

Stadtpläne – wie überhaupt Landkarten – haben eine rätselhafte Faszination, ähnlich der, die für manche Leute Fahrpläne und für andere musikalische Partituren haben. Es mag vielleicht der Reiz der Transposition der Realität ins Unwirkliche sein, aber das erklärt es nicht ganz. Ich habe einen Freund, der beschäftigt sich seit Jahren mit der Erstellung eines Stadtplanes des biblischen Babylons und es gibt, habe ich neulich erfahren, eine Gesellschaft, die den Stadtplan von Donald Ducks Entenhausen zu rekonstruieren versucht.

Der Plan einer Stadt, die man kennt, in der man lebt, hat noch andere Qualitäten: er zeigt Zusammenhänge auf, die seltsam und verborgen waren. Wem ist schon klar, daß, zum Beispiel, die Glyptothek hinten an die Bonifaz-Basilika drangebaut ist? Und noch mehr: daß das ein heidnisch-christliches Bauprogramm Ludwigs I. war, der äußerst besorgt war, dies zu vertuschen? Er gab Stadtpläne in Auftrag, in denen durch geschickte topographische Verschiebung ein Gartengrundstück, das es nie gegeben hat, zwischen Glyptothek und Basilika eingeschoben wurde. Das Gartengrundstück bekam sogar eine Katasternummer. Als der Wittelsbacher Ausgleichfonds später dann dieses Gartengrundstück an eine amerikanische Hotelkette verkaufte, gab es ungeheure juristische Konsequenzen. Die diesbezüglichen Akten des Oberlandesgerichtes werden als Justizgeheimnis gehütet und sind nicht zugänglich. Und wem, um ein anderes Beispiel zu nennen, ist nicht aufgefallen, daß man eine jeweils ganz andere Stadt durchquert, wenn man es einmal mit dem Auto, das andere Mal mit dem Zug tut? Die Fahrt vom Hauptbahnhof zum Ostbahnhof ist eines der aufregendsten Erlebnisse: man fährt durch eine so gut wie unbekannte Stadt – nur merkt

es fast niemand, denn man ist auf dieser kurzen Strecke entweder damit beschäftigt (wenn man abreist) den Mantel auszuziehen, die Koffer auf die Ablage zu stellen, freche Mitreisende von den reservierten Plätzen zu vertreiben, oder (wenn man ankommt) seine Reiselektüre und -proviant einzusammeln, die Gepäckstücke zu entwirren, die Ehefrau aufzuwekken und dergleichen. Kaum jemand hat Zeit, aus dem Fenster zu schauen.
Nur Moritz Holfelder und Christian Noé, die, damals noch nicht mit Ehefrauen behaftet, einmal ohne Gepäck und selbst ohne Mäntel gereist sind und ihre Reiselektüre (im Falle Holfelder: »Tristram Shandy«, im Fall Noé »Akupunktur für Hauskatzen«) schon in Grafing eingesteckt hatten, fiel das Phänomen auf – zum Beispiel, daß man zwischen Ostfriedhof und Giesinger Kirche mit dem Zug durch einen völlig unbekannten Park fährt. Sie beschlossen, der Sache auf den Grund zu gehen, und daraus entstand diese Ausstellung, das heißt, die Aufforderung an alle Münchner, ihre geheimen, inneren Stadtpläne hier anzuliefern. Die Ausstellung ist eigentlich gar nicht für das Publikum gedacht – von der Presse, die eh immer alles falsch zitiert, ganz zu schweigen –, die Ausstellung wollten *nur* Moritz Holfelder und Christian Noé anschauen – und ich hätte auch noch mitgehen dürfen. Nun hat sich aber herausgestellt, daß nicht alle Münchner, sondern nur 100 ihre Seelenstadtpläne abgegeben haben, und das ergibt noch keinen gültigen Gesamtplan. Das was zu sehen ist, ist nur ein Mosaikstein, der einzige bisher. Die Aktion muß also fortgeführt werden, und das geschieht am besten dadurch –

haben sich Holfelder und Noé gedacht –, daß man die Ausstellung, nachdem wir drei sie besichtigt haben, doch nicht sofort schließt, sondern sie denen, die *noch* nicht ihren Stadtplan beigesteuert haben, zugänglich macht. Also bitte: hier sehen Sie den ersten Mosaikstein. Wer weiß, wo die anderen liegen?

(Rede zur Eröffnung der Ausstellung
»Das München-Projekt«, 1987)

München brummt

Zum 15jährigen Bestehen des Lastwagenparkplatzes Innenstadt

In einer kleinen, aber würdigen Feierstunde gedachte der Münchner Oberbürgermeister vorigen Monat eines Ereignisses, das ansonsten wenig Aufmerksamkeit in der Öffentlichkeit erregte, obwohl es einer Einrichtung galt, die epochemachend war: des fünfzehnjährigen Jubiläums des *Lastwagenparkplatzes Innenstadt*. Ältere Bürger Münchens erinnern sich an die Zustände, wie sie früher waren: Trambahn, Fußgänger, Autoverkehr, Radfahrer irrten sinn- und zwecklos durch die Kaufinger- und Neuhauserstraße, um den Dom herum, die Theatiner-, Wein-, Diener- und Residenzstraße herauf und herunter, ein grelles Gewimmel konsumwütiger Massen, abstoßend. Durch die Einrichtung des Lastwagenparkplatzes wurde alles anders.

Schon früh, um sechs, sieben Uhr setzen sich die Last- und Lieferwagenkolonnen vom Stadtrand her in Bewegung, nähern sich dem Karlstor, dem alten Rathaus, hoppeln über den Randstein (ein hübsches Bild), und bald bevölkert ein bunter Reigen von roten, blauen, grauen, grünen Kombis, Lastzügen, Lkw – mit farbenfrohen Aufschriften versehen die Innenstadt von der Theatinerkirche bis zum Alten Peter und vom Stachusrondell bis zum Fischbrunnen. Ein auffallender, wohltuender Akzent hie und da: gelb – die Post.

Aber es ist nicht so, daß die Lastwägen auf dem *Lastwagenparkplatz Innenstadt* nur phantasielos so herumstünden. Nein. Ein Reigen, eine Choreographie wird durch sinnvolles Herumfahren erzielt: hier wälzt sich ein froschgrüner Lieferwagen an Telefonzellen vorbei, dort drückt ein strahlend-weißer Kombi einen Kinderwagen an die Wand. Blau und Rot verschiebt sich gegenseitig. Markige Rufe der Lastwagenfahrer erfrischen das sonst so düstere Erscheinungsbild der Innenstadt. Dazwischen die bekanntermaßen immer freundliche Polizei, die an die kühnen Fahrer Konfekt und kleine Törtchen verteilt. So zieht sich das bunte Leben auf dem Lastwagenparkplatz hin bis in den späten Abend, wenn, nach vielen Stunden der aufopfernde Dienst der Chauffeure endet und die Lastwägen nach draußen verschwinden. Nur noch selten – leider – erfreut ein schwarzer oder moosgrüner Wagen eines Paketzustelldienstes nach dieser Zeit das Auge des späten Fußgängers.
Anläßlich der oben erwähnten Feierstunde wurden nun auch zum ersten Mal (in der kommenden Zeit soll es alljährlich geschehen) die Plaketten »München brummt«, gestiftet von der Industrie- und Handelskammer und dem Einzelhandelsverband, an besonders einfallsreiche Lastwagenfahrer vergeben. So erhielt ein Bierfahrer die Plakette in Bronze, dem es gelungen ist, so nahe an ein Innenstadtcafé heranzufahren, daß er von seinem Sitz aus die Bierkisten abladen konnte ohne sich im übrigen zu bewegen. Ein Ausfahrer einer Bekleidungsgroßhandlung erhielt die Plakette in Silber für die meisterhafte Leistung, die gesamte Breite des Karlstors mit nur einem einzigen

Lastwagen zu verschönern, wobei er sich allerdings der ausgefahrenen Ladefläche und dreier formschöner Container, die er neben seinem Wagen drapierte, bedienen mußte. Mehrere Fußgänger versuchten diese Container zu überklettern, wobei sie von den versammelten Lastwagenfahrern mit launigen, kernigen Zurufen ermuntert wurden. Die originellsten dieser Sprüche sollen gesammelt und im nächsten »Turmschreiber-Kalender« veröffentlicht werden. Ein ebenso humor- wie verständnisloser Rollstuhlfahrer, der sich darüber beschwerte, daß er nicht vorbeikäme, wurde von den Lastwagenfahrern mehrmals um den Stachusbrunnen geschoben und zum Schluß hineingekippt. Ein heiterer Spaß. Die Goldplakette allerdings errang ein Fahrer der Bundespost, dem es gelang, mit seinem Tieflader die Domtreppen zu ersteigen und in der Vorhalle direkt über dem Teufelstritt zu parken.
Leider, allerdings, hat es auch Mißbräuche gegeben: So ertappte die Polizei einen Angestellten einer Bank, der in der Früh immer vergeblich einen Parkplatz für seinen kleinen Fiat gesucht hatte. Der rücksichtslose Bankangestellte kam auf die Idee, sich statt seines Fiat einen alten Lastwagen anzuschaffen, den er immer unter dem Maffei-Bogen parkte. Monatelang. Er blieb unbehelligt, weil die Polizei, so hinters Licht geführt, selbstverständlich annahm, der Lastwagen – verrostet, eine Antiquität quasi – solle diese sonst unschöne Stelle der Innenstadt verzieren. Erst nach langer Observation konnte diesem Hochstapler das Handwerk gelegt werden. Ungut ist natürlich auch, daß immer noch zahllose Fußgänger den ungehinderten

Lastwagenverkehr in der Innenstadt behindern. Zwar wurden viele dieser renitenten Gesellen zerquetscht und überrollt, aber dieser Schwund ist – wie eine Denkschrift des Speditionsverbandes darlegt – unbedeutend. Der Oberbürgermeister hat versprochen, daß umgehend eine Studie ausgearbeitet wird, die Vorschläge erbringen soll, wie endlich die Fußgänger aus der Lastwagenparkzone in der Innenstadt entfernt werden können. Es wird nichts anderes helfen, meinen Experten, als drakonische Strafen anzudrohen.

(1987)

Der Faßbinder, der Kroetz und die CSU-Fraktion

Über die Gründe des offenbar namentlich im deutschen Wesen tief verwurzelten Antisemitismus ist viel nachgedacht und geschrieben worden. Cosima Wagner, die bekannte Berufsantisemitin, seufzte einmal: Der Jude könne keinen rechten Zugang zur deutschen Innigkeit finden, das sei es eben im tiefsten Kern. Cosima Wagner, geboren an einem 24. Dezember, ein rechtes Christkind also, unter dem Wappensymbol der deutschen Innigkeit geboren, dem Christbaum, vermißte vielleicht insbesondere das richtige Verhältnis der Juden zu eben diesem Christbaum. Lang war (ist noch?) das deutsche Volk in Innigkeit mit ihr einig, und es ist nicht ohne Witz, daß es eben die berühmte, innige »Gartenlaube« war, die noch 1870 die neue reichsdeutsche Welle des Antisemitismus anführte, die dann Nietzsche, Lanz von Liebenfels, Adolf Schicklgruber und Alfred Rosenberg hervorbrachte. Daß 1945 Schluß mit dem Antisemitismus gewesen wäre, glaubt nur der, der auch an den Storch glaubt. Der Antisemitismus hat sich nur gewandelt, verinnerlicht, könnte man sagen. Einer von zehn Deutschen, das muß man allerdings einräumen, schämt sich heute dessen, was an Greueln gegen die Juden zwischen 1933 und 1945 geschehen ist, die restlichen neun sind nur irritiert. Alfred Andersch schreibt im »Efraim«: Die neudeutschen Bundesrepublikaner sprächen das Wort *Jude* mit der gleichen Irritation wie etwa das Wort *nackt* aus. Mit einer bloßen Irritation bezüglich eines liebgewordenen politischen Charakterzuges läßt sich aber auf die Dauer nicht leben, weshalb der deutsche Antisemitismus ein Ventil suchte und in den linken Bewegungen von 1968 fand. Dort war der Antisemitismus zwar als Anti-Zionismus getarnt, aber die Tarnung war fadenscheinig. Trotzdem wurde von der Presse – die damals insgesamt (mit Ausnahme der Springer-Elaborate) den linken Bewegungen eher freundlich gesinnt war – nur ungern zur Kenntnis genommen, daß in syrischen Terroristenlagern altvordere SSler junge »RAF«-Aktivisten in der Handhabung von – ausgerechnet – Molotow-Cocktails ausbilden.

Warum die linken Bewegungen antisemitisch waren, ist sehr schwer zu sagen. Allein auf den Antisemitismus des alten Marx dürfte das nicht zurückzuführen sein, denn kaum einer jener Linken hat Marx gelesen; schon eher die »Gartenlaube«. Hat das auch mit der deutschen Innigkeit zu tun? Bei aller vollständigen Soziologie, die jene Bewegungen vor sich hertrugen, war immer wieder ein seltsamer Mystizismus zu beobachten, und nicht umsonst war die Wassermann-Zeitalter-Schnulze »Hair« die Galionsfigur der Mode von 1965. Es sei dem, wie ihm wolle: man war eben sozialistisch und antisemitisch. Auch Rainer Werner Faßbinder, der es allerdings im großen und ganzen recht sorgsam verborgen hat, bis auf sein Stück »Der Müll, die Stadt und der Tod«, das merkwürdigerweise als Film unbeanstandet blieb, als Buch unbeanstandet veröffentlicht wurde, und erst bei der geplanten

Uraufführung auf dem Theater Skandal machte. Jüdische Vereinigungen – die Kultusgemeinde, die Vereinigungen ehemaliger KZ-Insassen usw. – protestierten dagegen und taten unter anderem das, was bisher als das Aktionsvorrecht linker Gruppen galt: sie besetzten das Theater und verhinderten so die Aufführung. Links war man ratlos. Betrachtete man es dort als Frechheit, daß linke Praktiken plagiiert wurden? Zu äußern wagte man es nicht, wohl, weil man sonst ja auch sagen hätte müssen, warum das ein Plagiat war: wenn Linke ein Haus besetzen, dann ist das – ja: ist das etwas *anderes*? und wenn ja, warum? Weil Juden eben anders sind? keinen rechten Zugang zur linken deutschen Innigkeit haben?

Das Faßbinder-Stück wurde in Frankfurt abgesetzt, das heißt: nur an einem als Privataufführung deklarierten Abend gespielt; andere Theater, die eine Produktion planten, verzichteten darauf. Die Sache geriet – fast – in Vergessenheit.

In München an den Kammerspielen wurde etwa zur selben Zeit ein Stück des wohl begabtesten, wenngleich ein wenig unordentlichen Dramatikers uraufgeführt: »Bauern sterben« von Franz Xaver Kroetz. Kroetz war einmal praktizierendes Mitglied der KPD, er selber bezeichnet sich heute als »kommunistischer Christ« (was immer das ist), seine Stücke sind betont bayerisch und betont kritisch, was allen Verfechtern der wahren bayerischen Innigkeit – zusammengefaßt in der CSU – selbstverständlich ein Dorn im Auge ist. Dort sieht man bayerisches Wesen lieber im »Komödienstadl« oder in den Produktionen des »Platzl« dargestellt; oder im Passionsspiel von Oberammergau,

dessen dezidiert antisemitischen Text auszurotten auch 1983 nicht gelang. Offenbar gehört bodenständiger, christkatholischer Antisemitismus zur Innigkeit der Bayern. Man ahnt nun schon, wie sich die Fronten verfilzen: Der antisemitische Faßbinder, der seinerzeit Kroetz' »Wildwechsel« verfilmt hat, und der mit den Bayern bös umspringende Kroetz, und dagegen das zwar antisemitische, aber innige bayerische Kernwesen, dargestellt in ca. 60 % CSU-Wählern... wenn man darüber nachdenken würde, könnte man sich gar nicht mehr auskennen, aber es denkt niemand nach. Aber nun ist ein Ereignis eingetreten, das neue Fronten aufbricht: Die CSU-Fraktion im Stadtrat von München hat vom Intendanten der Kammerspiele gefordert, daß Kroetz' Stück »Bauern sterben« abgesetzt werde. Die CSU-Fraktion beruft sich ausdrücklich auf die Vorgänge mit Faßbinders Stück in Frankfurt, und argumentiert: Wenn dort religiöse Gefühle der israelitischen Mitbürger verletzt würden, so würden hier christliche (– in Wahrheit: bayerische?) Gefühle verunglimpft. Da die Kammerspiele ein städtisches Theater sind, von der Stadt subventioniert, fühlte sich die CSU-Fraktion (im Stadtrat allerdings in der Opposition gegen die regierende SPD-F.D.P.-Koalition) zu diesem Schritt aufgerufen.
Der Protest der CSU-Fraktion entbehrt nicht einer starken Aura von Scheinheiligkeit. Erstens: In Faßbinders Stück wird – vereinfacht gesprochen – der Jude als schlecht dargestellt, *weil er Jude ist*. In Kroetz' Stück sind die Christen nicht schlecht, weil sie Christen sind, sondern weil sie der verrotteten Spezies Menschheit, Untersektion Bayern, angehören. Die-

sen zugegebenermaßen feinen Unterschied hat die CSU-Fraktion (um ein hier angemessenes Modewort der Politiker zu gebrauchen) ausgeklammert. Zweitens: Wer gibt eigentlich einer CSU-Fraktion das Recht, für die Christen zu sprechen? Zwar nennt sich die CSU – wofür diese Buchstaben die Abkürzung sind – *christlich* und *sozial*, aber das erinnert ein wenig an den berühmten »Verein niederbayerischer Jäger«, deren Satzung nur zwei Paragraphen hat: § 1: keines der Mitglieder darf Niederbayer sein; § 2: keines der Mitglieder darf Jäger sein. Allein der Buchstabe »U« (für »Union«) erscheint bei Licht betrachtet nicht unehrlich. Die CSU ist die konservative Partei der Etablierten, und sie ist allenfalls katholisch, was ja mit christlich bekanntlich nur entfernt zu tun hat. Die Linie der CSU hat sich in jüngster Zeit in einem nicht sehr wichtigen (etwas komplizierten), aber bezeichnenden Randereignis dargetan: die Privatflieger – also die Inhaber der lärmenden, umwelt-verstinkenden und völlig überflüssigen Sportflugzeuge – haben sich darüber beklagt, daß sie – man höre und staune – ihr Flugbenzin versteuern müssen. Auf einer Jahresversammlung des Privatfliegervereins hat der Vorsitzende dieser, in seinen Augen schreienden Benachteiligung lauten Ausdruck gegeben. In der gleichen Sitzung wurde der CSU-Vorsitzende und bayerische Ministerpräsident Franz-Josef Strauß zum Ehrenvorsitzenden der Privatflieger gewählt, der dafür den Festvortrag hielt und versprach, für den Wegfall der Besteuerung von Flugbenzin zu sorgen. »Dafür wählen wir alle ihn auch«, sagte der offenbar besonders stark christliche Fliegervorsitzende in schöner Offenheit.

Tatsächlich hat Strauß einen entspechenden Vorstoß in Bonn unternommen, der zum Glück am Widerstand der F.D.P. scheiterte. (Einer der in letzter Zeit seltenen Lichtblicke in der F.D.P.-Politik.)
Nun ist das, wie gesagt, nur ein kleines, relativ unbedeutendes politisches Ereignis. Es ist nur symptomatisch für die Haltung der CSU: die Privilegien der Habenden zu erhalten und zu fördern ohne Rücksicht auf die Umwelt und das Allgemeinwohl. Das Etikett »C« auf den Flaschen hilft da auch nicht mehr, so wenig wie die Reinheitsbeteuerung auf dem der deutschen und österreichischen Glykol-Weine. Es ist ja auch nichts davon vernommen worden, daß die CSU-Fraktion des Oberammergauer Gemeinderates (dort die absolute Mehrheit, was sonst) gegen die antisemitischen Sentenzen des Passionsspiel-Textes protestiert hätten, obwohl das nun wirklich christlich gewesen wäre. Der bisher aufrechte Intendant der Kammerspiele Dieter Dorn hat sich vorerst dem Protest der CSU-Fraktion auch nicht gebeugt. Kroetz' Stück läuft weiter, und vorerst hat die Sache zur Folge, daß keine Karten mehr dafür zu bekommen sind, denn alle laufen jetzt hinein, denn – man weiß ja nicht, wie so etwas weitergeht.

(1985)

Der Englische Garten

Die Wurzeln des Englischen Gartens liegen in Massachusetts. Dort wurde 1753 – als dieser Staat noch englische Kolonie war – ein Mann namens Benjamin Thompson geboren, der bei Ausbruch des nordamerikanischen Freiheitskrieges auf die Seite der Kolonialherren trat, eine Zeitlang Beamter im Kriegsministerium in London war, dann wieder in Amerika ein Reiterkorps befehligte, nach der endgültigen Trennung der amerikanischen Kolonien vom Mutterland zurück nach Europa ging und 1784 als Staatsrat in kurfürstlich-bayerische Dienste trat. Er wurde zum kurfürstlichen Generalleutnant und zum Grafen von Rumford erhoben, befaßte sich mit physikalischen Experimenten (namentlich im Zusammenhang mit der Wärmetheorie); als seinen eigentlichen Beruf bezeichnete er aber den des »Menschenfreundes«.
Er erfand den Rumfordschen Sparofen, in dem man auch mit Dreck heizen konnte und die Rumford-Suppe, einen aus billigen, aber nahrhaften Bestandteilen bestehenden Eintopf, von dem sich die ärmeren Schichten der kurfürstlichen Untertanen ernähren sollten. Sein bleibendes Andenken aber ist der von ihm 1789, im Jahr der großen Revolution in Frankreich, gegründete Garten im Nordosten Münchens, weit außerhalb der damaligen Stadt, den er zusammen mit dem Landschaftsgärtner und Gestalter des Nymphenburger Parks, Friedrich Ludwig von Sckell,

im Sinn der Abkehr von den strengen, künstlichen Barockgärten als Parklandschaft anlegte. 1795 wurde der Park der Öffentlichkeit übergeben und zu Ehren des regierenden Kurfürsten Karl Theodor »Theodor Park« genannt.

Nur scheinbar ist der Park, für den sich im Lauf der Jahre der Name »Englischer Garten« einbürgerte, eine natürliche Landschaft. In Wahrheit ist er gestaltete Natur. Zwei Wasserläufe, der Schwabinger Bach und der Eisbach, durchziehen den Park; man sieht ihnen heute nicht mehr an, daß ihr Lauf künstlich geführt ist, Sckell baute als optische Auflockerung 1812 eine Kaskade ein, wie überhaupt der Zauber des Parks auf dem Zusammenklang sorgsam gebändigter Natur und kleiner Stimmungsarchitektur beruht.

Über 5 km Länge und 2 km Breite zieht sich der Park als berühmteste »Grüne Lunge« der Stadt hin, zunächst als große, von alten Bäumen gesäumte Wiese bis zum »Monopteros«, einem Rundtempel mit ionischen Säulen auf einem künstlichen Hügel, vom König Ludwig I. als Denkmal für Kurfürst Karl Theodor errichtet, dann als Gürtel lichter Baumgruppen bis zum – ebenfalls künstlichen – »Kleinhesseloher See«, um schließlich als »wilder« Auwald – die Hirschau – in die Landschaft der unteren Isar überzugehen. Das merkwürdigste Bauwerk ist der bereits unter der Ägide Rumfords errichtete »Chinesische Turm«, eines der Wahrzeichen Münchens, das namentlich die Chinesen, wenn man sie als Touristen dort hinführt, als spezifisch bayerisches Bauwerk betrachten.

Den Englischen Garten in seiner Schönheit zu erforschen und zu erleben, eine Schönheit, die mit den Tageszeiten wie mit den Jahreszeiten wechselt, braucht man ein ganzes Leben. Es gibt Leute, solche, die entweder auf der Schwabinger Seite des Gartens, in der Kaulbachstraße etwa, aufgewachsen sind, oder auf der Isar-Seite in der Oettingenstraße, die ihr Leben mit dem Park verbracht haben. Sie sitzen heute als Rentner an mildsonnigen Herbstnachmittagen auf den Bänken am Kleinhesseloher See oder am Eisbach, aber sie sitzen eher verloren dort, denn schon seit Jahren haben geschlechtslose Wesen in dicken Hüllen in Grau oder Bhagwan-Rot den Monopteros exclusiv für sich erobert, liegen dort, stinken vor sich hin und spielen auf Tamburin und Maultrommel das, was sie für progressive Musik halten.

Der Eisbach und die angrenzenden Wiesen sind seit einigen Jahren das Reservat der »Nackerten« geworden. Ohne Scheu und obwohl – oder vielleicht weil – korrekt bis langweilig gekleidete Bürger auf den Wegen daneben auf- und abgehen, sonnen sich sozusagen als kostenlose Augenweide die hübschesten Mädchen ohne alle Hüllen nur einige Meter weiter, scheuen sich nicht, in dem paradiesischen Zustand auch ein wenig spazierenzugehen, und es gibt nichts an erotischem Reiz, was nicht dort in Graf Rumfords menschenfreundlicher Schöpfung zu sehen wäre. Christ-katholisch-konservative Kreise haben aus moralischen, die Interessenvereinigung der Striptease-Tänzerinnen aus geschäftlichen Gründen, ein großes Geschrei erhoben und nach Verboten gerufen. Aber die Polizei ist machtlos, und heuer hat die Stadt klein beigegeben und das »Treiben« der Nackten halbherzig sanktioniert. Wer nächstes Jahr nach München kommt, wird sie ab Juni oder Juli an warmen Tagen wieder bewundern können.

Das lärmende Zentrum des Englischen Gartens ist der Wirtsgarten am Chinesischen Turm: das früher sogenannte »Chinesische Wirtshaus«, das aber ein echter Münchner Biergarten ist. Dort trifft sich und mischt sich an sonnigen Tagen alles, und alles holt am Büffet sein Bier, seinen Leberkäs' und seinen Radi: die »Nackerte« vom Eisbach (die hier allerdings – noch – ein dünnes Kleidchen trägt), der alte Münchner mit seinem Grant und seinem Dackel, der Bhagwan-rote Stinker, dessen Schweißfußgeruch von dem des Steckerlfisches überlagert wird, der Student der nahegelegenen Universität, sei er Streber oder Revolutionär, die Mutter mit dem Kinderwagen und eben jener Chinese, der mit mildem Blick auf den Bayerischen Chinesischen Turm einen kräftigen Zug aus dem ihm bald nicht mehr fremden Gefäß »Maßkrug« tut und in der wärmenden Sonne eines Sommertages eine Schweinshaxe verzehrt.

Leider nur selten hebt einer den Maßkrug auf den Menschenfreund Benjamin Thompson, Graf von Rumford, aus Concord in Massachusetts, dem er das alles verdankt.

Wer ist Franz Josef Strauß?

Damals war er der jüngste, heute ist er der älteste... Seit er im Sommer 1945 die politische Bühne betreten hat, hat er zu großen Hoffnungen berechtigt. Er denkt auch heute, mit 70 Jahren, noch nicht daran, diese politische Bühne zu verlassen, denn er berechtigt möglicherweise immer noch zu großen Hoffnungen. »Die politische Bühne *betreten*« ist nicht ganz richtig. Er wurde hinaufgehoben. Er hieß damals noch Franz Strauß – ohne beischmückenden Josef – und wurde von den US-Besatzungstruppen 1945 zum stellvertretenden Landrat in Schongau ernannt. Strauß war knapp dreißig Jahre alt. Um diese Zeit gründete er mit einigen Gleichgesinnten den CSU-Kreisverband Schongau. 1946 wurde die Ernennung Strauß' von der Bevölkerung demokratisch sanktioniert: Bei den ersten Wahlen nach der Nazizeit wurde Franz Strauß in Schongau zum Landrat gewählt. Gleichzeitig wurde er in den Landesvorstand der CSU berufen. Der Bayerische Kultusminister Alois Hundhammer zog Strauß als Jugendreferent in sein Ministerium, Strauß erledigte diese Arbeit nebenher.

Hundhammer war der frömmste Minister, den Bayern je hatte. Er ist unsterblich geworden durch das Verbot eines so harmlosen Werkes wie Werner Egks »Abraxas«-Ballett und dadurch, daß er zu Weihnachten 1949 mit einem Christbaum nach Rom fuhr, vor dem Vatikan die Kerzen entzündete und vor den erstaunten Papst trat, dem er »Stille Nacht, heilige Nacht« vorsang. Dem Vernehmen nach alle zwölf Strophen. Hundhammers Frömmigkeit hinderte ihn im übrigen nicht an dubiosen Bodenspekulationen im Ebersberger Forst. Er starb hochgeehrt 1974 und ist in der ausgewogenen Mischung von Katholizismus und Korruption ein Vorbild für eine ganze Generation christlich-sozialer Politiker in Bayern geworden. Drei Jahre hat Strauß in Hundhammers Ministerium gedient, dann wechselte er – inzwischen Generalsekretär der CSU geworden – ins Innenministerium über und wurde gleichzeitig Mitglied des Wirtschaftsrates in Frankfurt.

Als im Herbst 1949 der erste Bundestag zusammentrat, gehörte ihm Franz – immer noch ohne Josef – Strauß als im Wahlkreis Weilheim direkt gewählter Abgeordneter an. Er war – mit 34 Jahren – einer der jüngsten und berechtigte zu großen Hoffnungen. Schon ein Jahr später wurde er stellvertretender Fraktionsvorsitzender und 1953 – nun schon mit dem Josef geschmückt – Bundesminister für Sonderaufgaben. Adenauer hielt große Stücke auf den jungen Mann. 1955 – Strauß war vierzig Jahre alt – wurde er Atom- und 1956 endlich sozusagen wirklicher Minister, nämlich Verteidigungsminister. Der weitere Aufstieg schien unaufhaltsam.

Aber gleichzeitig wetterleuchteten die ersten Vorwürfe der Korruption. Der »Spiegel« schoß sich auf Strauß ein. Die »Fibag-Affaire« wurde nie geklärt – wie da was mit Onkel Alois ging, und was der Verleger der »Passauer Neuen Presse« für Finger im Spiel hatte, war zwar verdächtig, Indizien schwirrten hin und schwirrten her – nichts Gewisses wußte man nicht, bis heute nicht. Ein Hauptindiz dafür, daß Franz Josef Strauß damals keine weiße Weste hatte, ist die Art, wie er dann 1962 den »Spiegel« zu Fall bringen wollte. (Welche Rolle der Bundeskanzler Adenauer dabei spielte, ist nie ganz klar geworden.) Strauß benutzte einen lächerlichen Anlaß (eine Berichterstattung des »Spiegel« über ein NATO-Manöver), um den Vorwurf des Landesverrates gegen die Zeitschrift zu konstruieren. In Nacht- und Nebelaktionen wurden Redakteure verhaftet – sogar einer in Spanien –, Verlagsräume durchsucht, Unterlagen beschlagnahmt. Strauß erklärte am Tag danach vor dem Bundestag, mit der Sache nichts zu tun zu haben: » – im Wortsinne *nichts*.«

Als sich wenig später – wie nicht anders zu erwarten bei dem ganzen äußerst plumpen Manöver – herausstellte, daß Franz Josef Strauß gelogen hatte, bewußt und geradeheraus das Parlament in öffentlicher Sitzung belogen hatte, mußte er seinen Hut nehmen. Für Strauß' politische Zukunft hätte damals keiner auch nur einen Pfifferling verwettet. Er berechtigte nun zu keinen Hoffnungen mehr.

Aber das täuschte. Die Hoffnungen waren nur wolkenverhangen. Strauß zog sich nach München zurück und gründete ungefähr nach dem Muster des Altöttinger Beichtzettels ein Parteiorgan: den »Bayern-Kurier«. Der »Bayern-Kurier« ist eine Art Erbauungsblatt mit stellenweise leicht intellektuellem Einschlag und findet deshalb reißenden Absatz, weil mit einem Abonnement 300 Tage Ablaß pro Monat gewährt wird, und weil einen außerdem die Polizei nicht aufschreibt, wenn man im Halteverbot steht und auf dem Rücksitz gut sichtbar dieses Blatt liegen hat.

Vier Jahre war es nun ruhig um Strauß. In aller Stille wurde er 1965 fünfzig Jahre alt, und im Jahr darauf war er wieder da: Als im Oktober 1966 die Regierung Erhard stürzte, weil die FDP (damals noch ohne Punkte...) die Koalition verließ, bildete Kurt Georg Kiesinger die erste und bisher einzige große Koalition in der Geschichte der Bundesrepublik, und Franz Josef Strauß (inzwischen schon vierfacher Dr. h. c.: der Universitäten Detroit, Cleveland, Chicago und – wo immer das ist – Salamazzo) wurde Finanzminister. Ein rätselhafter Vorgang. Kein Mensch redete mehr von »Fibag« und Onkel Alois, nicht einmal die SPD erwähnte auch nur mit einem einzigen Wort die Lüge vor dem Parlament von 1962. Es war damals, als wären die Vorgänge von vor vier Jahren überhaupt nicht gewesen oder allenfalls ein böser Traum. Ein Rätsel. War es ein neuer Franz Josef Strauß, gar ein *anderer*? Nur daran, daß er sich damals von einem Image-Berater eine neue Frisur verschreiben ließ, konnte es nicht gelegen haben. Ein Rätsel.

Franz Josef Strauß blieb Finanzminister, bis 1969 die Koalition SPD/FDP (immer noch ohne Punkte) unter Brandt zustande kam. Strauß schien danach unschlüssig. In Bonn war er nichts mehr außer Minister a. D. und Bundestagsabgeordneter. In Bayern war er zwar als Parteivorsitzender der CSU (seit 1961 und bis heute) der starke Mann, aber als Ministerpräsident regierte hier Alfons Goppel, ein höchst harmloser Mensch, der wohl mit Recht nur als verlängerter Arm

Strauß' galt. Offenbar schwankte Strauß, ob er die Hoffnungen, zu denen er – nun nicht mehr überall der Jüngste – doch immer noch berechtigte, in Bonn oder in Bayern erfüllen sollte. Die Bundesebene war ein unsicheres Pflaster, Bayern für den Ehrgeiz zu eng. Dabei machte die Entwicklung der Wählergunst alle Prognosen schwer. Während in Bayern die CSU-Prozente bei den Wahlen in schwindelnde Höhen stiegen, sackten die Unions-Prozente bundesweit ab. Die Unterstützung, die Strauß der Union und dem Kandidaten Kohl im Wahlkampf von 1976 bot, wurde selbst in Kreisen der CDU eher als Behinderung empfunden.

Nach der Wahl wurde in der Umgebung des enttäuschten Kohl gebrummt, daß die in Norddeutschland als vabanquehaft wirkenden Wahlreden Strauß' eher geschadet hätten. Nicht nur einer hat damals behauptet, daß Strauß das absichtlich getan hätte. Als dann aber 1980 Strauß selber – inzwischen, seit 1978, bayerischer Ministerpräsident – als Kanzlerkandidat der Union auftrat, erzielte sie ihr schlechtestes Wahlergebnis seit Bestehen.

Strauß verzichtete danach auf sein Direktmandat aus seinem angestammten Wahlkreis Weilheim, was allgemein als endgültige Abwendung von der Bundespolitik gewertet wurde. Auch die »Wende« zwei Jahre später veranlaßte Strauß nicht, wieder ein Ministeramt in Bonn zu verlangen (was ihm nicht hätte verwehrt werden können), und die neuerliche Kandidatur im Kreis Weilheim und auf Platz 1 der Landesliste bei den Bundestagswahlen 1983 waren wohl eher symbolischen Charakters. Nach einigem – wie bei

Strauß gewohnt von Redewendungen umbrämtem – Zögern lehnte er es nach dem Wahlsieg der neuen Koalition CDU/CSU-F.D.P. (jetzt mit Pünktchen) ab, als Minister nach Bonn zu gehen, und so ist er heute immer noch bayerischer Ministerpräsident und auch immer noch Vorsitzender der CSU.

Der ehemals jüngste Hoffnungsträger der BRD ist heute der wohl dienstälteste Politiker der Bundesrepublik, er ist älter als der Bundespräsident, älter als der Bundeskanzler, er ist – mit Ausnahme Reagans – älter als fast alle westlichen Regierungschefs, sogar älter als der Kreml-Herrscher. Dennoch umgibt Franz Josef Strauß immer noch nichts Patriarchalisches, im Gegenteil, er gibt und bewegt sich so, als ob er immer noch zu Hoffnungen berechtige.

Wer ist dieser Franz Josef Strauß? Oft genug wird er als politische Potenz, als Mann von Ausstrahlungskraft und Kompetenz, als Absonderer von konservativem Charisma, ja sogar als Staatsmann gerühmt. Was sind seine Verdienste? Daß er der älteste diensthabende Politiker ist, ist an und für sich kein Verdienst, nur ein Ergebnis des Zeitablaufs. Auch daß Strauß es verstanden hat, durch nunmehr vierzig Jahre sich mit beispielloser Standfestigkeit auf der Bühne zu halten, ist nicht unbedingt ein Verdienst – für *ihn* schon. Für das Vaterland – ? In unserem heutigen politischen Zeitalter der Berufspolitiker (was notwendig gleichbedeutend ist mit: Wiederwahlstrategen) gilt zwar offenbar das Kleben am Sessel als Tugend, wie die Vorgänge und Kommentare zu den Vorgängen mit Barzel oder Lambsdorff oder Schwarz-Schilling aufzeigen; insofern ist es verständlich, daß man es bewundert, wenn ein Politiker nach so einem skandalösen Vorgang wie der »Spiegel«-Affaire und der frechen Lüge vor dem Parlament schon nach vier Jahren mit dem Anspruch auf völlige Absolution zurückkehrt und so tut, als habe er sein Gesicht nie verloren. Vom Standpunkt des aufstrebenden Sesselklebers auf den Regierungshinterbänken aus mag das etwas wert sein, aber ein Gentleman verhält sich anders. Aber Strauß will gar kein Gentleman sein, jedenfalls nicht ununterbrochen, er will ein Staatsmann sein. Was hat er als solcher geleistet? Sein Beitrag als Verteidigungsminister beim Aufbau der Bundeswehr ist zumindest umstritten. Diese Tatsache umreißt das inzwischen auch schon fast vergessene Wort »Starfighter«. Als Finanzminister in der Großen Koalition hat er sich hauptsächlich damit beschäftigt, die Arbeit des Wirtschaftsministers Schiller zu behindern (und dieser ihn, muß man gerechterweise sagen), in seine Amtszeit fiel die erste schwerwiegende Wirtschaftskrise. Als bayerischer Ministerpräsident hat er den Maximiliansorden für Kunst und Wissenschaft neugegründet. Und sonst? Man muß sich natürlich davor hüten, ihm das Fehlen sensationeller Umschwünge und Neuerungen als staatsmännische Mängel des Regierers anzukreiden. Diejenigen Herrscher, über die die Geschichtsbücher verlegen schweigen, waren meist die besten. Vielleicht gehört Strauß, was Bayern betrifft, zu ihnen, und dieses stille Verdienst soll ihm dann anläßlich seines siebzigsten Geburtstages ausdrücklich attestiert werden.

Franz Josef Strauß gilt aber – nicht nur in Bayern – als Hort (und Hoffnung?) des demokratischen Konservatismus. Seine Kritiker und Gegner (die vielleicht sogar seine Feinde sind) bezweifeln seine demokratische Gesinnung. Das dürfte falsch sein. Was man auch gegen Strauß sagen kann: Undemokratisch gehandelt hat er nie, auch hat er seine Interessen und Ziele nie mit undemokratischen Mitteln durchgesetzt, wenngleich – aber das muß erlaubt sein – unter Ausnützung aller demokratischen Mittel. Würde er heute, was natürlich völig ausgeschlossen ist, zum Beispiel als Parteivorsitzender der CSU nicht wiedergewählt werden, würde er sich zwar ärgern, würde vielleicht in der Abschiedsrede ausfallend werden, würde aber nicht – grob gesprochen – zur Maschinenpistole greifen. Insofern ein Demokrat, und das soll man doch nicht unterschätzen. Wie es dazu allerdings ganz innen in ihm ausschaut, weiß man nicht. Das weiß man bei niemandem, und Strauß ist nicht so dumm, seine geheimsten politischen Träume zu verraten, auf die man nur aus seinen verschämten, aber deutlichen Sympathieäußerungen für Politiker wie Alfredo Stroessner oder Pinochet oder für das Regime in Südafrika schließen kann. Oder sind diese Sympathien Ausfluß seines Konservatismus?

In Zeiten wie heute, in denen die Fragwürdigkeit allen Fortschritts überdeutlich geworden ist, sollte man langsam beginnen, den Begriff Konservatismus nicht mehr als Schimpfwort zu gebrauchen. Strauß ist antimarxistisch. Auch das ist nicht ehrenrührig, im Gegenteil. Der Marxismus ist eine sozialwissenschaftliche Lehre aus der Mitte des 19. Jahrhunderts. Ihre Unhaltbarkeit ist heute klar. Es stimmt fast nichts an den von Marx postulierten Voraussetzungen und noch weniger an den prophezeiten Entwicklungen. Ihren praktischen Wert beweisen die Schiffbrüche der real existierenden Systeme: Er ist gleich Null. Wenn man heute noch Marxist ist, so kommt einem das vor, als behandelte ein Arzt einen Patienten mit den Medikamenten von 1848. Seltsamerweise leugnet das marxistische Denksystem, das den Fortschritt an sich als geschichtliche Gesetzmäßigkeit betrachtet, den Fortschritt des Systems selber. Antimarxist zu sein ist ehrenwert, auch wenn es – vorerst – noch ein Tabu ist.

Strauß hat dieses Tabu oft gebrochen – und er hat gegen die eigene Überzeugung gehandelt. Er, der Antimarxist, war es, der dem DDR-Regime, dem 1983 wirtschaftlich das Wasser bis an den Hals stand, einen Milliardenkredit vermittelte, der wahrscheinlich eine »polnische Entwicklung« in der DDR verhindert hat. Warum hat Strauß das getan? Ich darf und will von keinen Vermittlerprozenten sprechen, denn mir fehlen dazu konkrete Anhaltspunkte. Strauß ist in China, in Polen, in der Tschechoslowakei und in der DDR als moralischer Sonderbotschafter aufgetreten (wenngleich die Reisen zum Teil als privat bezeichnet wurden), und hat sich begrüßen und feiern lassen. Weiß Strauß nicht, was das bewirkt? Wenn ein westlicher Sozialist einem Honecker die Hand gibt, so ist das keine große Sache. Aber wenn das ein dezidiert konservativer Politiker tut, so ist das eine breitflächige Vergebung der Sünden. Entweder hat Strauß das wirklich nicht bedacht, oder es ging ihm nur um die vordergründige politische Sensation. Handelt so ein *Staatsmann*?

Die engere Heimat Strauß' ist Bayern, und seine engste Heimat ist die CSU. In einer Kontinuität, die in einem demokratischen System beispiellos ist, hat Strauß diese Partei mitbegründet, geführt und durch 40 Jahre geprägt, so daß man mit Fug und Recht behaupten kann, Strauß und die CSU seien identisch. Nicht zuletzt ein nachgerade genialer Trick hat 1949 die Weichen für die politische Bedeutung der CSU im Bund gestellt, die hier über ihr Wählerpotential hinaus Gewicht hat: die Fraktionsgemeinschaft mit der CDU. Was staatsrechtlich gesehen eine Fraktionsgemeinschaft ist, weiß eigentlich niemand, im Grundgesetz ist sie nicht vorgesehen. Während sich damals die Unionsparteien, die in den verschiedenen Ländern und Besatzungszonen nach 1945 entstanden, nach und nach zu einer Partei zusammenschlossen, blieb die CSU in deutlicher Distanz, und als 1949 die CDU als – abgesehen von Bayern – bundesweite Partei als Fraktion in den ersten Bundestag einzog, bildete die CSU mit ihr lediglich eine Fraktionsgemeinschaft. Sie erwies sich, obwohl oder gerade weil unklar definiert, als besonders wirksam. Zum Beispiel: Wenn es um die Parteistärke insgesamt geht, figurieren CSU und CDU als Einheit (etwa bei dem Anspruch auf die Besetzung des Bundestagspräsidentenposten); anderseits beanspruchen beide Teile der Fraktionsgemeinschaft selbständigen Parteistatus (bei der Besetzung der Ausschüsse zum Beispiel oder bei der Berücksichtigung in der Zahl der Bundestagsvizepräsidenten); es wundert einen, daß das noch niemand bemängelt hat, nicht einmal die Grünen. Wahrscheinlich ist diese dubiose Fraktionsgemeinschaft sogar verfassungswidrig. Aber das wurde nie überprüft. Wichtiger aber als die Wirkung dieser Fraktionsgemeinschaft nach außen ist die nach innen. Die Abhängigkeit der CDU von der CSU ist weit größer als vom jeweiligen Koalitionspartner, was wohl in fast unwägbaren Gründen liegt, die zu untersuchen hier zu weit führen würde. Jedenfalls hat sich diese Abhängigkeit der CDU oft und oft gezeigt, und das ist der eigentliche Machthebel Strauß' in der Bundespolitik.

Es hat zwei Anläufe in der Geschichte der CSU gegeben, die Fraktionsgemeinschaft aufzuheben: einmal 1976 nach der Wahlniederlage der Union und den kindischen Vorwürfen Kohls, Strauß mit seiner Hemdsärmeligkeit habe das verschuldet; das zweite Mal 1979 nach den Schlappen der CDU bei mehreren Landtagswahlen, und als die CDU sich im Mai jenes Jahres zunächst weigerte, Strauß als Kanzlerkandidaten zu akzeptieren. Beide Male drohte Strauß mit dem Knüppel der Aufkündigung der Fraktionsgemeinschaft, beide Male wollte er – eine inkonsequente Haltung – zwei Hasen mit einer Hand fangen. Er wollte die CSU bundesweit ausdehnen, aber gleichzeitig die CDU in den Grenzen Bayerns nicht zulassen. Als die CDU Miene machte, in Bayern »einzumarschieren«, und als sich innerhalb der CSU plötzlich Strauß-Dissidenten in einer für den Vorsitzenden unerwartet hohen Zahl zeigten, steckte Strauß zurück. Die Fraktionsgemeinschaft wurde fortgesetzt und weiter praktiziert bis heute. Es ist nicht zu leugnen, daß diese Fraktionsgemeinschaft und die Selbständigkeit der CSU wie kein anderes politisches Phänomen die Eigenständigkeit Bayerns und seine Sonderstellung

unter den Bundesländern befestigt hat; man mag es begrüßen oder bedauern.
Nicht nur bei der erwähnten Gelegenheit wurde den staunenden Beobachtern vor Augen geführt, daß es innerhalb der CSU eine Opposition gegen Strauß gibt. Man erinnert sich auch an andere Querelen: mit dem seinerzeitigen »Kronprinzen« Heubl, mit Gustl Lang, als er Fraktionsvorsitzender im Landtag war, mit dem Rebellen Handloser oder mit dem Kultusminister Maier, den Strauß offenbar wenig schätzt (was wohl auf Gegenseitigkeit beruht),auf den er aber wegen dessen Hausmacht – die mitgliederstarke katholische Laienorganisation – Rücksicht nehmen muß. In allen Fällen und immer wieder hat Strauß mit dem Geschick bakteriologischer Antikörper die Eiterherde bereinigt: durch Ministerämter, durch Lob und Tadel oder durch Isolierung. Gelegentlich drang dieser Führungsstil auch nach außen: Als sich der eher durch ein Versehen 1978 zum Münchner Oberbürgermeister gewählte Erich Kiesl in den ersten Wochen seiner Amtszeit eines Benehmens befleißigte, das nur als dumm-dreist bezeichnet werden kann, marschierte Strauß in eigener Person ins Rathaus und mischte Kiesl – mit Recht – verbal derart auf, daß es bis knapp auf den Marienplatz unten hörbar war. Kiesl konnte danach aufrecht unter der geschlossenen Tür durchgehen und zeigte Reue und Umkehr. (Es half übrigens nichts mehr. Die Bürger vergaßen es sechs Jahre lang nicht und bescherten der CSU 1984 eine Schlappe.)
So zeigt sich alles in allem die CSU als erratischer Block, in den das Gesicht Strauß' gemeißelt ist: der äl-

teste Politiker, der einmal der jüngste war, lang, lang ist's her. Berechtigt er noch zu Hoffnungen? Wenn man so wie Strauß vierzig Jahre lang in der Öffentlichkeit steht, muß man es sich gefallen lassen, daß einem auch an seinem Geburtstag nicht geschmeichelt wird. Ich vermute übrigens, daß Strauß die Schmeicheleien seiner Freunde und Mitstreiter gar nicht lesen wird. Er weiß eh', was da drin steht. Was soll Stoiber schon im dieswöchentlichen Leitartikel des »Bayernkurier« schreiben: »... der große Staatsmann, der große Patriot, der große Demokrat...« Da gähnt selbst Strauß – nein: gerade er. Daß er eine Barocknatur sei, ist oft genug gesagt worden. Wenn man unter einer Barocknatur einen Menschen versteht, der hohe und niedrige Regungen gleich auslebt, der das Spektakel liebt, der sich hinter einer Maske verbirgt, der von der Hinfälligkeit alles Irdischen weiß und die Welt doch genießt, dann ist Franz Josef Strauß ein Barockmensch. Und wenn man noch dazu bedenkt, daß die beiden kurfürstlichen Jahrhunderte: das XVII. und das XVIII., die Barockzeit also, die eigentliche Glanzzeit Bayerns waren, wird das noch stimmiger. Als barocker Mensch ist Strauß nicht frei von Eitelkeit. So werden ihm die Schmeicheleien wohltun, *unterhalten* werden sie ihn nicht.

Der Gedanke an den Tod ist für einen Barockmenschen stets gegenwärtig, und das memento mori gehört immer auch zu seiner Feststimmung, weshalb ich mich nicht scheue zu fragen: Ist die Hoffnung, die die CSU auch jetzt noch in Strauß setzt, sein Tod? Es ist nämlich kein Zweifel, daß nichts, außer das Ableben, Franz Josef Strauß vom Sessel des Parteivorsitzenden der CSU heben kann. Und wer hofft? Es fällt auf, daß sich Strauß mit einer Riege smart-agiler, leicht lodenumtuchter und doch jet-settender junger Männer umgibt (Tandler, Stoiber, Wiesheu, sozusagen Jodler in allen Weltsprachen), von denen es aber zu viele gibt, als daß ein einzelner als designierter Nachfolger gelten oder gar gefährlich werden könnte. Strauß war es nicht vergönnt, die Hoffnungen, zu denen er zeit seines Lebens berechtigt hat, je wirklich ganz zu erfüllen. Er wird auch diese letzte nicht erfüllen, denn mit ihm geht dereinst die CSU, so wie sie jetzt ist, wahrscheinlich unter. Man kann sich eine CSU ohne Strauß schwer vorstellen, und wenn sie es einmal sein wird, wird eine Bereinigung des schwebenden Verhältnisses mit der CDU unausweichlich sein. Daran sind viel zu viele in der CDU interessiert. Es wird dann wohl eine bayerische CDU geben und eine bundesweite CSU, und das wird ihr Ende sein, sie wird bedeutungslos werden wie heute schon die Bayernpartei. Ob man darauf hoffen soll – selbst wenn man, wie der Schreiber dieses, nie CSU gewählt hat –, erscheint dann doch fraglich, denn der immer noch nicht überwundene Hang zum Zentralismus ist ein Teil des unseligen Fortschrittglaubens, der uns so viel Unglück gebracht hat. Und so gesehen kann selbst ich mich zumindest heute zu einem, wenngleich verhaltenen, Glückwunsch für Franz Josef Strauß aufraffen, der, wenn auch nicht auf den ersten Blick sichtbar, in diesen Zeilen enthalten ist.

(Vom „Rheinischen Merkur“ als Festartikel zum 70. Geburtstag 1985 bestellt, aber nicht gedruckt; erschienen in der „Weltwoche“, Zürich)

Oans – zwoa – g'suffa oder:
Versuch einer Standortbestimmung

München. »Meine Minkerne Stadt«. »Z'Minka steht a Hofbräuhaus«. Die Kellnerin, die im Hofbräuhaus z'Minka mit rabiater Unfreundlichkeit bedient, muß auch die Maßkrüge ausspülen. In der Schwemm' steht zu dem Zweck ein großer Trog mit Wasser. Die Kellnerin hat drei leere Maßkrüge in der Hand, taucht die Maßkrüge – bleibt kaum dabei stehen – in den Trog, taucht sie ein paarmal unter, daß es gurgelt, läßt sie abtropfen. Sie geht zum Schankburschen, die Maßkrüge werden wieder aufgefüllt. Das Bier schäumt. Ein Drittel Schaum, zwei Drittel Bier. Der Wirt versteuert pro Hektoliterfaß 125 Liter. Das Finanzamt geht also davon aus, daß in einem Maßkrug ein Viertel Schaum und drei Viertel Bier ist. Der Wirt ist schlauer als das Finanzamt, oder: der zuständige Finanzbeamte trinkt kein Bier, trinkt Wein. Ein Betrunkener kommt und speibt in den Trog. Die Kellnerin hat es nicht gesehen. Der Betrunkene torkelt hinaus. Die Kellnerin hat wieder drei leere Maßkrüge in der Hand, dreht sie nun um und stülpt sie in den Trog, läßt es gurgeln. Oans – zwoa – g'suffa. Meine Minkerne Stadt. Aber woanders ist es auch nicht besser. Ich möchte nicht wissen, wie es bei Selfridge's in London in der Küche zugeht. Ich möchte nicht einmal wissen, wie es bei Bocuse in Lyon zugeht.
Meine Minkerne Stadt. 48° 9' nördliche Breite, 11° östliche Länge von Greenwich, 529 m Seehöhe, mittlerer

Luftdruck 715,2 mm, mittlere Jahrestemperatur 6,4° Celsius. Wenn die mittlere Jahrestemperatur steigt und steigt, weil die Atmosphäre verschmutzt ist, und irgendwelche wetterbestimmenden Strahlen nicht mehr herein- oder herauskönnen, und die Polkappen schmelzen, und das Meer steigt, sagen wir: um 25 Meter, dann ersaufen Hamburg und London (samt Selfridge's) und Leningrad, aber München nicht: 529 Meter Seehöhe. Selbst wenn das Meer um 500 Meter steigt, ragt München immer noch 29 Meter heraus. Aber mittlere Niederschlagsmenge: 747 mm. Deshalb haben bessere Maßkrüge Deckel, damit es nicht hineinregnet. Oans – zwoa – g'suffa.

Brockhaus von 1903: 499 932 Einwohner, darunter 418 594 Katholiken, 68 562 Evangelische, 741 Reformierte, 1715 Altkatholiken und 8739 Israeliten. Die Zahl der Geburten betrug 1901: 18 895, darunter 604 Totgeburten, der Eheschließungen 5719, der Sterbefälle 11 171. In der Garnison liegen das Infanterieleibregiment, 1. Infanterieregiment ›König‹, 2. Infanterieregiment ›Kronprinz‹, 1. Schwere Reiterregiment ›Prinz Karl‹ nebst der Eskadron ›Jäger zu Pferd‹ etc. etc. das Eisenbahnbataillon, die Telegraphenkompanie und die Kavallerietelegraphenschule. Was haben die mit den Pferden telegraphiert? Oans – zwoa – g'suffa? Von den 8739 Israeliten hatten, schätze ich, drei Viertel die Chance, den 9. November 1938 zu erleben. Die Chance, den 10. November 1938 zu erleben, war geringer. Um sich die Jagdpacht des Bankiers unter den Nagel zu reißen, zündete der ehemalige Hausknecht und Pferdehändler, Hitlers Freund und späterer Fraktionsführer und Hauptrabauke im

Stadtrat sowie Kreistagspräsident und Präsident des Rennvereins Daglfing Christian Weber eigenhändig die Villa des jüdischen Barons von Hirsch an. Feuer macht Hitze. Hitze macht Durst. Oans – zwoa – g'suffa. »Presadent« Weber, ein praktizierender Analphabet, war ein großer Freund des Bieres.
München, »meine Minkerne Stadt« (Carl Orff), Weltstadt mit Herz, Stadt mit den meisten Dackeln, 40 Tonnen Hundescheiße im Jahr, »Hauptstadt der Bewegung«, »Stadt der deutschen Kunst«. Der deutsche Hauptkünstler wohnte am Prinzregentenplatz. Das Haus gehört zu den ca. 10 Prozent der Münchner Häuser, die von den 450 Luftminen, 63 000 Sprengbomben, 142 000 Flüssigkeitsbrandbomben und 3 316 000 Stabbrandbomben nicht getroffen wurde. Es steht noch. Eine Gedenktafel ist nicht angebracht (in doppeltem Wortsinn). Der Münchner Kunsthändler Hanfstaengl kaufte 1937 in der Schweiz für 250 000 Mark pornographische Zeichnungen des deutschen Hauptkünstlers an, um zu verhindern, daß sie in den internationalen Kunsthandel gelangten. Die Zeichnungen stellten die intimsten Details von des Künstlers Nichte Geli Raubal dar, die sich später in eben der Wohnung am Prinzregentenplatz erschoß. Der Künstler war Vegetarier. Im übrigen liebte er Süßigkeiten, weswegen er an Verdauungsbeschwerden litt. Seine Anzüge ließ er bei Lotz und Leussmann in der Pfandhausstraße (heute Pacelli-Straße) machen. An einer Konditorei konnte er nicht vorbeigehen ohne einzukehren und etwas zu naschen. Er konnte nicht einmal vorbei*fahren*. Zur Beerdigung von Görings Mutter im Waldfriedhof kam er deswegen zu

spät, weil am »Harras« eine Konditorei war. Dies führte zu einem tiefgreifenden Zerwürfnis zwischen ihm und Göring. »Wenn ein einziges feindliches Flugzeug die deutsche Reichsgrenze überfliegt, so soll ich Meier heißen«, sagte Göring 1939. 1943 ernannte ihn ein unbekannt gebliebener Münchner vom Meier zum Obermeier.

München, die Kunststadt. Die Pinakothek zählt jährlich im Durchschnitt 250 000 Besucher, 92 % davon Touristen. Bei einer Bevölkerungszahl von 1,2 Millionen besucht also jeder Münchner alle 47,002 Jahre einmal die Pinakothek. Den Tierpark besucht er immerhin alle 25 Jahre. Anläßlich des hundertjährigen Bestehens des kommunalstatistischen Amtes 1975 wurde ein Buch herausgegeben, aus dem das alles zwar nicht entnommen, aber errechnet werden kann, auch daß es im Jahr 1963 im Stadtgebiet (ohne Landkreis) 4 174 Rindviecher gegeben hat, im Jahre 1973, ein Jahr nach den »Olympischen Spielen« bereits 4 753. Die Bevölkerungszahl allgemein nimmt dagegen eher wieder ab.

»Obenan« schreibt der »Brockhaus« von 1903 »steht die Bierbrauerei: in 24 Brauereien werden jährlich 3,3 Mill. hl Bier gebraut...« 1973 gab es nur noch sieben, der Bierausstoß betrug 4,2 Millionen Hektoliter. Wenn sowohl 1903 als auch 1973 davon auszugehen ist, daß die Hälfte des Bieres für den Export bestimmt war, wenn man weiter zugrunde legt, daß 1909 die Bevölkerung 500 000, 1973 1,2 Millionen zählt, errechnet sich, daß 1903 weit mehr als doppelt soviel Bier getrunken wurde als 1973. 1903 gab es aber auch die Anthropologische, die Psychologische, die Geographische, die Juristische und die Meteorologische Gesellschaft, einen Alpen-, einen Altertums-, einen Journalisten-, einen Schriftsteller-, einen Kunst- und einen Oratorienverein sowie drei Freimaurerlogen und 24 Innungen, die täglich einen Früh-, einen Dämmer- und einen Abendschoppen veranstalteten, und dazwischen lagen die Herren auch nicht trocken. So ist es nicht verwunderlich, daß den 38,5 Millionen Mark Guthaben bei der Städtischen Sparkasse 166 782 Pfänder in dem städtischen Leihhause gegenüberstanden. Oans – zwoa – g'suffa.

Bereits 1897 bestand die Bevölkerung Münchens nur noch zu 37 % aus Eingeborenen, zu 53 % allerdings noch aus zugezogenen Bayern (zu denen der oben erwähnte, aus Mittelfranken stammende Hausknecht Weber gehörte), zu 6 % aus anderen Deutschen – also Preußen, kursorisch gesagt – und zu 4 % aus Ausländern, »unter denen« – wie der »Brockhaus« aus jenem Jahr vermerkt – »die Österreicher und Ungarn überwiegen«. Wenige Jahre später zog ein Österreicher aus Braunau am Inn zu…

»Insoweit«, schreibt der »Brockhaus« weiter, »sich noch typische Figuren des Münchners finden, zeigt dieser sich wieder, trocknen Humors, genußfreudig, aber bei schwerer Arbeit ausdauernd und kräftig, für das Fremde nicht leicht einzunehmen, auf seine Stadt und ihre Schönheiten stolz, wenn auch mit mancher großstädtischen Neuerung nicht immer sofort einverstanden«.

Die in dieser tiefsinnigen Äußerung zwischen den Zeilen herauszulesende Meinung der »Brockhaus«-Redaktion, daß großstädtische Neuerungen zu stolzen Schönheiten führten, hat sich bis in unsere Tage erhalten. Die oben erwähnten 142 000 Flüssigkeitsbrandbomben usw. haben nicht annähernd soviel Unheil angerichtet wie die Stadtplanung und der Verkehrsausbau nach 1945 unter den in der Bevölkerung im herzlichen Andenken stehenden Oberbürgermeistern Thomas Wimmer und Hans-Jochen Vogel. Als herausragende Baudenkmäler großstädtischer Neuerungen seien der Kaufhof am Marienplatz (im Stil eines Panzerkreuzers), der Altstadt-Ring (im Stil eines Flächenbombardements) und die Matthäus-Kirche am Sendlinger Tor (im Stil einer orthopädischen Einlegesohle) genannt. Aber auch das Olympia-Zelt, das BMW-Gebäude und die den Mittleren Ring zierende Rudi-Sedlmayr-Halle (im Stil eines umgedrehten Fritierkorbes) sind nicht von schlechten Eltern. Wer Rudi Sedlmayr war, konnte auch bei der Stadtverwaltung nicht erfragt werden. Die Isar-Ufer abzuholzen und an Stelle der dortigen Anlagen eine Schnellstraße zu errichten, blieb dem Oberbürgermeister seinerzeit versagt. Gäbe es diese Schnellstraße, würde sie Jochen-Vogel-Tangente heißen. Wer Jochen Vogel war, weiß man.

»Im Hofbräuhaus«, schreibt der »Brockhaus« von 1897 weiter, »wo man sich selbst bedient, statt des Stuhls mit einem Faß, statt des Tellers mit einem Blatt Papier oder auch der flachen Hand begnügt ...«, man sieht: der ungenannte Autor dieses Artikels des in Leipzig erschienenen Lexikons hat vermutlich nie einen Fuß ins Hofbräuhaus gesetzt; er steht dem allem mit exotischem Interesse eines Ethnologen für Zulu-Neger gegenüber, aber lassen wir ihn weiterreden: »… um Stand und Würden des Nachbarn unbekümmert, mit diesem rasch ein gemütliches Gespräch anknüpft, oder in den zahlreichen Lagerbierkellern spielen sich köstliche Volksbilder ab …«, zu denen wahrscheinlich die eingangs geschilderte Szene am Spültrog gehört, »… deren Eigenart sich steigert zur Zeit des Bocks, einer im Monat Mai zum Ausschank gelangenden, besonders kräftigen Biersorte, oder des Salvators, der schon um Ostern im sog. Zacherlbräu verabreicht wird.« Auch der »Zacherlbräu« ist dem Ausbau einer Kreuzung zum Opfer gefallen. Dort wird heute kein Bock mehr verabreicht, nur noch Abgase.

Der Aufschwung, den die Stadt genommen hat, ist atemberaubend. Die Zahl der Morde konnte von 1964 bis 1973 um 11 auf 22, also um 100 %, die Zahl der einfachen Diebstähle von ca. 24 000 auf ca. 43 000 erhöht werden. Gleichzeitig ist ein Ansteigen der Sittlichkeit zu verzeichnen, denn die Unzuchtsdelikte (einschließlich Kuppelei und Zuhälterei) sind von 1 600 auf 1 200, die Zahl der Abtreibungen von 69 auf 31 zurückgegangen. Die restlichen 31 Abtreiberinnen dürften in der Zwischenzeit München ebenfalls bereits verlassen haben, wie das für die Sozialisten vernichtende Stadtrats-Wahlergebnis von 1978 zeigt. Daneben beherbergt München eine große Zahl von öffentlichen Einrichtungen weithinreichenden Charakters. Der Schnorrerkönig Poldi Waraschitz, an den sich vielleicht der eine oder andere heute noch erinnern kann, verlegte sein Tätigkeitsfeld seinerzeit von Wien nach München, weil sich Schnorren in München mehr lohnte. »Konsul« Weyer saß in München-Stadelheim in Untersuchungshaft, ein »Generalkonsul« Styler (was Konsuln nicht für Vorliebe für das »y« haben?) schlurfte viele Jahre durch die Innenstadt und verbreitete in Gerichtsverhandlungen wegen unerlaubter Titelführung Wolken billigen Parfüms. Über diese und gleichgelagerte Herrschaften schreibt in der Institution »Abendzeitung« ein Mensch namens Graeter, der insofern ein Markstein des deutschen Journalismus ist, als er den niedrigsten Intelligenzquotienten bezeichnet, mit dem man noch Journalist werden kann. In München verbreiten mehrere Fernsehproduktionen mit Hilfe des Bayerischen Rundfunks alle jene Sendungen, die geeignet sind, den Zustand zu erreichen, von dem Georg Lohmeier sagt, er sei der einzige, der den Bayer wirklich zufrieden mache, und der dann eintrete, wenn endlich alle Welt davon überzeugt sei, daß die Bayern die größten Deppen sind, die es gibt. Lohmeiers eigene Sendereihen »Königlich Bayrisches Amtsgericht« sowie »Und der Huber bläst die Tuba« wurden auch in München produziert.

Und München ist der Sitz der »Turmschreiber« seit ihrer Gründung 1958, was nicht im »Statistischen Handbuch« verzeichnet ist, woran man sieht, wie wenig man solchen Publikationen trauen darf. Die »Turmschreiber« sehen ihre Aufgabe darin, durch besinnliche Verse und Prosa über den Zustand Münchens hinwegzutäuschen, sie versuchen durch kernige Reime die Tatsache zu vertuschen, daß die bayerische Sprache nicht nur in einem deutsch-preußischen Einheitsslang untergeht, sondern noch viel schlimmer, durch betuliche Volkstümlichkeits- und Folkloremodernität abgewürgt wird.

Robert Musil sagt, die Aufgabe des Schriftstellers sei, einen Knoten in den endlosen Faden zu machen, was hier rücksichts München versucht ist. Einer muß den Knoten machen. Aber vielleicht wird man empfehlen, diesen Beitrag doch durch das Gedicht zu ersetzen:

> Wia i no a Buaberl war in der Au,
> mei! wia war da der Himmi blau,
> da san no die ganz kloa Heisl' g'standen,
> da war die G'mütlichkeit no vorhanden,
> da san mir durch die Zäun' durchg'schluffa –
> Oans – zwoa – g'suffa.

Die Stadt

»... Unwiderstehliches ist nichts als die Lockung des Vergänglichen.«
(Fabius von Gugel »Lob der Verzweiflung«)

Es ist nicht ganz richtig, das Begriffspaar Stadt – Land mit dem Begriffspaar Kunst (oder Kultur oder Zivilisation) – Natur in Verbindung zu bringen oder gar gleichzusetzen. Zwar ist die Stadt eigentlich aus Stein, und die Gärten in den Städten sind eingedrungene Fremdkörper, unpassend und deswegen so reizvoll, aber sie ist dennoch ein so kompliziertes Gebilde, daß sie von sich aus eine spezielle Art Natur ist. Die Geschichte der Menschheit ohne die Ausblüte in das (vielleicht giftige, aber schöne) Phänomen *Stadt* wäre undenkbar. Auch der Gang der Geschichte der Menschheit ist Teil seiner Natur, und so ist wieder die Stadt ein Teil der Natur.
Zu dem, was das Gebilde Stadt so kompliziert macht, gehört, daß es in jeder Stadt mehrere Städte übereinander gibt. Es sind das Schichten verschiedener Art. Sie können sich im Namen äußern. Auf Byzanz war Konstantinopel gebreitet und darauf Istanbul, und unter Byzanz liegt wahrscheinlich mindestens ein noch älterer, vergessener Name. In Rom, der Stadt der Städte, sind die Schichten an besonders begnadeten Orten mit einem Blick sichtbar: in San Clemente etwa. Das frühchristliche, barbarisch-germanische

Rom hat seinen Teppich auf das antike Rom gebreitet, das seinerseits schon aus gut und gern vier Städten übereinander bestanden hat; dann kam das heute kaum noch wahrzunehmende gotische Rom, dann das Rom der eigentlichen Päpste, dann das Rom der Savoyarden, das auch heute noch im Grunde genommen die oberste Schicht ausmacht.
Aber in jeder Stadt gibt es noch ganz andere Schichten. Die Stadt bevölkern immer nur die Menschen, die im Augenblick darin leben. In jedem Menschenalter zieht die Einwohnerschaft einmal fort, gründet eine neue Stadt und überläßt die alte Stadt ihren Nachkommen, die wiederum nach einem Menschenalter fortziehen. Obwohl der Vorgang natürlich nicht so einfach ist, wie oben angedeutet – die Menschenalter verwischen und verschränken sich, das Fortziehen in die neue Stadt erfolgt sukzessive –, gibt es in jeder Stadt die ganz anderen, geheimnisvollen Städte der Einwohner, die sie verlassen haben: die Friedhöfe.
Es ist aber nicht so, daß die Toten bleiben würden, wo sie sind. Nur wenige Tote tun das: berühmte Menschen, Musiker, Dichter und Maler, allerdings auch Staatsmänner, Bischöfe, Generäle (obwohl sie es selten verdienen), Ketzer und Heilige, berühmte Menschen, deren Gräber das Ziel des Andenkens und der Verehrung, vielleicht auch nur der Neugier ist. Die anderen Toten fliehen in die vergessenen Schichten, wenn später schon die in die Totenstadt fortgezogen sind, die sich noch ihrer erinnert haben. Die Namen verblassen auf den Grabsteinen, die Fäden der Oberwelt vermodern. So türmen sich Friedhöfe auf Fried-

höfe. Viel mehr Tote *leben* in einer Stadt als Lebendige. München hat heute etwa eine Million Einwohner. Alle die aber zusammengenommen, die von 1159 an in München gelebt haben, ergeben eine Zahl von vielleicht zehn oder zwanzig Millionen. So werden die Lebenden von den Toten überwölbt. Die Stadt gehört gar nicht den Lebenden, die Stadt gehört den Toten, sie sind die Majorität. Wir merken es nur nicht, weil sich die Toten stumm verhalten, rücksichtsvoll, um uns nicht spüren zu lassen, daß uns das Wohnrecht in der Stadt nur geliehen ist.

Wahrscheinlich wird die Menschheit nicht nur durch eine kriegerische Katastrophe oder dergleichen ausgelöscht, sondern – wie sich heute schon andeutet – durch immer schneller sich ausbreitende Krankheiten, die immer schwerer zu bekämpfen sind. Es erweist sich heute schon, daß die Krankheit erfinderischer ist als die Medizin.

Der letzte Berufsstand der Menschheit wird der Totengräber sein. Der allerletzte Mensch wird sich, aber das ist seine Sache, sein Grab selber schaufeln müssen. Dann sind alle Städte endgültig besiedelt.

Herbert Rosendorfer über Christa Wolf: *Laudatio anläßlich der Verleihung des Geschwister-Scholl-Preises*

Störfall: ein Fall, der stört. Sand im Getriebe. Eine Schraube locker, der Ablauf ist gehemmt, der Produktionsprozeß gestört, ein störender Eingriff, ein störendes Ereignis. Ein Störfall liegt vor, wenn der Fall gestört ist. Alles, was der Fall ist, kann gestört werden. Störfälle werden behoben. Der erfahrene Meister öffnet den Deckel, pfeift leise, schiebt die Mütze zurück, alle einmal auf die Seite, die da nichts zu suchen haben, der erfahrene Meister greift hinein in die öligen Gedärme der Maschine: Gewußt wo, nämlich wo die Schraube locker ist, die Maschine läuft wieder, der Störfall ist behoben. Störfälle werden behoben. Gibt es Störfälle, die nicht mehr behoben werden können? Zerstörfälle?

Die Literatur als Störfall: Warum hat es nie affirmative Literatur gegeben, die wirklich etwas wert war? Warum waren die Literaten immer dagegen, immer gegen die Staatstragenden, die Positiven? Ovid ein Störfall, Schillers »Räuber« ein Störfall, selbst Goethe ein Störfall, wenn schon nicht politisch, so doch moralisch. Die Literatur hatte fast immer eine Moral, die erst in der Zukunft gültig wurde. Warum taugen die ganzen Affirmativen, die Heilschreier, die Panegyriker, die Sozialismus-Realisten nichts? Warum bleiben in der Literatur (und in der Kunst überhaupt) die Störfälle übrig? Weil die Literatur dagegen sein muß. Die Moral, der Staat, die Gesellschaft, die Systeme, der Fortschritt sind Ordnung. Kunst ist Unordnung. (Wohlgemerkt: nicht in der Form, da ist Kunst Ordnung, aber im Inhalt, in der Haltung ... Inhaltung.) Oder anders gesagt: Die moralische Ordnung ist autonom. Die Kunst trägt die Moral in sich, eine Moral, die unabhängig von der gesellschaftlich üblichen oder gar staatlich verordneten Moral ist. Die Aufgabe der Kunst ist die Fortbildung der Moral, vor allem ist dies die Aufgabe der informativsten der Künste, der Literatur. Seltsamerweise bleibt das Siegel der autonomen Moral als Qualitätsmerkmal haften, auch wenn die allgemeine Moral die literarische eingeholt hat. Wer einmal Störfall war, bleibt es: Schillers »Räuber« haben überdauert, Klopstocks »Messias« ist ungenießbar geworden; Schopenhauer ist eine spannende und lohnende Lektüre geblieben, der staatsfromme Hegel nicht.

Warum das so ist, warum nur die Störfälle überdauern, ist dunkel. Ganz genau kann man es nicht ergründen. Sicher ist, nebenbei als Warnung, daß das Prinzip umgekehrt nicht gilt: Nicht jeder, der irgend etwas schreibt, um nur frech zu sein, hat die Gewähr der Ewigkeit. Insbesonders fällt auf, daß literarische Proteste um des Protestes willen meistens noch schneller verschwinden als die Frommen. Auch Störfälle müssen in erster Linie doch literarische Qualitäten haben. Warum das so ist, ist ganz oder ziemlich dunkel. Unerforscht. Es gibt nur Annäherungswerte, einen habe ich schon genannt: die scheinbare Unordnung der antizipierten Moral. Ein Künstler ist seiner

Zeit voraus, das ist oft gesagt worden, und man sagt es so mehr oder weniger tiefsinnig: Beethoven war seiner Zeit voraus, Michelangelo war seiner Zeit voraus. Das Wort ist wahr, man sollte aber tiefer sinnen: Wieviel Zeit war er seiner Zeit voraus? Ein Jahr, hundert Jahre? In Zeitprogression, bei den letzten Streichquartetten um 200? Was ist, wenn ihn die Zeit einholt? Oder holt ihn die Zeit nicht ein, weil die Werke eine Eigengesetzlichkeit in der Zeitgeschwindigkeit bekommen? Übrigens waren auch und gerade Beethovens späte Streichquartette Störfälle, sind es bis heute geblieben, denn die Störfallfunktion gilt auch gegenüber der Wissenschaft, der Musikgeschichte, Kunstgeschichte, Literaturgeschichte. Wirkliche Kunst ist nur, was die Experten nicht restlos verstehen. Wirkliche Kunst ist natürlich auch vor allem das nicht, was gerade zu loben Mode ist. Die Mode-Experten der Literatur, die Journalisten, haben fast immer nicht recht. Aber auch dieser Satz gilt nicht umgekehrt: Nicht alles, was ein Journalist lobt, muß schlecht sein. Zur Zeit ist es Mode, den Störfall von Christa Wolf zu loben. Sie erhält heute den zweiten Literaturpreis innerhalb einer Woche.

Nicht jeder, der seiner Zeit voraus ist, ist in der Lage, beständige Kunstwerke zu schaffen, schon der dritte Satz, der umgekehrt nicht gilt. Es ist alles ganz dunkel, die Gründe liegen in den bis in die früheste Jugend der Menschheit zurückreichenden Finsternissen der Seelenentstehung. Die anonymen Maler der Felszeichnungen waren ihrer Zeit um achttausend oder zehntausend Jahre voraus. Warum ist das so? Wohl, weil der Künstler, der Literat, schneller lebt als alle anderen. Er lebt ja mehrere Leben: das eigene, schlichte, bürgerliche, und dann das Leben seiner unzähligen Figuren. Jedes einzelne lebt er. Die ganzen Welten, die er erfindet, muß er leben, die vielen Geflechte aus Schicksalen erlebt er. Er rafft Zeit, er hebt ab. Er umkreist die Erde schneller und schneller, überrundet, wie beim zweiten Donnerstag von Scheibbs, und dann zieht auch er eine Feuerspur auf seinem Längengrad.

Literatur ist nur dann wirkliche Kunst, wenn sie eine Feuerspur hinterläßt, wenn sie ritzt und bremst, wenn sie ein Störfall ist. Sie bewirkt natürlich nichts, hat noch kaum je etwas bewirkt. Man hat ja immer unterschieden zwischen der Kunst und dem Ernst des Lebens. Nie hat jemand die Literatur wirklich ernstgenommen, nie werden ihre Warnungen wirklich gehört, immer galt alles andere außer der Kunst als der Ernst des Lebens, ganz selten hat die Literatur Wirkungen nach außen gezeigt. Die Verantwortlichen, die Mächtigen, die Denker und Lenker haben hie und da die Literatur gefördert, waren feinsinnige Förderer, haben das geistreiche Gespräch mit den Literaten geschätzt, haben sich gefälliger (ich bitte dieses Wort genau zu beachten, gefälliger) Literatur zur Legitimation der Herrschaft bedient, aber wenn es an den Ernst des Lebens ging, um Krieg oder Kommerz, um Aktienkurse und Planerfüllung, um Forschung und Entwicklung, dann wurde die Literatur beiseite gestellt für ruhigere Zeiten. Literatur (und überhaupt Kunst) leistet sich der Ernst des Lebens nur, wenn es nichts Besseres zu tun gibt.

Dabei hat es die Literatur an ernst zu nehmenden Warnungen nie fehlen lassen. Fast zu viel: Seit der Mitte des letzten Jahrhunderts hat die Zahl der negativen Utopien die positiven überflügelt. Vielleicht hängt das damit zusammen, daß man erkannt hat: Immer bewahrheiten sich nur die technischen Prophezeiungen, die schönen gesellschaftlichen nie. (Auch die aus Marx' utopischen Schriften nicht.) Und in der letzten Zeit sind Weltuntergangsromane förmlich Mode geworden. »Ich selber exkludier' mich nicht.« Ich meine dabei nicht die billige Science-fiction, die wohl selten viel taugt, ich meine die Bücher der Autoren, die sich Sorgen machen. Sorgen über die »Störfälle«. Aus den Störfällen ragt der heraus, den Christa Wolf zum Anlaß ihres Buches genommen hat (vorsichtig ausgedrückt), und das Buch selber ragt aus der Menge der Literatur heraus, die im Bewußtsein der Dämmerstimmung geschrieben ist, in der sich die Welt befindet.
Ich habe diese Rede aufgesetzt, bevor ein viel beredeter Zeitungsartikel erschienen ist. Obwohl ich kein Wort dieser Rede anders geschrieben hätte, wenn mir diese Angelegenheit bekannt gewesen wäre, ist es in dieser Situation notwendig, daß ich einige Sätze dazu äußere.
Hier wird ein Buch, Christa Wolfs »Störfall«, preisgekrönt und gelobt. Es erscheint mir nicht angebracht, hier in diesem Zusammenhang auf ein Kritiker-Hickhack einzugehen, zumal die Dinge viel komplizierter liegen. Auch Christa Wolf hat, wie alle guten Schriftsteller, keine politische Meinung, die sich in einem Satz ausdrücken ließe. Ihre Meinung ist daher für

Schlagworte ungeeignet. Außerdem ist ihr Buch, von dem hier die Rede ist, wichtiger, und Mut ist heute an anderer Stelle erforderlich als in der Konfrontation Kapitalismus – Sozialismus. Diese Konfrontation ist obsolet geworden. Die Gefahr, daß an dieser Konfrontation die Menschheit zugrunde geht, ist vorbei. Die Gefahren drohen von woanders her, von der ökologischen Katastrophe. Wenn wir uns noch lang über Kommunismus und Kapitalismus unterhalten, verlieren wir nur Zeit. Aber auch da möchte ich nicht falsch verstanden werden: In letzter Zeit sind Anzeichen zu bemerken, die darauf hindeuten, daß eher das kapitalistische System dazu taugt, die ökologische Krise wenigstens zu entschärfen, ob einem das System sympathisch ist oder nicht.

Der Geschwister-Scholl-Preis 1987 zeichnet ein literarisches Kunstwerk, ein Buch aus, »Störfall« von Christa Wolf, das den Mut hat, auf das einzig wirklich – und manchmal im Wortsinn – brennende Problem unserer Zeit, das endgültige Problem, vor dem wir stehen, hinzuweisen: die Gefahr oder die fast schon sichere Gewißheit des Endes der Menschheit durch eine ökologische Katastrophe. Das und nichts anderes zählt.
Christa Wolf, eine Autorin aus der DDR, ist 1929 in Landsberg an der Warthe, das heute zu Polen gehört, geboren (ich folge hier den Angaben Alexander Stephans; ich hoffe, sie sind richtig) als Tochter des Kaufmanns Otto Ihlenfeld. 1945 flüchtete sich die Familie nach Mecklenburg, von 1949 bis 1953 studierte sie unter anderem bei Hans Mayer Germanistik. Sie hei-

ratete den Germanisten und Essayisten Gerhard Wolf, bekam zwei Töchter. Von 1953 an verschiedene Tätigkeiten als Redaktorin und Lektorin, viele Reisen in die Sowjetunion, in die USA, in die Bundesrepublik. Sie lebt heute in Ostberlin. 1963 erschien ihr erster Roman, »Der geteilte Himmel«, 1968 das Buch »Nachdenken über Christa T.«, 1979 die Erzählung »Kein Ort Nirgends« und 1983 der große Monolog »Kassandra«, wobei nur die mir am wichtigsten erscheinenden Arbeiten genannt sind. 1987 legte Christa Wolf das Buch »Störfall« vor. »Störfall-Nachrichten eines Tages.« Wie »Kassandra« der Monolog einer Frau, hier die Spiegelung jenes Tages, der den Weltlauf in zwei Teile geteilt hat: vor Tschernobyl und nach Tschernobyl. Haben wir schon wieder vergessen, daß die Welt nicht mehr so ist, wie sie vor dem 26. April 1986 war? Die Spiegelung der Nachrichten jenes Tages im privaten Kreis der Frau, die um das Leben des geliebten Bruders bangt. (Der Bruder muß sich just an dem Tag einer gefährlichen Hirnoperation unterziehen.) Die Operation, die am Bruder vorgenommen wird und die sich die Schwester, die Ich-Erzählerin des Berichtes, mehr oder weniger lebhaft und grausam ausmalt, wird zur Parabel für die Vorgänge über denWolken, für das Gift, das plötzlich von dort kommt. Und umgekehrt. Weltkugel und Hirnschale, eine einfache, schlüssige Parabel. Die Konstruktion des Buches ist bewundernswürdig und in jedem Strang stimmig. Die Konstruktion, die Konstruiertheit ist dem Buch sogar gelegentlich als Manko vorgeworfen worden. Was für ein Unsinn: Wo gibt es lebendige Literatur, die nicht konstruiert wäre?

Nichts muß so gut vorbereitet werden wie die Improvisation, nichts muß so genau kalkuliert werden wie die (literarische) Spontaneität. Aber das begreifen Experten nicht, wie schon erwähnt. Viele Assoziationen durchwehen den Geist der Ich-Erzählerin, oft scheinbar weitschweifig, aber immer letzten Endes mit den Fäden der eigentlichen Nachrichtenstränge zusammenhängend. Die Berichterstatterin beschäftigt ihre besorgte Seele mit allen möglichen Gedanken, um sie abzulenken und zu beruhigen; ganz gelingt es ihr nie, immer wieder kehren ihre Überlegungen zum Kern der Sache zurück, wobei Kern hier noch eine bedrohliche Dimension erhält: ein ferner Kern des Üblen, ein Zauberkern, ein Kern, von dem kein Mensch, jedenfalls kein normaler Mensch, weiß, wie er aussieht, der Tag von Tschernobyl oder der Tag, an dem selbst in der Umgebung jener Frau, jener Kassandra, die Nachricht von Tschernobyl nicht mehr zu vertuschen war. Die Operation, der sich der Bruder unterziehen mußte, verläuft günstig. Die Frau, die uns die Nachrichten von jenem Tag gibt, ist am Ende des Tages erleichtert, was den Bruder betrifft. Was das andere angeht, die Katastrophe von Tschernobyl, so endet der Bericht dieser Frau mit einem Traum von einem »in Zersetzung übergegangenen Mond« und dem Satz: »Wie schwer, Bruder, würde es sein, von dieser Erde Abschied zu nehmen.« Würde – nicht wird? Das klingt fast wie ein Schimmer von Hoffnung, obwohl sonst aus dem ganzen Buch klar wird, daß auch Christa Wolf zu denen gehört, die wissen, daß die Zeit für Optimismus vorbei ist: »Alles, was ich habe denken und empfinden können, ist über den Rand der Prosa hinausgetreten.« Ist die Angst über den Rand hinausgetreten, nur die billigere Hoffnung drin geblieben? Aber die Berichterstatterin, die Ich-Erzählerin, ist nicht Christa Wolf, das ist eine Frau, die vielleicht schon deshalb nicht hoffnungslos sein kann, weil der Bruder gerettet wurde.

Es ist ein ehrliches und ein redliches Buch, und gerade deshalb kann ich es auch in einer Laudatio nicht hinunterschlucken, was mich daran stört: Christa Wolf nennt das Wort nicht, nennt Tschernobyl nicht. Gut – vielleicht mußte sie politische Rücksichten nehmen, das Buch ist zunächst im Aufbau-Verlag, Berlin und Weimar, erschienen. Vielleicht glauben dort Lektoren und Zensoren noch, daß das große sozialistische Brudervolk alles richtig macht. Vielleicht meint Christa Wolf: Das Wort muß man nicht nennen, weil es eh ein jeder kennt, und zwischen den Zeilen steht es hundertmal. Vielleicht ist es auch eben die Sprachlosigkeit, die gerade in diesem Wort kulminiert, eine Sperre aufbaut. Das Wort verbietet, daß es genannt wird. Tschernobyl nicht an die Wand malen. Sie sehen: Ich werde nicht müde, Entschuldigungen zu finden, aber Christa Wolf selber zerstört sie mir wieder, weil sie ein anderes, ebenso unentschuldbares Wort sozusagen beim vollen Namen nennt: Wyhl. Warum nennt sie das kapitalistische Wyhl, das sozialistische Tschernobyl aber nicht? Ein Buch von nur 119 Seiten ist schon fast wie ein lyrisches Gedicht, das durch ein einziges falsches Wort verdorben werden kann. Warum hat sie dann nicht gerechterweise auch dieses Wyhl zwischen den Zeilen gelassen? Wir hätten es auch dort gelesen. Ich möchte da nicht falsch verstanden sein: Ich gehöre nicht zu denjenigen, die die billige Entschuldigung (und Beschwichtigung) gebrauchen, daß die Katastrophe von Tschernobyl nur das Versagen des sozialistischen Systems war. Tschernobyl war etwas ganz anderes: Tschernobyl war das Versagen des Fortschritts.

Nachrichten eines Tages – Nachrichten eines Störfalles, eines Falles, der mehr als nur stört, bei dem es nicht damit getan ist, daß eine lockere Schraube wieder angezogen wird. Ein Zerstörfall. Wird dieses Buch die Wirkung haben, daß sich die – so allgemein wie möglich gesagt – Verantwortlichen die vergangenen und noch andauernden Zerstörfälle hinter die Ohren schreiben werden? Nein. Sie behandeln diesen »Störfall« nur als Störfall. Er wird mit dem Geschwister-Scholl-Preis ausgezeichnet, und damit ist die Schraube festgedreht, man kann sich wieder wirklich ernsthaften Dingen zuwenden: Krieg und Kommerz, Aktienkursen und Planerfüllung, Forschung und Entwicklung.

Der einzelne Mensch kann sich eine Katastrophe, die ihn selber betrifft (etwa: den eigenen Tod oder nur eine eigene schwere Krankheit, einen ihn selber betreffenden Unfall) nicht wirklich vorstellen. Nur theoretisch – nicht wirklich, konkret, nicht als tatsächlich bevorstehende Realität. Die menschliche Gesellschaft als Ganzes kann das offensichtlich auch nicht. Es tritt daher die wahrscheinlich genetisch bedingte (und hier verhängnisvoll wirkende) Große Abblendung auf, ein Wort des frühen und natürlich vergeblichen Warners Wolfgang Hädeke. Die Große Abblendung:

Das Unter-den-Teppich-Kehren, das Verdrängen, das Zurechtrücken, das: Es wird nichts so heiß gegessen wie gekocht. Dabei sollten wir wissen, daß noch viel heißer gegessen werden wird als gekocht. Fast alle, die hier sitzen, werden zumindest den Anfang dieser heißen Mahlzeit noch erleben. Die Vorspeisen werden schon aufgetragen, wir glauben es nur noch nicht.

Die Große Abblendung: in kapitalistischen Systemen in der Form von Beschwichtigung, in sozialistischen Systemen in der Form von Vertuschen. Beschwichtigung: weil die Nachrichten von der bevorstehenden ökologischen Katastrophe nicht in den Mechanismus von Angebot und Nachfrage, Vertuschen: weil diese Nachricht nicht in die Ideologie vom immerwährenden, menschenbeglückenden Fortschritt paßt. Der überlegene Ernst des Lebens, die Meinung der Macher, der Versicherungsdirektoren und Gewerkschaftssekretäre, ist mit der ökologischen Katastrophe nicht einverstanden. Die Literatur ist bestenfalls nur ein Störfall. Kann behoben werden. Zur Zerstörung dieses Ernstes des Lebens hat die Literatur keine Macht. Dabei werden die Tage, deren Nachrichten aufzuschreiben wären, immer häufiger. Die Einschläge kommen immer näher:

Bevölkerungsexplosion, Hungerkatastrophe in der Sahelzone, die unwiderruflichen Folgen der Abholzung der tropischen Regenwälder, die Vergiftung der Flüsse, das Waldsterben, das Ozonloch mit der nun schon als unausweichlich prognostizierten verheerenden Klimaveränderung. Sie lesen das alles jeden Tag, es hängt Ihnen schon zum Hals heraus. Sie glauben nicht, daß so heiß gegessen wie gekocht wird. Sie lesen Christa Wolfs »Störfall« und halten es für ein Buch wie viele andere, vielleicht für besser als viele andere, nun gut, die Germanistik wird sich seiner annehmen. Der eine oder andere Student wird eine Dissertation darüber schreiben. Vielleicht rettet er sogar diese Dissertation vor der Überflutung der norddeutschen Tiefebene, die wahrscheinlich bereits den 17. Bundestag beschäftigen wird (jetzt haben wir schon den 11.). – Evakuierung Hamburgs – »›Evakuierung‹, Bruder, das ist eines von diesen Wörtern, die wir wohl unser Leben lang nicht von der eigenen Erfahrung werden trennen können.« Das ist ein Satz aus Christa Wolfs »Störfall«. Es rentiert sich, fast bei jedem Satz dieses Buches weiterzudenken. Diejenigen, denen die Erfahrung der Evakuierung noch (ziemlich bald) bevorsteht, sind schon geboren.

Das ist alles (um mit Christa Wolf zu reden) zwar längst über den Rand der Literatur hinausgetreten, aber die Literatur muß auf ihrem Posten bleiben, muß Störfall sein, hartnäckig, eigensinnig, auf verlorenem Posten, gegen jede vernünftige Hoffnung. Christa Wolfs Kassandra hat in Mykene jene Elektra getroffen, die bei ihrer störrischen Wahrheit bleibt, auch wenn sie allein damit steht. So eine Elektra ist die Literatur, nur daß wir keine Aussicht mehr darauf haben, Orest könnte doch noch am Leben sein. Warum schreiben wir aber dann weiter, wenn es sinnlos ist? Weil wir müssen, und sei es nur deswegen, damit man uns nicht vorhalten kann: Warum habt ihr nichts gesagt? Auch die Geschwister Scholl haben Widerstand geleistet, der bei nüchterner Betrachtung aus-

sichtslos war. Hier schließt sich der Kreis von Störfall zu »Störfall« zu diesem Preis. Die »Würde des Widerstandes« hat Franz Xaver Kroetz den Sinn seines Schreibens genannt. Mit diesem Geschwister-Scholl-Preis sollen sich alle ausgezeichnet und bestätigt fühlen, die ihre Störfälle schreiben und nutzlos veröffentlichen, nutzlos deshalb, weil die Umwertung der Ernsthaftigkeit nicht in Sicht ist. Die literarischen Störfälle müßten für den Ernst des Lebens gelten, Ecklohn und Lombardsatz, Kommerz und Entwicklung, Kapitalismus und Kommunismus müßten als der Luxus gelten, den man sich dann leisten kann, wenn keine literarischen Störfälle mehr notwendig sind.
Im März 1984 schrieb Wolfgang Hildesheimer ein Gedicht, das ich nicht anders verstehen kann als auf Christa Wolfs im Jahr zuvor erschienene Erzählung gemünzt, und das Gedicht wird immer zutreffender. »Antwort« heißt das Gedicht:

»Ganz recht, ich sagte, es sei nicht fünf vor zwölf, es sei vielmehr halb drei. Das war um halb drei. Inzwischen ist es vier. Nur merkt ihr es nicht. Ihr lest ein Buch über Kassandra, aber ihre Schreie habt ihr nicht gehört. Das war um fünf vor zwölf. Bald ist es fünf, und wenn ihr Schreie hört, sind es die euren.«

Die Klimakatastrophe kommt unausweichlich. Es ist inzwischen errechnet worden, daß alle Maßnahmen, selbst wenn sie sofort getroffen würden, zu spät kommen. Die Polkappen schmelzen. Der Meeresspiegel steigt. Die Nachrichten werden nicht ernstgenommen. Es ist symptomatisch, daß eine Tageszeitung hier in München, die sich selber als seriös empfindet, die Nachricht von der Errechnung der Klimakatastrophe auf der letzten Seite unter »Vermischtes« gebracht hat, neben Mitteilungen von der Ehekrise des britischen Thronfolgerpaares. Aber schon der zweite Nachfolger des Bürgermeisters, der hier sitzt, wird mit dem Flüchtlingsstrom konfrontiert sein, der aus Norddeutschland hierher kommt. Schade um die Restaurierung der Deckenfresken in der Sixtina. Rom liegt nur sechs Meter über dem Meeresspiegel. Zu wenig.

»Ich will jetzt schlafen.« Ein Zitat aus Christa Wolfs »Störfall«. »Ich will mich ablenken, also lesen. Ich habe mich umgesehen, von meinem Bett aus, und habe gefunden, daß das Buch, das ich an einem Tag, wie diesem würde lesen wollen, vermutlich noch nicht geschrieben war.«

Für jenen kommenden Tag empfehle ich, Christa Wolfs »Störfall« zu lesen.

(Laudatio anläßlich der Verleihung des
»Geschwister-Scholl-Preises«, 1987)

Bitte beachten Sie die folgende Seite

HERBERT ROSENDORFER

Bühnenwerke bei Ahn & Simrock

Der Basilisk
Stück in fünf Bildern
1 D, 2 H / 1 Dek.

Die Bengalische Rolle
Komödie in fünf Akten
4 D, 2 H / 1 Dek.

Dem Manne kann geholfen werden
Trauerspiel in fünf Akten
4 D, 14 H, Nebenrollen,
Stat. / 15 angedeutete Dek.

Don Tristano und Donna Isotta oder Zwei Stunden sind oft mehr wert als vier
Leitmotiv-Burleske
in drei Akten
2 D, 8 H / 1 Dek.

Die Kellnerin Anni
5 Soloszenen für eine Dame

Mandragola
Komödie in fünf Akten
nach Machiavelli
2 D, 9 H / 2 Dek.

Oh Tyrol oder Der Letzte auf der Säule
Monolog für einen Schauspieler
1 H / 1 Dek.

Die Papiere von gestern
Schauspiel in drei Akten
1 D, 9 H, Nebenrollen,
Stat. / 1 Dek.

Die politischen Hochzeiter oder Es bleibt alles in der Familie
Eine ländliche Komödie
in fünf Akten
4 D, 7 H / 4 Dek.

Scheiblgriess
Schauspiel in 17 Szenen
3 D, 17 H, Nebenrollen, Stat. /
9 angedeutete Dek.

Vorstadt-Miniaturen I, II und III
Einakter

Zeit zu reden, Zeit zu schweigen — Szenen aus den letzten Jahren des Pater Rupert Mayer
Schauspiel in zwei Akten
1 D, 10 H, Nebenrollen, Stat.
(Mehrfachbesetzung möglich) /
9 angedeutete Dek.